최약무패의 신장기룡

바하무트

"아, 응. 고마워— 아니,
이렇게 많이
못 먹는데?!"

그렇다고 하지만
신혼여행으로 위장한 이상,
괜히 거절하는 것도 부자연스럽다.

"자. 루우가 먹을 밥도,
여기 가져왔어."

CONTENTS

UNDEFEATED
BAHAMUT
CHRONICLE

최약무패의

신장기룡

바하무트

⑩

아카츠키 센리 지음
카스가 아유무 일러스트
원성민 옮김

Character

룩스 아카디아

멸망한 아카디아 제국의 왕자.
『무패의 최약』이라고 불리는 기룡사.

리즈샤르테 아티스마타

아티스마타 신왕국의 왕녀. 붉은 전희(戰姬)라고 불린다.
신장기룡《티아마트》의 파일럿.

피르히 아인그람

아인그람 재벌의 차녀. 룩스의 소꿉친구이며 학원장의 여동생.
신장기룡《티폰》의 파일럿.

크루루시퍼 에인폴크

북쪽의 대국, 유미르 교국에서 온 유학생 클래스메이트
신장기룡《파프니르》의 파일럿.

아이리 아카디아

구제국 황족의 생존자.
1학년이며 룩스의 친여동생.

세리스티아 라르그리스

『기사단』의 기사단장인 3학년. 학원 최강이라고 불린다.
사대귀족인 공작가 영애이며, 신장기룡《린드부름》의 파일럿.

키리히메 요루카

『제국의 흉인』이라고 불리던 암살자 소녀.
룩스를 주인으로 인정하고 섬기고 있다.
신장기룡《야토노카미》의 파일럿.

로자 그랑하이드

『강철의 마녀』라며 사람들이 두려워하는, 헤이부르그 공화국의
칠용기성.
신장기룡《고리니시체》의 파일럿.

World

장갑기룡《드래곤 라이드》

유적에서 발굴된 고대병기.
그중에서도 희소종이며, 높은 성능을 보유한 것은 신장기룡이라고 부른다.
또한, 장갑기룡의 파일럿은 기룡사《드래곤 나이트》라고 부른다.

유적《루인》

전 세계에서 발견된 일곱 개의 고대유적. 장갑기룡《드래곤 라이드》이 발굴된 이후, 국력을 좌우하는 중요한 거점으로써 각국 간에 세력 다툼이 일어나고 있다.

환신수《어비스》

유적에서 나타나는 수수께끼의 환수. 인류를 위협하는 존재이며, 기룡사만이 대항할 수 있다.

종언신수《라그라뢰크》

하나의 유적에 대해 한 마리만 존재한다는 초상의 힘을 숨기고 있는 7마리의 환신수.

『검은 영웅』

정체불명의 장갑기룡《드래곤 라이드》을 사용하여 단신으로 약 1,200기에 달하는 제국 장갑기룡을 쓰러뜨렸다고 하는 전설의 영웅.

아티스마타 신왕국

리즈샤르테의 아버지인 아티스마타 백작이 아카디아 제국에 대항하여 일으킨 쿠데타가 성공하며 5년 전에 건국된 나라.

아카디아 구제국

세계의 5분의 1을 지배했던 대국. 세계최강이라고 일컬어지던 압도적인 군사력을 바탕으로 압정을 펼쳤으나, 쿠데타로 인해 멸망하였다.
룩스와 아이리는, 이 제국 황족의 생존자.

칠용기성

갈수록 늘어나는 환신수의 위협에 대항하여, 세계협정의 가맹국에서 선출한 대표 기룡사들.

결론부터 말하자면, 내게 신 같은 건 없었다.

『로자, 신은 올바르게 살고자 하는 사람을 버리지 않는단다.』
『설령 어떤 상황에 처한다 해도, 법은 지켜야만 한단다. 그게 사람으로서 산다는 거야.』

평화에 찌든 것과는 다르다.

그저 자신의 부모님이었던 그들은 그야말로 행복한 생물이었다는 이야기다.

무참하게 배신당하여 허무하게 죽는 그 날까지 외동딸에게 그런 기도를 말했으니까.

헤이부르그 공화국의 『칠용기성』 중 한 명, 통칭 『강철의 마녀』.

아침 일찍 일어난 로자 그랑하이드는 알몸으로 관사 창문을 통해 수도의 거리를 내려다보고 있었다.

높은 석조 건물들이 늠름하게 늘어선 모습은 그 영화(榮華)를 보여주는 것 같았다.

하지만 동시에 벽을 하나 끼고 그 뒤로 펼쳐진 빈민가에서는, 열악한 환경과 치안 속에서 살아가는 인간들이 짐승처럼 모여 살고 있는 모습이 눈에 들어왔다.

헤이부르그의 수도 하이드헬름은 기묘한 도시다.

성 근처는 언뜻 풍족해 보이지만 바로 옆에 있는 거주 지역은 더없이 황폐했다.

빼앗은 자와 빼앗긴 자.

강자와 약자.

양과 늑대.

세계의 축소판 같은 풍경이 창문으로 도려낸 그 테두리 안에서도 잘 보였다.

헤이부르그 공화국은 군사 대국으로 유명하였으나, 어떤 무기 상인이 나타나기 전부터 이미 편향되는 조짐을 보이고 있었다.

아카디아 구제국과의 알력에 의해 부당한 조약을 강제로 맺고, 종언신수 중 하나— 포세이돈(라그나뢰크)으로 인해 격심한 타격을 받게 되며 급속히 군사 강화가 진행되었다.

영내에 존재하는 유적『거병(루인)』에서 보물을 발굴하기 위해 징병이 강화되었으며 무거운 세금을 부과하기 시작했다.

전쟁을 반대했던 로자의 부모님은 어느 날 국가 반역을 꾀한 주범으로 체포당하여 투옥— 처형되었다.

나중이 되어 사정을 들어보니 그건 자신들처럼 나라의 압정에 불만을 느낀 시민들이 돈을 목적으로 밀고한 결과라는 걸 알았다.

당시 어렸던 로자는 어떻게 할 방법이 없었다.

믿고 있었던 도덕만으로는 사태는 단 하나도 호전되지 않았다.

감옥에 처넣어져 고문을 받고 죽어가고 있었을 때, 자신을 사들인 군 관계자가 어떤 사실을 가르쳐주었다.

"―결국 그런 법이란 말이지. 그 사람들에게는 힘이 없었어."

붉은 머리카락 밑으로 미소를 지으면서, 로자는 머리맡의
소드 디바이스
기공각검을 끌어당겼다.

"내 부모님은 탈선하는 걸 두려워했을 뿐이라고. 지혜도 힘도 가지지 못한 무능한 자가 마지막으로 매달리는 게, 『도덕적인』 선행 정도밖에 없으니까."

신인가, 국가인가, 영웅인가.

"누구든 좋으니까 구원을 바랄 때, **자신이 악이면 도움을 받을 수 없어.** 따라서 선이라는 건― 누군가가 지켜줄 거라는, 도와줄 거라는 어리광을 만족시켜주는 도주로일 뿐이야."

중얼중얼 자문자답하듯 계속 말했다.

정의 같은 건 악 앞에서는 아무런 도움도 되지 않는다.

스스로 지배하지 않으면 더욱 강한 악에 빼앗길 뿐.

실패에서 배운 로자는 지도를 받아 모든 악을 실천하고자 살아왔다.

강자의 증거인 그 철학을.

"『악한 왕』― 그렇게 불리는 것도 나쁘지 않네."

십여 년도 더 전부터 이 헤이부르그를 지배하는 그림자 같

은 존재.

그늘에서 군을 조종하고, 모든 악행에 손을 대온 강자의 이름을 로자는 중얼거렸다.

신장기룡《고리니시체》를 손에 넣고 『칠용기성』으로 선발된 것도 자신이 더욱 강자가 되어 높은 곳으로 올라가기 위한 발판에 지나지 않는다.

적대하는 신왕국을 박살내고 헤이부르그가 힘을 되찾기 위한 포석은 이미 깔아두었다.

헤이부르그의 대표로서 신왕국과의 『연무전』에서 승리하고, 신왕국 영내의 항구도시 『트라이포트』 근처에서 1개월에 달하는 유적 조사 권한을 얻었다.

목표인 제1 유적 『탑(바벨)』 공략은 이미 항구 도시에 도착한 헤이부르그의 기룡사(드래곤 나이트)들에 의해 개시되었다.

『성식』이라는 세계 붕괴의 재앙.

그것을 막을 수 있는 『대성역(아발론)』에 도착하는 것.

그러기 위해서는 남은 다섯 마리의 라그나뢰크를 토벌하고 『그랑 포스』라는 크리스털을 입수하여 유적 최심부에 넣을 필요가 있지만—.

"이 기회를 놓칠 수는 없지. 『탑』을 공략하는 동안에 신왕국의 힘을 크게 줄일 수 있어. 유적을 자극해서 환신수나 종언신수(라그나뢰크)를 거리에 풀어 놓으면 그 자식들이라 해도 그냥 끝나지는 않겠지."

다른 나라와 협력해서 『성식』이 가져올 세계 종말을 막는다.

그건 당연하지만, 그 뒤의 일도 생각해두는 것이 위정자로서의 관점이라는 것이다.

우선 『창조주』인가 하는 녀석들 앞에서 공적을 쌓고, 보수 부문에서 리드한다.

동시에 유적 공략 과정에서 다른 나라의 전력에 피해가 발생하게 하여 그 전력을 약화시킨다.

계획은 이미 시작되었다.

로자는 피식 웃으며 입술을 느슨하게 풀고는 유리잔에 따른 물을 한 모금 마셨다.

그 직후, 누군가가 개인실 문을 똑똑 노크했다.

"로자 경. 일어나셨습니까?"

"허가한다. 들어와."

"아, 네. 실례합니……?!"

철컥, 문고리가 돌아가며 아직 한참 어린 시녀가 들어왔다.

알몸으로 창가에 서 있는 로자. 그리고 똑같이 알몸으로 침대에 누워 있는 보좌관 카렌시아를 본 시녀의 뺨이 발갛게 물들었다.

"무슨 일로 왔을까—? 나랑 놀고 싶다는 거라면, 환영해주겠지만?"

끈적끈적한 미소를 지으며 로자는 놀리듯 물어보았다.

하지만 시녀는 당황한 모습으로 두 손을 내저으며 용건만을 서둘러 말했다.

"그, 그게! 마지막 상품 반입이 끝난 모양입니다! 지하시장 참가권도 분배가 끝났습니다."

"어머— 수고했어. 뭔가 특이사항은 없었을까—?"

"아뇨, 문제없습니다. 그보다— 예의 그 사람은 어떻게 할까요? 그, 동쪽 구역 7번가의 주점에서 일하던, 소녀의 여동생 말입니다만."

아버지가 빌린 돈의 담보가 된 소녀인데. 빚 상환에 실패하자 가족 모두 야반도주를 계획했다가 붙잡히고 말았다.

"예정대로 상품으로 삼지? 대단한 혈통도 아니고 뛰어난 기량의 소유자도 아니니까. 그 투약 실험에 쓸 수 있지 않을까—?"

"알겠, 습니다……."

창백한 표정으로 고개를 끄덕이며 시녀는 퇴실했다.

서류 묶음에는 현재 헤이부르그가 취급 중인 상품 일람이 기록되어 있었다.

기룡 본체를 비롯한 무장과 각종 부품, 설계도 종류.

장갑기룡 관련 상품은 어마어마한 귀중품이므로 타국에 전력을 파는 건 당치도 않은 이야기였으나, 어떤 뒷사정으로 인해 재고 확보는 가능하다.

과거에 암상인 헤이즈와 결탁한 덕분에 유적 관련 군사력 면에서는 타국보다 사정이 좀 나았다.

공식적으로 발표하진 않았지만 다른 나라 조직에도 무기를 유통하고 있었다.

침대 위에서 여자가 몸을 일으키더니 졸린 듯 눈을 비비며 다른 한 소녀 쪽으로 고개를 돌렸다.

"이번에도 『용비적』과 거래가 있어. 아무쪼록 밖에서 날아든 벌레를 조심하라구."

"……네."

이 자리의 절대자인 여성이 충고하자, 그녀에게 복종하는 소녀는 힘없이 고개를 끄덕였다. 『악한 왕』이 개최하는 지하시장의 연회석은 유력한 집정관과 접점을 확보할 수 있는 장소이자, 동시에 위법 상품을 팔 수 있는 자리이기도 하다.

각국 간의 긴장이 고조되고 있는 이 상황에서도 그만 둘 수는 없었다.

아니, 그만두기는커녕 이 거래에 신왕국의 『탑』을 공략할 열쇠가 쥐어 있었다.

부들부들, 소녀의 몸이 조금씩 떨렸다.

그것을 눈치 챈 절대자 여성은 그런 소녀의 몸을 끌어당기며 속삭였다.

"무섭니? 많은 사람들에게 상처를 주고, 누군가에게 원망받게 되는 게? 안심하렴— 『악』 측에 있는 한, 지배하는 쪽에 서 있는 한, 네가 무언가를 빼앗길 일은 없어."

"하지, 만……."

"네게 남은 마지막 친구도— 분명 그걸 원하고 있겠지. 머지않아 또 만날 수 있어. 이번에 네가 얼마나 잘 하느냐에 따라서 말이지."

그녀는 다시 소녀를 덮치며 그 맨살을 손으로 어루만졌다.

세뇌라는 이름의 마법이 다시 소녀를 잠식하기 시작했다.

Episode 1　　　소꿉친구와의 신혼여행

　마차가 덜커덩덜커덩 흔들리고 있었다.

　말발굽이 연주하는 경쾌한 리듬과 바퀴가 돌바닥 위를 굴러가는 소리.

　그 완만한 선율에 몸을 맡기고 있는데, 갑자기 앞에서 목소리가 날아왔다.

　"나리! 루디 나리! 이제 곧 도착한다고요. 기분은 어떠십니까?"

　"으, 으음…… 나리라니—?! ……아, 응! 쾌적해."

　잠에 취해있던 탓에 룩스는 한순간 무슨 소리인가 싶어 고개를 갸웃했지만, 퍼뜩 정신을 차리고 고개를 끄덕이며 대답했다.

　기지개를 켜며 장막 밖을 바라보자 장엄한 역사가 느껴지는 높은 석조 건물들이 쭉 들어찬 거리가 시야에 들어왔다.

　헤이부르그 공화국의 수도, 성곽 도시 하이드헬름.

　신왕국에서 출발 후 약 3일간의 여정을 거쳐 룩스는 이 도시에 도착했다.

　"루디 나리, 숙소는 이쪽으로 가면 됩니까?"

　"응. 예약은 이미 해뒀으니까. 그나저나 꽤 화려한 곳이네."

루디 에인토스.

유복한 상인 가문의 후계자이자, 바로 몇 주 전에 약혼자와 결혼한 젊은 청년.

그것이 이번에 룩스가 헤이부르그에 잠입하기 위해 만든 가명과 신분이다.

『칠용기성』 대장 마기알카 젠 반프리크의 특명을 따라 세계 연합의 『배신자』를 찾기 위해, 룩스는 어떤 거래를 조사하러 이곳에 왔다.

학원장인 렐리와 마기알카가 친구지간이라, 이 위장 신분도 그녀들의 연줄로 준비한 것이었지만—.

"그나저나 나리, 조심하는 게 좋으실 겁니다. 언뜻 보기엔 별 문제 없이 굴러가는 멀쩡한 동네 같지만, 파보면 뒤가 구린 족속들이 득시글거릴랑요. 뭐, 그런 점이 여기답긴 합니다마는……."

하지만 솔직히 말하자면 저렇게 말하며 파이프 담배를 피우는 남자 마부도 충분히 수상한 분위기를 풍겼다.

허름한 연미복을 입은 남자는 의미심장하게 웃으며 말했다.

"맛있는 술을 마시고 싶으시다면 그쪽 길목에 주점이 있습죠. 여자가 필요하시다면 죽여주는 여자들을 모아둔 창관이 옆 지구에—"

"아니, 그런 건 굳이 안 알려줘도 되는데?!"

창관이라는 말을 듣고 룩스가 반사적으로 허둥대자—.

"어이쿠, 실례했습니다. 제가 사모님을 깜빡했군요. 그렇게 아름다운 신부가 곁에 있다면 굳이 여자를 살 필요는 없겠죠."

하하하— 하고 소리 내어 웃으며 마부는 말을 세웠다.

그 틈에 룩스는 옆에서 자고 있는 소녀의 어깨를 살살 흔들어서 깨우려고 했다.

"도착했어, 피이. 이제 그만 일어나."

"음냐, 음냐. 루우, 내 과자 전부 먹으면…… 안 돼."

어깨를 따라 흔들리는 그 풍만하게 부푼 가슴에 저도 모르게 시선이 빨려 들어갔다.

잠입조사에 동행하게 된 룩스의 소꿉친구, 피르히 아인그람이었다.

연한 분홍색 머리카락은 하나로 모아 리본으로 묶었으며, 가슴골이 드러난 드레스를 입고 있었다.

렐리의 이야기를 따르면 『유복한 상인 가문의 신혼부부』라는 설정이라는 것 같지만—.

'이 설정, 정말로 필요하긴 한 거야……?'

복잡한 표정을 지으며 룩스는 속으로 중얼거렸다.

룩스는 애초에 이런 위험한 임무에 동행시키는 것 자체를 반대했지만…….

『괜찮아. 루우를 지켜줄 테니까.』

『아아, 우리 피이는 어쩜 이렇게 멋질까! 그 마음가짐이야! 나머지 귀찮은 일들은 내게 맡기렴!』

……그런 실로 간결한 대화 끝에 피르히의 동행이 결정되고 말았다.

피르히는 무술을 익힌 데다 환신수의 힘이 있으므로 호위를 맡기기엔 안성맞춤이었지만— 사실 룩스는 불안했다.

하지만 실제로 달리 적임자가 없다는 것도 사실이었다.

리샤나 크루루시퍼, 세리스는 다른 나라에도 이름이 알려질 정도로 유명한 인물이며, 요루카는 은밀하게 행동하는 능력은 뛰어나지만 위장 신분을 연기해야 하는 잠입임무에는 부적합했다.

결국 은발을 검은색 염료로 물들인 룩스와 피르히가 적임이라는 결론이 나온 것이었다.

"이야, 드디어 도착하셨군요. 신혼여행 중이신 것 같은데 거래하실 상품까지 꼼꼼하게 가져오다니. 역시 대단하십니다, 나리."

마차에서 내려서 짐을 내리자 숙소 직원이 마중을 나왔다.

내부 인테리어도 고급스러운 숙소답게 세련되고 넓었으며, 제대로 된 건물이었다.

헤이부르그의 수도에서도 신뢰할 수 있는 숙소를 렐리가 알아서 준비해준 모양이었으나—.

"역시나, 이럴 줄 알았어……."

안내받은 객실에 마련된 침대는 더블베드가 하나뿐이었다.

완벽하게 부부를 위한 인테리어였다.

'설마 그럴까 싶지만, 동침…… 하게 되려나?'

내심 두근거리는 가슴을 안고 방으로 들어가자 피르히도 함께 따라왔다.

여기까지는 무사히 거점 잠입에 성공한 것 같았다.

"피이, 안 피곤해? 오늘 일정을 보니까, 이따가 근처 사교장에서 파티가 있는 것 같던데."

"괜찮아, 아직 조금 졸릴 뿐이니까. 후아—."

"최소한 눈은 뜨고 대답해줘……."

적지에서도 마이페이스인 소꿉친구의 태도에 한숨이 나왔지만, 동시에 조금 안심했다.

가뜩이나 적지에 침입해서 벌여야 하는 첩보임무인데 신혼여행이라는 연기까지 해야 하는 것이다.

긴장으로 뻣뻣하게 굳어버릴 것 같은 마음을 피르히의 느긋한 분위기가 부드럽게 풀어주었다.

덧붙이자면 신왕국에서 헤이부르그까지 오는 길에는 만전을 기하기 위해 장갑기룡을 쓰지 않았다.

운반책 기룡사들 편으로 보낸 다음에는 계속 마차를 타고 여기까지 왔는데, 긴 여행이었기 때문에 잠이 많은 피르히는 이렇게 되고 말았다.

"그럼 혼자 갔다 올 테니까 피이는 여기서 기다려. 밥도 저쪽에서도 먹고 올게."

그 순간 소녀의 눈이 번쩍 뜨이더니 금색 눈동자가 룩스를 비추었다.

"밥…… 뭐가 나와?"

"……어디 보자. 각국의 식재료를 사용한 입식 파티로, 마음껏 먹을 수 있다는데?"

"나도 갈래. 루우의 보디가드, 제대로 수행해야지."

멍한 분위기 속에서 반짝반짝한 기대감을 내비치며 피르히가 손을 잡았다.

룩스는 무심코 쓴웃음을 지으며 말했다.

"피이. 파티 중에는 그…… 내 아내 역할, 이니까."

그렇게 어디까지나 이번 설정을 당부하기만 했을 뿐이지만 룩스는 얼굴이 뜨거워졌다.

"응. 잘 부탁해, 루우."

희미하게 미소 지으며 대답하는 피르히의 표정을 보자 쿠웅, 하고 가슴이 크게 요동쳤다.

'진정하자, 내 마음아. 피이랑은 딱히 실제로 그런 관계인 건 아니잖아……'

그러나 아무리 그렇다고 해도 역시 아예 의식하지 않을 순 없었다.

연기라고는 하지만 그럴싸하게 보이게끔 행동해야 하니까 피르히를 자신의 반려로 볼 경우가 상상되었다.

피르히와는 사이좋은 친구 수준을 넘어선, 어떻게 보면 가족 같은 사이이지만―.

"에잇."

"우왓?!"

갑자기 뺨에 느껴진 감촉에 룩스는 깜짝 놀랐다.

피르히가 진지한 표정을 짓고 손끝으로 뺨을 콕콕 찔러댔다.

"루우 조금, 긴장하고 있어."

"……."

"좀 더 평소처럼 하지 않으면, 안 된다구?"

피르히의 지적에, 말로 표현하기 힘든 미소를 지은 채 룩스는 굳어버렸다.

생각해보면 피르히는 어렸을 적부터 종종 이런 장난을 치곤 했다.

"고마워 피이. 그럼, 같이 갈까?"

"응."

피르히는 살짝 고개를 끄덕이며 천천히 손을 내밀었다.

룩스는 그 손을 잡고 밖에서 대기 중이던 마차에 다시 올라 탔다.

가져가는 짐은 귀중품과 몇 가지 상품.

이번 파티에 출석하는 것도 잠입임무의 포석이었다.

다시 흔들리는 마차에 몸을 맡기고 돌로 포장한 도로를 이동하는데 기묘한 광경이 눈에 들어왔다.

언뜻 보기에도 호화로운 건물이 쭉 서 있는 지역 옆, 두꺼운 석벽으로 분리된 뒷골목에는 황폐하기 그지없는 슬럼이 펼쳐져 있었다.

'헤이부르그 공화국이라…….'

그 광경을 보고 있으니 룩스는 과거의 구제국이 떠올랐다.

룩스와 피르히에게 내려진 이번 임무— 세계 연합에 숨어든 배신자의 색출.

마기알카가 그것을 명령한 이유를 룩스는 남몰래 회상했다.

무수한 서가가 빼곡히 들어찬 도서관 지하실.

학원 부지 내에 존재하는 그 숨겨진 방에서 룩스는 그녀가 꺼낸 말을 듣고 귀를 의심했다.

"무슨 의미입니까? 세계 연합에 배신자가 있다는 게⋯⋯."

룩스는 곤혹스러워하며 눈앞의 소녀에게— 아니, 외모는 젊어 보이지만 사회적 위치에 걸맞은 세월을 살아온 관록 있는 여성에게 다시 질문했다.

『칠용기성』대장, 마기알카 젠 반프리크.

세계 최대의 상회 파벌을 총괄하는 여성 총수가 꺼낸 말은 실로 간결한 대답이었다.

배신자 말살은 『창조주』의 황녀인 리스테르카가 세계 회의에서 내세운 요구사항 중 하나다.

하나, 적대조직 『용비적』의 섬멸.

둘, 제7 유적 『달』의 조사와 발견.

셋, 연합 내에 숨어 있다고 가정하고 있는 배신자의 토벌.

그 세 조건 전부가 앞으로 반 년 이내에 모든 유적을 공략하기 위한 과제로 『창조주』일행이 제시한 것이었으나, 솔직히 말하자면 위화감이 있었다.

"뭐, 배신자가 아군 내에 없다고 단언할 수는 없겠지. 애초에 보고가 필요한 유적 관련 정보를 숨기고 있는 수준이라면, 어느 나라든 켕기는 부분이 제로라고는 할 수 없지 않겠는가?"

"……."

불쾌한 해학을 담은 질문에 룩스도 입을 다물 수밖에 없었다.

유미르 교국이 자동인형 네이 루슈의 존재를 밝히지 않은 건이 있으며, 신왕국도『그랑 포스』중 하나를 꽤 예전부터 소지해왔다는 것을 알고 있다.

그 외에도 예전에 신왕국을 멸망시키기 위해 공격했던 암상인 헤이즈.

구시대의『창조주』— 신성 아카디아 황국의 인간과 같은 용모를 지닌 그 존재에 대해서도 나중에 리스테르카에게 질문해보았지만—

『네, 여동생은 몇 년이나 일찍 잠에서 깨어났습니다. 그런 행위로 치닫게 된 이유는 확실하지 않습니다만, 여동생은 자신의 죽음으로 속죄했습니다. 잠든 사이에 유적이 엉망이 된 것을 보고 되찾아야만 한다고— 분노와 불안을 느낀 것일지도 모르지요. 오해에서 비롯된 여동생의 행동을 막지 못한 것에 대해서는 제가 대신 사죄하겠습니다.』

그녀는 그렇게 태연하게 대답했다.

구제국 사람이『창조주』가 관리하는 유적에 손을 대서 망가뜨렸기 때문에 일어난 비극이라고 주장했으니, 이쪽도 그 이상은 추궁할 수 없었다.

다만 헤이즈 같은 경우에는 구제국이 건재하던 시절 인체실험을 할 때 이미 깨어 있었을 가능성도 있지만— 그 증거 따위는 남아 있지 않았다.

"물론 그 화석 자식들이 앞으로 억지력으로 이용하기 위해 배신자를 벌하겠다는 소리를 했을 가능성도 없지는 않아. 허나 그 놈들의 말투를 보니 좀 더 명확히 짚이는 데가 있는 것처럼 느껴졌다는 걸세."

"그건—?"

룩스가 저도 모르게 되묻자 마기알카가 팔짱을 끼고 당당하게 미소 지었다.

"그대는 상상이 가지 않는 겐가?『용비적』이라는 역적들의 존재 말일세."

"……?!『용비적』이, 관계있다고요?"

유적을 독점하는 국가에 반목하는 권력자들에게 고용된, 전쟁에 미친 용병 집단.

마찬가지로 유적 공략을 노리고 있는 녀석들은 세계 연합의 배신자와는 관계없이 적대 세력일 터이지만—.

"설마 우리들 중에 그들과 연줄이 있는 배신자가 있다는 겁니까?"

경계하는 모습으로 룩스가 묻자 마기알카는 눈을 내리깔며 고개를 끄덕였다.

"뭐, 그런 소릴세. 애초에『용비적』의 존재 자체에 수상한 점이 몇 개 있어."

마기알카는 한숨 섞인 목소리로 이야기를 계속했다.

"그 놈들은 유적에서 도굴한 장갑기룡이나 무장을 사용하는 모양이네만, 국가도 그렇게까지 멍청하진 않으니까 그렇게 간단히 유적에서 훔쳐낼 순 없다네. 그렇다는 건 처음부터 어떤 국가가 장갑기룡을 몰래 빼돌리고 있다고 보는 게 가장 타당하지 않겠는가?"

"……그럼 헤이부르그 공화국에 배신자가 있으며, 그렇다는 건—."

룩스가 긴장한 표정으로 중얼거리자 마기알카는 감탄한 것처럼 두 눈을 크게 떴다.

"역시 내 취향의 영웅이로고. 장래가 유망하구먼."

마기알카는 자연스럽게 움직이며 룩스의 가슴을 손가락으로 더듬으려 했지만, 그가 슬쩍 뒤로 물러나는 바람에 허무하게 허공을 갈랐다.

"크흠. 몇 년 전부터 시장을 마구 휘젓고 다니던 암상인 헤이즈. 그 녀석이 『용비적』 설립에 한몫 거들었다고 봐도 틀림없겠지."

"어째서, 그렇게 생각하는 겁니까?"

"장부일세. 이래 봬도 나는 상회의 주인이니까. 몇 년 전, 장갑기룡을 비싼 값으로 파는 장사를 했을 때, 어찌 된 영문인지 전혀 이길 수 없는 상회가 있었어. 그땐 속이 꽤 터졌다네. 모처럼 들어온 거래가 몇 개나 무산되는 바람에—."

"그러니까, 그럼 헤이즈가 유적에서 가지고 나온 장갑기룡을 헤이부르그에 팔고, 거기다 그걸 『용비적』이랑 밀거래했다는 겁니까?"

룩스가 마기알카의 푸념 섞인 이야기를 자르며 묻자, 그녀는 즉시 긍정했다.

"가능성이라면 충분하겠지. 유적 『거병』 안에 있다고 소문이 도는 장갑기룡 제작 시설을 이용해서, 녀석은 헤이부르그의 군사령관과 결탁했다. 고작 몇 년 만에 이름을 널리 알리고, 한 나라의 군사 자리에까지 오르기에는 충분히 저질스러운 이유지 않은가?"

마기알카가 비아냥을 가득 담아 이야기하자, 그녀의 말투가 신경 쓰인 룩스가 저도 모르게 물어보았다.

"……저기, 혹시 당시 있었던 일에 원한을 품고 계신 건가요?"

"전혀 그렇지 않아. 사기를 치지 않고 이 나보다 뛰어난 장사 수완을 보일 수 있는 신참이 그리 쉽게 나타날 리 없다고 생각했다든지, 내 계획이 파투나서 울분을 삼켰다든지, 그런 적은 단 한 번도 없다네."

"그, 그렇군요……. 하지만, 만약 정말로 헤이부르그의 군사부가 『용비적』과 결탁했었다고 해도— 지금으로선……."

헤이즈가 사라지고 『용비적』의 활동이 공공연해진 현재.

룩스는 그들과 교섭한다 해도 더 이상의 메리트는 없을 것 같다고 생각했다.

"아니……. 가까운 시일 내에 반드시 일을 벌일 걸세. 사업 관계라는 건, 대체할 수 있는 상대를 찾을 때까지는 좀처럼 쉽게 끊을 수 없는 법이거든. 현 상황을 보자면 유적의 위험도가 높아진데다『용비적』놈들은 전력을 꽤 잃었어. 헤이부르그 말고는 달리 매달릴 구석이 없으니까 말이지."

반하임 공국에서 일어난 딜루이의 폭주.

유미르 교국의 니아스 교황 유괴 계획 실패.

그리고 바로 얼마 전 신왕국에서 일어난, 사단장 드라켄 탈환 작전.

『용비적』이 이 전투를 치르며 상당히 많은 병력과 기룡을 잃었다고 봐도 틀림없다.

남아 있는 쓸만한 기룡사는 2백 명도 되지 않을 것이며, 따라서 전력을 보강하고 싶을 거라고.

"하지만 헤이부르그 군사부가 그들의 요청에 응할 이유가 없지 않나요?"

만약『용비적』이 헤이부르그와 결탁했다 해도,『창조주』의 황족들이 못을 박아둔 이 상황에서 섣불리 접촉할 수는 없을 것이다.

그렇게 룩스가 자신의 의견을 말하자 원숙한 소녀는 피식 웃으며 그를 똑바로 보았다.

"그럼, 갑작스럽지만 문제를 하나 내지. 만약에 그대가 몰래 거래를 하고 싶다면 어떤 수단을 사용할 겐가?"

"몰래, 거래를요……?"

그렇게 물어본다 한들, 날품팔이 시절에 장사 관련 이야기를 해본 기억은 없다.

하지만 그보다 전, 룩스가 구제국을 멸망시키기 위한 계획을 짜던 시절이라면—.

"뭔가 큰 사건 뒤에 숨어서 하거나, 아니면……."

"대규모 이벤트에 섞여 몰래 한다. 그 정도겠지? 그리고 헤이부르그에서는 이제 곧 지하시장이라 불리는 시장이 열린다네."

"아……."

마기알카의 의미심장한 미소를 보고서 룩스는 저도 모르게 탄성을 흘렸다.

"그런 걸세. 『창조주』 녀석들은 세계 연합의 감시 속에서 공략되지 않은 유적을 여러모로 둘러보고 있네. 한편 헤이부르그는 『거병』 공략이 이미 끝났기 때문에 마크가 덜하지. 다음 지하시장은, 아주 알맞은 기회라고 생각하지 않는가?"

"그럼—."

"그래. 거래 현장을 포착해내면 뒷일은 내가 처리해줌세. 조심해서 다녀오게나, 영웅이여."

어쩐지 숨기는 게 있는 듯한 마기알카의 짓궂은 미소.

룩스가 그 모습을 뒤로하고 물러나려 하자, 그제야 생각났다는 것처럼 그녀가 말을 꺼냈다.

"아참. 잠깐 기다려보게, 나의 연인이여. 이건 다른 건으로 렐리가 남긴 전언이네만, 요즘에 뭐 필요한 건 없는가? 이 임무의 보상으로, 뭐든지 원하는 것을 준비해주겠네만?"

―갑자기 본제와 동떨어진, 그런 말을.

†

"어서 오십시오, 루디 에인토스 님, 피아넬 님. 이곳이 우리 뷔아블 상회의 연회장입니다."

이런 저런 상념에 잠겨 있는 사이에 드디어 마차가 사교회장인 서양식 회관에 도착했다.

당연히 룩스와 피르히의 이름은 가짜다.

아무래도 원래는 집회장으로 이용하는 건물로 보였으나 지금은 화려하게 장식되어 있었다.

발끝이 파묻힐 정도로 부드러운 적색 융단과 화려하게 치장한 샹들리에.

식탁보 위에는 사치스런 요리가 즐비했으며, 접시나 유리잔마저도 고급스러워 보였다.

게다가 돌아다니는 사람들에게서도 남다른 분위기가 감돌았다.

하얀 수염을 기른 노인은 날카로운 눈빛으로 참가자들을 바라보고 있었으며, 풍채가 넉넉하고 사람 좋아 보이는 중년 남성은 아름다운 미녀를 둘이나 데리고 있었다.

룩스는 예전에 렐리나 피르히와 함께 상회 견학을 해두길 잘했다고 생각했다.

이런 곳에서 어떻게 행동해야 할지 몰라 우왕좌왕 했다면 첩보활동을 할 겨를도 없었을 것이다.

그런 생각을 하고 있는데 예복 차림의 마른 남성이 갑자기 말을 걸었다.

"오오, 이거 보기 드문 손님이시로군. 아직 젊어 보이는데, 어디서 오셨는지?"

일단 룩스는 준비해둔 대응 방법을 실천했다.

자신은 이웃 나라 상인 가문의 아들로, 신혼여행 오는 김에 연회에 참석하게 되었다고 말했다.

"호오, 참으로 정력적이십니다. 그보다 어떻습니까? 저 아름다우신 부인께 액세서리 같은 거라도 선물해드리는 건—"

등등, 틈만 나면 장사 이야기를 들었지만 부드럽게 거절했다.

한편 피르히는 테이블에 차려진 요리를 쉬지 않고 묵묵히 먹으며 마이페이스를 철저히 고수하고 있었다.

"호오. 정말 맛있게 잘 드시는군요. 어떠십니까? 이 뒤에 술이라도 한 잔—"

그렇게 남자들이 끊임없이 권유하는 것을 보면 역시 매력적으로 보이는 모양이다.

머리카락을 올려 묶고 세련된 색조의 드레스를 입은 피르히는 평소보다도 살짝 어른스러운 인상을 풍겼다.

깊게 파인 네크라인 밖으로 드러나는 커다란 가슴, 그리고 어린 인상이 은은하게 남아 있는 소녀의 얼굴이란 그만큼 남자들의 본능을 자극하는 요소이리라.

어렸을 적부터 소꿉친구이다 보니 평소에는 크게 의식하기 어렵지만, 피르히는 정말로 귀여운 모양이었다.

'하지만 피이가 꼬드김에 넘어가면 위험하니까, 어떻게든 내

가 조심해야 해―.'

룩스가 그렇게 생각하며 주의 깊게 피르히의 동향을 지켜보고 있는데―.

"그나저나 굳이 이런 곳에 온 걸 보면, 귀하도 예의 그 쪽에도 참가할 생각인가?"

조금 전과는 다른 남자 상인이 의미심장한 모습으로 그런 말을 꺼냈다.

『예의 그 쪽』이라는 함축적인 단어를 듣고서 룩스는 헙 하고 숨을 삼켰다.

헤이부르그의 상회 파티 이면에서 개최된다는 지하시장.

룩스는 그곳에서 불법과 합법을 넘나드는 물품이 거래된다는 이야기를 렐리와 마기알카에게서 들었다.

하지만 지하시장에 참가하는 것 자체는 그리 어렵지 않았다.

이런 종류의 파티에는 참가 티켓을 파는 암표상이 많이 드나들기 때문이었다.

다만 연줄이 없는 사람이 티켓을 사려고 하면 그런대로 바가지를 씌운다고 듣기는 했다.

"혹시 소문의 그것……? 말입니까?"

"운 좋게도 아직 남아 있거든, 딱 두 장이오."

정말 그것밖에 남지 않은 것처럼 보여주는 판매자의 태도에 룩스는 내심 쓴웃음을 지었다.

하지만 룩스 자신은 상업적인 거래가 특기인 것도 아니었기 때문에 단도직입적으로 물어보았다.

"얼마면 됩니까?"

"글쎄, 이 정도면 어떻겠소?"

남자는 바로 잉크와 깃펜을 꺼내 가격을 적었다.

날품팔이 생활을 하던 시절의 룩스였다면 눈이 튀어나올 만큼 비싼 액수였으나, 지금은 렐리에게서 받은 군자금이 있다.

무엇보다도 이번에는 첩보활동을 하러 온 것이므로 구두쇠처럼 굴어봐야 의미는 없다.

그렇게 생각한 룩스가 지갑에 손을 뻗으려고 한 순간, 남자의 눈이 번뜩 빛났다.

"뭐, 너무 성급하게 결정하지 마시오. 그런데 귀하가 여기에 가져온 건 예전에 통화로 쓰던 금화 주머니 아니오?"

"그게― 맞습니다, 만?"

룩스가 상품으로 가져온 건 대부분이 쉽게 현금으로 바꿀 수 있는 것들이었다.

이 옛 통화는 렐리가 준비해준 오래된 금화로 희소가치가 높은 것이다.

그 중에서도 라이제사(史) 후기라고 불리는 금화가 값비싼 모양이었으나…….

"하나 보여주지 않겠소? 진품이 확실하다면, 몇 개로 티켓과 교환해드리리다."

"알겠습니다. 마음껏 구경하세요."

룩스는 바로 결정하고 금화 주머니를 테이블에 올려놓았다.

"그럼 실례……."

그리고 남자는 주머니를 열고, 그 안에서 금화 하나를 꺼내더니—

"으음? 이건 후기 연대가 아니구려. 라이제사 초기 금화인 것 같은데."

"네……?"

룩스는 당황해서 되물었다.

렐리가 가짜를 들려 보낼 거라곤 믿기 어려웠지만, 회장에 있는 전문 감정사에게 맡겨 확인해보아도 착각은 아닌 모양이었다.

'뭔가 속임수를 쓴 것 같진 않았는데, 렐리 씨가 실수한 걸까?'

룩스는 미묘한 차이 같은 것을 알 재간이 없었기에 그렇게 판단할 수밖에 없었다.

"인정한 것 같구려. 그럼 이 주머니에 든 금화 전부와 내 티켓을 교환했으면 하는데—"

"루우, 잠깐만."

거래가 막 성사되려는 찰나, 인파를 헤치고 나온 피르히가 큼지막한 뼈가 달린 고기를 한쪽 손에 들고 룩스 쪽으로 다가왔다.

"엑, 피이?! 뭐 하는 거야?!"

"넘겨주면 안……돼. 옛날 금화라고, 언니가 그랬으니까. 우물우물."

"하, 하지만 여기에 새겨진 연대와 색을 보면, 틀림없이 라이제사 초기의—"

노인 감정사가 그렇게 말했지만 피르히는 코를 가까이 가져다 대더니 쿵쿵 냄새를 맡았다.

그리고 평소처럼 무표정으로 말을 꺼냈다.

"그 금화에서만, 다른 냄새가 나. 나머지는 아마도, 언니가 준비해준 금화일, 거야."

"뭐요……?! 도, 도통 무슨 소릴 하시는 건지……."

피르히가 지적하자 남자는 쓴웃음을 지었지만, 룩스는 그가 동요하는 모습을 놓치지 않았다.

딱 하나만 가짜라고 피르히가 지적했다는 건, 요컨대…….

"죄송합니다만 감정사 선생님, 다른 금화를 좀 봐주실 수 있을까요?"

"으음. 오오— 이것들은 확실히 진짜로 보이는군요."

룩스가 감정사에게 다른 금화를 보여주자 그것이 진짜라고 판정해주었다.

그렇다면 수상한 건 처음에 교섭을 시도한 티켓 판매자다.

룩스가 의심스러운 눈초리로 바라보자 다급하게 변명하기 시작했다.

"아하, 다른 금화가 딱 하나 섞여 있었던 모양이로구려. 그렇다면—."

"당신 옷 안에서, 아직 그 금화의 냄새가…… 나는걸?"

"으헉……?!"

피르히의 지적에 표정이 변한 남자는 반사적으로 돌아서려 했지만 순식간에 붙잡혀서 팔을 가볍게 꺾었다.

그 직후에 그의 소매에서는 다른 종류의 옛 주화나 보석 종류가 몇 개나 더 굴러 떨어졌다.

"이건— 설마."

감정사에게 확인을 부탁해보니 전부 다 고급품이긴 하지만, 가치가 낮거나 흠이 있는 물건이라고 했다.

즉 귀금속 주머니에 틈을 봐서 가짜를 섞은 다음, 값을 낮춰 사들이려 하는 족속인 모양이었다.

아마도 룩스의 태도를 보고 풋내기 상인이라고 판단해서 말을 건 것 같았으나, 피르히의 후각까지는 계산하지 못한 듯했다.

피르히는 남자의 팔을 가볍게 꺾어서 제압한 상태로 조용히 물어보았다.

"이 티켓은, 진짜?"

"그, 그건 진짜야! 지하시장 입장권을 위조하면, 죽은 목숨이라고!"

남자의 절박한 목소리를 듣고서 룩스도 고개를 끄덕이며 피르히를 보았다.

피르히가 남자의 팔을 놓고 슬쩍 손을 내밀었다.

"아, 예. 티, 티켓 말이죠. 그, 그럼 원래 생각했던 대로 라이제 금화 다섯 개에 양도해드리겠—"

"티켓 두 장, 원해."

"넵……?!"

"두 장에 금화 세 개로 해 줘."

당황하는 남자를 향해 피르히는 담담하게 말했다.

남자는 저항했지만 조금 전에 저지른 일이 있는 만큼 결국 피르히에게 밀리고 말았다.

"티켓 구했어, 루우."

"아하하…… 고마워."

살포시 미소 짓는 피르히를 보며 룩스는 쓴웃음을 지었다.

예전에 렐리와 함께 상회를 시찰하러 갔을 때도 가짜를 간파했지만, 그 뒤의 교섭도 억지였다.

'역시 피르히는 장사에 제법 소질이 있을지도 모르겠어……'

멍한 무표정은 의도를 파악하기 쉽지 않은 데다, 마이페이스라는 건 상대방의 흐름에 휩쓸리지 않는다는 이야기이기도 하니까.

그리고 한 번 결정하면 물러서지 않는 강한 의지도 있다.

룩스는 놀라움과 동시에 조금 복잡한 허전함을 느꼈다.

오랜 소꿉친구 관계이긴 하지만, 이렇게 야무진 일처리가 필요한 부분은 자신의 담당이라고 생각했기 때문이다.

어쨌거나, 이것으로 첫 번째 관문은 돌파했다.

티켓에 기록된 지하시장 개최일은 일주일 후.

그 때까지는 이 수도 하이드헬름에 체류하며 첩보활동을 계속해야 할 것이다.

"자. 루우가 먹을 밥도, 가져왔어."

"아, 응. 고마워— 아니, 이렇게 많이 못 먹는데?!"

피르히가 접시에 담아온 요리를 보고서 룩스는 저도 모르게 소리쳤다.

치킨 허브 구이와 매시드 포테이토, 생선 소테에다 각종 과일까지 어마어마한 양의 요리를 가져왔다.

"언니가, 아내는 식사를 준비해야 한다고, 그랬으니까."

"정작 중요한 준비하는 방식이 엄청 대충인데?!"

"부부로서, 자연스러운 느낌으로 해야 한다고, 그랬으니까."

"오히려 눈에 띈다고?! 아까부터 여러 의미로?!"

룩스가 요리를 돌려놓으려고 했지만, 연회장 요리사가 먹어 달라며 웃으며 말했다.

아무래도 피르히가 식사하는 모습이 마음에 든 모양이었다.

"자 루우. 아앙— 해봐."

"어째서 그런 모습만 평소대로인 거야?!"

그렇지만 신혼여행을 연기해야 하는 이상 계속 거절하는 것도 부자연스러워 보일 것이다.

'뭐랄까, 피르히와 잠입하기로 한 건, 정말로 잘 한 선택이었을까……'

애초에 눈에 띄지 않기 위해 부부로 위장하기로 한 게 아니었나?

머릿속으로 그런 의문을 가지면서 룩스는 피르히와의 파티를 즐기기로 했다.

†

"후우……. 일단 어떻게든 해결, 됐나?"

연회장인 서양식 회관에서 돌아오는 길.

룩스와 피르히는 천천히 거리를 걷고 있었다.

눈은 내리지 않았지만 초겨울인 만큼 밤은 쌀쌀하였으며, 외투를 걸쳤는데도 바람이 몸에 스며들었다.

룩스와 피르히가 마차를 타고 곧장 숙소로 돌아가지 않은 것은, 헤이부르그의 지리를 파악해두고 싶다는 이유가 하나.

그리고 다른 한 가지 숨겨진 목적이 있었다.

그건 그렇고— 신기했다.

헤이부르그를 방문하는 건 이번이 처음일 텐데, 룩스와 피르히는 어째서인지 이 풍경에서 그리운 분위기를 느꼈다.

피르히와 함께 손을 잡고 있는 것도 어쩐지 그런 느낌을 들게 하는 데 일조하고 있는 것 같았다.

"어쩐지, 오랜만인 것 같아. 이렇게 루우랑 거리를 걷는 거."

"……그러게. 아이리 생일 이후로 처음인가."

그렇게 중얼거리는 동시에 룩스의 뇌리에 기억이 되살아났다.

어렸을 적, 제국 수도에서 피르히와 함께 놀던 기억.

평소에는 거리로 나가는 일이 별로 없었지만, 이따금 부모님의 눈을 피해 나가곤 했다.

아이리에게 선물해줄 봉제인형을 사러 나갔을 때는, 룩스는 황족이라는 걸 들키지 않게끔 모자를 깊이 눌러 쓰고서 피르히와 함께 상점을 둘러보았다.

지금 생각하면 어린 시절의 몇 안 되는 행복한 기억이다.

"그러고 보니 아직, 답례 안 했지?"

"......?"

문득 기억해낸 룩스가 물어보자 피르히가 말없이 고개를 갸웃했다.

"그 뭐야, 아이리 생일 선물을 골라줬잖아. 그 때, 나중에 피이한테도 선물해주겠다고 했는데……."

"그랬던 것, 같네."

그러나 결국 어린 시절의 약속이 이뤄지는 일은 없었다.

그 해 피르히의 생일이 찾아오기 전에 룩스를 둘러싼 환경이 급변한 탓이었다.

사고로 어머니를 잃었고, 피르히와 집안 사정 탓에 헤어지게 되었으며, 그 후로 오랫동안 보지 못했다.

그리고 학원에서 재회한 뒤로 지금까지 정말로 많은 일이 있었다.

문득 생각났지만 이제 곧 피르히의 생일이다.

앞으로 열흘 남짓 남았는데 이 임무가 끝날 무렵이었다.

"있잖아, 피이. 뭐 갖고 싶은 거 없어?"

룩스의 입에서 문득 그런 말이 흘러 나왔다.

"……."

피르히는 순간적으로 눈을 동그랗게 떴다가 평소의 멍한 표정으로 돌아와 입을 다물고 말았다.

듣지 못한 건가 싶어서 그 얼굴을 들여다보았는데, 아무래도 생각하던 중이었는지 곧 대답해주었다.

"루우가 준다면, 뭐든지 좋아."

"……그렇구나. 응, 알았어."

룩스는 그야말로 피르히다운 대답이라고 생각했다.

기본적으로 그녀는 과자 같은 먹을 것을 좋아하지만, 그 외에 피르히가 무엇을 갖고 싶어 하는지는 파악하기 어렵다.

남들에게 많은 것을 바라지 않으며 늘 옆에 있어주는 소녀.

앞으로 반년이면 세계에 끝이 찾아올지도 모르는 지금이기에, 그녀에게 주는 선물을 통해 자신의 마음을 제대로 전해두고 싶었다.

룩스가 다시 일어설 수 있는 계기를 준 그녀에게, 감사의 마음을―.

그런 생각을 하며 걷고 있는데 갑자기 피르히가 슬쩍 거리를 좁혔다.

"어?! 피이, 왜 그래?!"

옆에 딱 달라붙자 매끄러운 드레스 천을 통해 소녀의 부드러운 감촉과 체온이 전달되었다.

"루우, 왠지 추운 것 같아서."

"아, 아냐. 이 정도는 괜찮다고! 그, 그보다 내 코트를 입어."

"루우, 차가워. 나, 지금은 아내인데."

"……헛?!"

룩스가 쑥스러워하자 피르히는 볼을 살짝 부풀렸다.

어디까지나 위장하기 위한 신혼여행인데도, 피르히가 새삼 『아내』라는 말을 꺼내니 불가항력적으로 가슴이 크게 뛰었다.

만약 진짜로 피르히와 맺어지게 된다면 이런 느낌이지 않을까, 하는 생각이 들었다.

룩스의 가슴이 쿵쾅 하고 세차게 뛴 순간, 갑자기 뒤에서 기척이 느껴졌다.

"어이쿠야, 거기 깨가 쏟아지는 커플 여러분. 이렇게 야심한 밤에 너무 부주의한 거 아냐?"

"그래그래— 아무리 신혼여행이라고 해도 너무 들뜬 거 아냐—? 밤길은 조심해야— 켁, 아야야야야야! 항복, 항복! 살려줘어어어!"

뒤에서 말을 건 삼인조.

그들 중 한 명이 룩스의 어깨를 잡으려고 한 순간, 피르히가 즉시 팔을 잡아 비틀었다.

"Yes. 그럴 것 같아서 전 분명 장난은 참으라고 충고했습니다만, 정말 곤란한 분들이로군요."

"아하하…… 다들 오랜만이야."

귀에 익은 소녀들의 목소리에 경계심을 풀며 룩스는 쓴웃음을 지었다.

신왕국 학원에서 친하게 지내는 삼화음이 눈앞에 서 있었다.

샤리스, 티르파, 녹트 세 사람은 이번에 신왕국과의 연락책으로서 정기적으로 룩스와 접촉하기로 계획되어 있었다.

"별일 없어 보여서 다행이네, 룩스 군. 아직 피르히 아가씨와 선은 안 넘었나 봐?"

리더 격인 샤리스가 지적하자 룩스는 당황했다.

"갑자기 뭘 걱정하는 거예요?!"

"Yes. 아이리에게도 좋은 소식을 가져다줄 수 있을 것 같군요. 룩스 씨의 여성 관계는 꽤 시원찮으므로, 저는 믿고 있었습니다만."

"칭찬하는 건지 헐뜯는 건지 확실히 좀 해줄래?!"

녹트의 냉정한 언어폭력에 얻어맞고서 룩스는 더욱 소리쳤다.

"후우……. 그치만 심심한 걸 어떡해. 신왕국의 분위기는 살벌한데, 루크찌만 즐거운 신혼여행을 떠나다니―. 뭔가 나도 할 수 있을 만한 역할 없었어? 애인 역이라든가?"

피르히의 팔 꺾기에서 해방된 티르파가 투덜거리자 룩스는 언짢은 표정으로 태클을 걸었다.

"있잖아……. 우린 일단 극비 임무를 수행하러 온 거거든?"

세 사람은 여전했지만 덕분에 긴장이 풀린 것 같기도 했다.

"자자, 서서 이야기하기도 좀 그러니, 숙소로 돌아가서 얘기할까? 오늘은 학생 신분이 아니니까. 술이랑 안주도 골라뒀다고."

"저기, 다들 이 상황을 즐기는 거 맞죠?"

설명하기 힘든 표정으로 중얼거리는 룩스를 보며 샤리스는 씨익 미소 지었다.

그 후 트라이어드와 합류한 룩스는 일단 숙소로 돌아가 가볍게 휴식을 취하며 세 사람과 정보를 교환하기로 했다.

"그래서― 신왕국 쪽은 어떤가요?"

룩스가 목소리를 낮추고 질문하자 샤리스는 자세를 바로잡았다.

조금 전까지의 들뜬 분위기를 싹 지우고 차분한 표정을 지었다.

"꽤 심한 고생에 시달리는 중이지. 이미 신왕국의 서방 영지—『탑』 부근의 항구 도시 트라이포트에는 헤이부르그 공화국이 보낸 군부대가 주둔 중이야. 병참은 이미 정비를 마쳤는지 며칠 전부터 『탑』 공략을 개시했어."

학원제 도중—『창조주』 일행의 입회하에 열린 『연무전』 결과를 따라, 헤이부르그는 한 달 동안 신왕국 영지 내에 있는 『탑』 공략 권리를 획득하고 말았다.

기룡사를 주축으로 삼는 부대가 모여든 항구 도시 트라이포트는, 마치 제압당한 주둔지 같은 무거운 분위기가 감돌고 있다고 했다.

서방령을 다스리는 사대 귀족 디스트 라르그리스도 경비에 온 힘을 쏟고 있지만, 도시 주민들은 언제 닥칠지 모르는 환신수의 위협에 잠들지 못하는 나날을 보내는 모양이었다.

"리샤 님 일행은 어떻게 하고 계신가요?"

룩스는 질문하며 치즈와 고기를 끼운 샌드위치를 먹었다.

피르히도 조금 전 파티 자리에서 그렇게 먹었으면서도, 안주로 준비한 튀긴 빵을 묵묵히 뜯어먹었다.

"공주님 일행은 중요한 전력이니 말이야. 항구 도시에서 세리스와 교대로 신왕국군 지휘를 맡고 있어. 사실은 요루카 아가씨나 크루루시퍼 아가씨도 다 함께 동석하면 좋을 테지만……."

"뭐— 한 번에 네 명이나 나갔다간, 아무래도 경계 당하게 될 테니까."

"Yes. 우리가 여기에 잠입했다는 것도 발각 당하게 될 겁니다."

샤리스의 대답을 티르파와 녹트가 보충해주었다.

거의 모든 신장기룡 사용자가 외부로 파견된다면, 역시 보이지 않는 두 사람이 무얼 하고 있는지 경계의 대상이 되고 말 것이다.

반하임 공국이나 유미르 교국 등지에서 가끔 지원받고 있긴 하지만, 기본적으로 트라이포트 경비는 격무인 듯했다.

그럴 수밖에 없는 게, 언제 『탑』에서 헤이부르그 군이 놓친 환신수가 나타나 근처의 트라이포트로 올지 모르기 때문이다.

세리스는 특유의 책임감을 발휘해서, 리샤는 강한 모습을 보이기 위해서 약한 소리를 내지 않는 모양이었지만, 이 상태가 한 달이나 지속된다면 버틸 수 없을 거라고 예측되었다.

크루루시퍼와 요루카는 학원을 철저히 수비 중이었다.

며칠 단위로 리샤 일행과 트라이포트 경비 임무를 교대할 예정이라고 했다.

그 점에 대해선 지금 당장은 문제없을 테지만—.

"그래서, 그녀의 동향은 좀 어때?"

룩스는 긴장된 목소리로 가장 궁금했던 정보에 대해 물어보았다.

헤이부르그 공화국의 『칠용기성』 로자 그랑하이드.

『강철의 마녀』라는 이명을 보유한 기룡사로, 칼집에서 빠져나온 날카로운 검을 연상케 하는 인상의 소녀.

적의를 있는 그대로 드러내는 사나운 성격이며, 헤이부르그에서 모의전을 치르며 사관후보생을 다섯 명이나 죽였다고 떵떵거리며 다녔다.

기룡사로서 압도적인 실력을 갖추었음에도 그 과격한 성격 탓에 국가에서 존재 자체를 숨겨왔다는 복잡한 사연이 있는 인물.

그녀에 대해서 자세하게 조사해볼 짬이 없는 탓에, 룩스는 아이리와 트라이어드에게 정보를 모아달라고 출국 전에 부탁했는데—

"그게 말이지, 조사해도 모르겠더라구. 애초에 헤이부르그는 구제국 시절부터 분쟁을 겪어온 탓에 절연 상태였고, 특히나 기룡사에 대한 정보 쪽은 얻기 어렵단 말이지."

"Yes. 아이리도 분한 것 같았습니다."

기대에 어긋난 결과이지만 어쩔 수 없다.

그렇게 생각하며 룩스가 한숨을 쉬자 샤리스가 의기양양하게 가슴을 폈다.

"—그렇게 말하고 싶은 참이지만, 일단 너에게 줄 간단한 선물 정도는 준비해왔다고. 로자 경은 지금으로선 신왕국에서 움직일 기색이 없어. 병사들의 지휘 쪽은 측근 여장군이 하는 모양이더군."

"그렇구나."

장갑기룡으로 전속력으로 비행한다 해도, 항구 도시 트라이포트에서 이 수도 하이드헬름까지는 약 하루 반 정도 걸린다.

로자가 이쪽에 없다는 것을 알면 조사도 어느 정도 하기 쉬워진다.

다만 그녀가 이 뒷거래에 관여하고 있을 가능성도 큰 이상 덮어놓고 안심할 수는 없지만.

"보고할만한 내용은 이 정도야. 그럼 오늘 밤에는 우리도 여기서 묵을까? 루크찌도 둘만 있으면 불안할 거 아냐?"

"No. 우리는 신속히 귀환해야 한다고 판단합니다. 놀고 있을 틈은 없어요."

"아쉽지만 어쩔 수 없지. 지하시장 일정은 파악했으니, 그때 쯤 또 만나러 오겠어."

티르파의 농담을 녹트가 부정하고 샤리스가 정리했다.

이번에 트라이어드는 신왕국의 정보를 룩스에게 전하는 파이프 역할을 맡았다.

헤이부르그 군이 『탑』을 공략하여 라그나뢰크가 존재하는 층까지 도착할 경우, 이쪽도 방어를 해야 하므로 룩스를 도와줄 여력이 없을 거라고 디스트 경은 말했다.

가벼운 말투로 이야기하고 있지만 그녀들도 나름대로 긴장하고 있을 것이다.

"네…… 나중에 봐요, 여러분."

"그래, 피르히 아가씨도 신혼여행이라고 들떠서 도가 지나친 행동을 하면 안 된다?"

그렇게 놀리는 것을 끝으로 트라이어드는 숙소에서 떠났다.

"후우……."

그녀들이 떠난 후 룩스가 한숨을 내쉬며 옆으로 고개를 돌리자, 어느새 사라졌는지 조금 전까지 옆에 있던 피르히가 보이지 않았다.

작전 회의에는 참여하지 않고, 과자 등을 먹고 있었을 텐데―.

"루우, 피곤해보여……. 슬슬 자지 않으면, 안 돼."

"우왓?!"

그때 갑자기 등 뒤에서 피르히가 섬세하게 힘을 조절하여 부드럽게 룩스를 끌어안았다.

실내복 너머로 볼륨감 있는 몸의 감촉을 느끼고 룩스의 머리가 저도 모르게 끓어올랐다.

"앗, 무슨 짓이야, 피이. 설마 취하기라도 했어?!"

샤리스 일행이 들고 온 술을 마셔버린 줄 알았지만 아무래도 단순히 잠에 취해서 한 행동인 것 같았다.

피르히는 눈을 게슴츠레하게 뜨고 룩스를 단단히 끌어안았다.

은은한 향수의 향기에 섞여서 감도는 소녀의 달콤한 체취에 룩스의 본능이 확 달아올랐다.

"나, 나는 괜찮으니까! 피이는 먼저 자―."

어떻게든 그 유혹을 뿌리치고서 룩스는 피하려고 했지만―.

"……아내이니까, 루우의 뒷바라지를 해줘야 한다고, 언니가."

"아니 그건 연기잖아?! 남들이 안 보는 이런 곳에서까지 그럴 필요는 없다고!"

그렇게 반사적으로 소리친 순간, 룩스는 피르히에게 떠밀려 침대 위로 쓰러졌다.

"흑……?!"

달아오른 피르히의 몸에서 느껴지는 감촉.

룩스는 저도 모르게 소리를 낼 뻔했지만—.

"쿠울……."

그 순간 피르히의 눈이 완전히 감기고 조용한 숨소리가 그녀의 입에서 새어나왔다.

"……하아."

안도의 한숨을 내쉬며 룩스는 피르히의 몸을 떼어냈다.

떼어내는 게 살짝 아쉽기도 했지만 기분 탓이라고 해두기로 했다.

사교장으로 가기 전에 두 사람 다 간단히 몸을 씻었으니 오늘 밤은 굳이 깨우지 않아도 괜찮겠다고 생각하지만.

"그나저나, 아무리 그래도 같이 자는 건 좀 그런데……."

침대는 더블 사이즈이지만 하나 밖에 없어서 난처했다.

공간 문제라기보다도 이성이 버틸 수 있을 것 같지 않았다.

"렐리 씨는 진짜, 뭘 생각하는 걸까……."

아무 생각도 없는 것 같다는 기분이 들기도 했다.

아니, 어떻게 보면 무척 알기 쉬운 목적이었다.

룩스가 피르히와 맺어지는 것이 렐리의 소망이니까.

"하지만 지금의 내겐, 그런 생각을 할 여유 같은 건……."

초겨울이라 조금 추웠지만 소파에서 잘 수밖에 없다.

룩스는 모포를 한 장 챙긴 후 잠든 피르히의 얼굴을 보며 미소 지었다.

"잘 자, 피이."

램프를 끄고 어둠 속에서 눈을 감았다.

적지에 잠입 중인 이 상황과 제1 유적 『탑』에 대한 강렬한 불안감.

잠드는 것이 조금 불안했지만 추위 탓인지 룩스의 의식은 자연스럽게 가라앉았다.

†

그날 밤 룩스는 과거의 꿈을 꾸었다.

그리운 과거이자, 때로는 괴로운 기억.

구제국의 압정과 남존여비 차별에 괴로워하던 7년 전의 광경이었다.

궁정에서 쫓겨나 어머니를 사고로 잃었다.

그리고— 제국을 바꾸기 위해 일어선 후, 룩스가 보인 행동.

선인(先人)들이 남긴 장서를 닥치는 대로 읽으며 지식을 습득하고, 동시에 장갑기룡 실력을 연마했다.

시간은 아무리 있어도 부족했다.

아침부터 밤까지 침식을 거를 정도로 몰두했다.

단기간에 그렇게까지 실력을 끌어올릴 수 있었던 것은— 그리고 제국을 무너뜨릴 수 있었던 것은 후길의 도움이 크기도 했지만, 룩스의 강한 의지에서 비롯된 결과였다.

그러나—.

『아하, 알았다. 너는 두려워하고 있는 것이로군? 자신이 일찍이 옳다고 믿으며 실천해온 행동이, 잘못된 것이었을지도 모른다는 현실을.』

『푸른 폭군』싱글렌 쉘불릿이 꺼낸 그 한마디가 비수가 되어 룩스의 가슴을 찔렀다.

'……아냐. 난 더 이상 망설이지 않아. 내가 지키고 싶은 사람들을 지키기 위해, 고민 따위 하지 않겠어.'

아이리를 위기에서 구하기 위해 『칠용기성』이 되는 것에 의문 같은 것은 품지 않았다.

구제국을 멸망시키는 데 실패한 과거를, 더 이상 두려워하지 않겠다고 맹세했을 터이다.

'하지만, 어째서지?'

신왕국을 궁지로 몰아넣는 『악한 왕』, 로자 그랑하이드가 관련된 뒷거래 증거를 찾아서 타도해야만 한다.

그것은 올바른 행위일 텐데, 어째서인지 룩스는 그 안에서 모순을 느끼고 있었다.

신왕국을 위기에 빠뜨리려는 적을 쓰러뜨리지 않으면 모두를 지킬 수 없다.

하지만 그렇다 해도, 룩스의 소망은…….

"——?!"

불온한 소리를 듣고 룩스는 소파 위에서 눈을 떴다.

커튼 너머에서는 빛이 느껴지지 않았다. 공기가 싸늘했다. 아직 심야였다.

즉시 주위를 경계하면서 몸을 일으켜 기공각검에 손을 뻗었다.

'적인가? 아니, 달라— 표적은 내가 아니야……'

숨을 죽이고 주변 상황에 신경을 집중했다. 역시 목소리가 들렸다.

그것도 남성의 커다란 고함이 멀리 떨어진 곳에서 들려왔다.

뭔가에 다리가 걸렸다는 둥, 부딪쳤다는 둥 하며 누군가를 욕하고 있는 듯했다.

한밤중인 탓인지 소리가 울려 퍼졌다.

때때로 소녀의 가냘픈 비명이 이 숙소의 방까지 닿았다.

"웅, 음냐……."

피르히는 지쳐서 깊이 잠들었는지 아직 눈치 채지 못했다.

조심스럽게 방에서 나온 룩스는 1층으로 내려가 아직 일어나 있던 숙소 주인에게 말을 걸었다.

"어라, 어쩐 일이십니까, 나리. 이제 곧 출입문을 잠글 겁니다. 외출은 내일 하시는 게 어떻겠습니까?"

"아뇨, 그런 게 아니라 이 비명은 대체……?"

룩스가 긴장된 표정으로 물어보아도 숙소 주인인 중년 남성은 「아아」라고 반응하며 가볍게 깍지를 낄 뿐이었다.

"조금 시끄러우시겠지만 신경 쓸 일까진 아닙니다. 금방 조용해질 테니까요……."

맥 빠지는 반응에 초조함을 느끼며 룩스는 다시 물어보았다.

"그게 아니라, 도와주러 안 가는 겁니까? 여성이 습격당했을지도 모르잖아요? 위병을 부른다거나―."

그러나 주인은 너무나도 뜻밖의 대답을 했다.

"나리, 이 성곽 도시에 오는 건 처음이십니까?"

"예……?"

당황하는 룩스를 보며 주인은 작게 한숨을 쉬었다.

"어떤 마음인진 잘 압니다만, 그만 두시지요. **저 고함을 지르는 남성이 위병이랍니다.** 게다가 저 치는 귀족 분대장급일 겁니다. 들어본 적 있는 목소리거든요."

담담하게 말하며 주인은 곤란한 것처럼 머리를 긁었다.

"여기는 수도라서 더욱 위험합니다. 조금이라도 수상한 짓을 하면 바로 위병님 귀에 닿죠. 돈이나 몸으로도 해결되지 않으면, 그때는 감옥행이라고요."

체념한 것만 같은 주인의 말을 듣고, 뜨겁게 달아올랐던 룩스의 머리가 급속도로 차가워졌다.

그 직후, 바로 해답에 도달했다.

"즉, 이렇다는 겁니까? 지금 취해서 여자한테 시비를 걸고 있는 헤이부르그 군인에게, 우리들은 거역할 수 없다고―."

"어느 쪽이 정당하고 나쁜지는 문제가 아니라고요. 괜히 참견했다간 참견한 사람 쪽이 피를 보게 되죠. 그게 답입니다."

"―알겠습니다. 실례했습니다."

그야말로 순순히 물러난 듯한 태도로 룩스는 객실로 돌아갔다.

이 헤이부르그에서는 신분 차별이 명확하다고 들었는데, 지금이 그 상황이란 말인가?

세력을 강화하고 있는 귀족인 군인과 그 가족들, 일반시민, 그리고— 빈민.

아카디아 구제국의 행동에 국토의 안전을 위협받고, 라그나뢰크의 위험에 노출된 헤이부르그는 군사력을 확대하는 노선에 심혈을 기울였다.

그것이 초래한 권력의 불균형은 민중들이 선정한 지배자의 자리를 빼앗았으며, 군을 압도적인 우위에 세웠다.

무력이 없으면 전쟁이나 방어, 유적 조사 등 모든 점에서 힘을 잃는다.

그 생각이 끝에 도달하여 나타난 것이 병사들의 횡포인 것이리라.

구제국과 매우 비슷한 권력자들의 지배 체제.

일찍이 그 앞면과 뒷면을 모두 체험해본 룩스는 금방 현재 상황을 이해할 수 있었다.

'임무를 안전하게 수행하려면, 지금 여기서 위험을 무릅써서는 안 돼. 하지만—.'

정신을 차렸을 때, 룩스는 이미 상품 주머니에 손을 대고 있었다.

얼굴을 가릴 수 있는 후드가 달린 검은 외투.

거래용 물품이라고 속여서 변장용으로 가져온 의상 중 하나로 재빨리 갈아입었다.

이어서 룩스는 《와이번》의 기공각검만을 허리띠에 차고 창문을 통해 밖으로 뛰쳐나갔다.

2층에서 담장 위로, 그곳에서 길 위에 무사히 착지했다.

조금 전과는 다르게 심야의 거리에 인기척은 없었다.

룩스는 살을 에는 듯한 차가운 바람을 맞으며 목소리가 들려온 방향을 향해 달렸다.

돌이 깔린 길을 200ml^{메르} 정도 질주했을 때, 복잡한 뒷골목 쪽에서 소녀에게 집적대는 위병을 발견했다.

"꺄악?! 이거 놓으세요!"

"이년이, 감히 나한테 손을 대? 이건 국가반역죄다. 하룻밤 상대 정도로는 안 끝날 테니 각오하라고."

어슴푸레한 어둠 속에서 차츰 그 광경의 윤곽이 또렷해지기 시작했다.

취한 남자가 소녀의 팔을 더욱 잡아당긴 순간, 룩스는 기공각검을 칼집 째 들어 올려 어깨를 후려쳤다.

"크허억?!"

"이쪽으로!"

남자가 균형을 잃고 쓰러진 틈에 룩스는 소녀의 손을 붙잡고 뛰었다.

뒷골목을 빠져나가 잠시 달려서 큰길 앞까지 왔다.

뒤에서 따라오는 발소리는 들리지 않는 것을 보니 무사히 뿌리친 것 같았다.

"하아, 하아……. 저기— 당신은, 도대체?"

"다친 데는 없나요? 그럼, 밤길 조심하세요. 전 이만."

소녀를 구하기 위해 움직인 것까진 좋지만, 이 이상 눈에 띄었다간 뒷감당이 안 될 것이다.

룩스는 숨을 헐떡이는 소녀가 자신의 얼굴을 기억하기 전에 먼저 떠나려고 했다.

"아…… 자, 잠시만 기다려주세요!"

"아뇨, 딱히 보답 받으려고 한 건—."

"도, 도와주셔서 감사합니다. 그런데 여긴 어디인가요? 한참 달려오는 바람에, 제가 어디 있는지 알 수가 없네요."

"네……?"

그녀의 질문에 룩스는 저도 모르게 당황했다.

아무리 한밤중이라고는 하지만 달빛이 은은하게 비치고 있었으며, 가로등도 아직 켜져 있었다.

"그, 그래도 수도 주민 맞으시죠? 저는 이곳에 막 온 참이라—?!"

룩스는 말을 채 마치기 전에 알 수 없는 소리를 한 소녀의 비밀을 눈치 챘다.

여기까지 정신없이 도주하느라 눈치채지 못했지만, 지금 보니 소녀의 두 눈동자는 조용히 감겨 있었다.

"죄송합니다. 보시다시피 저는 눈이 보이지 않아요. 지팡이를 짚으면 다소나마 위치를 알 수 있습니다만, 원래 있었던 자리에 두고 온 것 같아서요……"

'엇……?! 아뿔싸?!'

그제야 룩스는 자신이 얼마나 귀찮은 사태에 뛰어들었는지 깨달았다.

공격당한 병사는 만취 상태였으니 그대로 기절했을 가능성도 있지만, 그녀와 손을 잡고 둘이서 당당히 그곳으로 돌아갈 수는 없었다.

그리고 큰길이라고는 하지만 이 심야에 지팡이를 잃어버린 맹인 소녀를 두고 갈 수도 없었다.

위병과 마찰을 빚은 이상 다른 위병에게 넘긴다는 수단도 쓸 수 없었다.

심지어 급하게 뛰쳐나왔기 때문에 룩스는 수도 지도도 가져오지 않았다.

룩스는 비교적 길눈이 좋은 편이었지만, 그래도 이런 오밤중에 소녀의 집을 찾는 것은 어려웠다.

"누구 신뢰할 수 있을 만한 지인은 없나요? 이 도시의 위병 말고, 믿을 수 있을만한 사람은—"

그래서 어떻게든 소녀만이라도 무사히 집으로 돌려보낼 방법을 찾아보려 했지만…….

"없다……고 생각해요."

자조적인 표정을 지으며 소녀는 힘없이 고개를 숙였다.

"저는 이 도시에서는 천대받는 처지거든요……. 그래서 산책도 이렇게 한밤중에만 할 수 있어요……."

"그 이야기는……?"

그렇게 물어본 순간, 괜한 질문을 하는 게 아니었다고 후회

했다.

그러나 섬세하지 못한 질문이 이끌어낸 소녀의 대답은 룩스의 운명을 뜻밖의 방향으로 유도했다.

"저는 예전에, 군의 사관후보생이자 기룡사였거든요. 하다 못해 로자나 카렌시아가 제 곁에 있어준다면……."

"헉……?!"

그 두 사람의 이름을 들은 순간 동요와 전율이 룩스의 등줄기를 관통했다.

온화한 분위기의 맹인 소녀는 고개를 갸웃거리며 룩스의 반응을 기다렸다.

'이 애가, 전직 헤이부르그 군사 관계자……?! 그것도 『칠용기성』 로자와 보좌관 카렌시아랑 인연이 있는─.'

룩스의 이번 임무와 그 두 사람은 직접적인 관계가 없다.

현재 목적은 헤이부르그의 지하시장에 잠입해서 『용비적』과 뒷거래를 한다는 증거를 밝혀내는 것이니까.

따라서 이 이야기는 물어보지 않는다는 방법도 있었지만, 룩스는 기묘한 운명을 느꼈다.

"저기, 이 근처의 지리나 거리 이름이라든지, 당신이 사는 곳 주소의 실마리 같은 건 떠오르나요?"

"시간이 걸릴지도 모르겠지만…… 어떻게든 될 거예요. 예전에는 눈이 보였으니까, 그 시절의 기억에 의지하면─."

그렇다면 소녀를 집으로 무사히 돌려보내는 것에 다소 희망이 생겼다.

© 2013 Ayumu Kasuga

전직 사관후보생이라면 지도를 자주 봤을 가능성이 있으니까.

"아, 죄송합니다! 제가 너무 염치가 없었네요. 이 도시에 온 지 얼마 안 되신 분께, 방금 전에도 도움을 받았으면서……."

문득 알아차렸는지 당황한 모습으로 그렇게 말하는 소녀의 손을 룩스는 붙잡았다.

"아뇨, 배웅하게 해주세요. 그리고 시간이 조금 걸릴지도 모르지만, 이야기를 들어볼 수 있을까요?"

"아, 네. 제 이름은 스테파 하즈마이스입니다. 전직 사관후보생으로, 지금은 무료 치료사 견습생이에요."

"저는 룩— 이 아니라, 루디 에인토스. 여행 중인 잡화 상인입니다. 잘 부탁해요."

서로 소개를 마친 두 사람은 조용한 밤거리를 걷기 시작했다.

지팡이를 잃어버린 맹인 소녀와 수도에 처음 와보는 소년.

게다가 위병의 눈을 신경 쓰면서 걷다 보니 역시 속도를 내긴 어려웠다.

그렇게 남는 시간에 룩스는 그녀와 대화를 나누었다.

"그러셨군요. 신혼여행으로 이 도시에—. 확실히 상업적인 면에선 여러모로 발전된 곳이니까요."

말투가 약간 비아냥조인 이유는, 전직 사관후보생으로서 군사 산업에 대해 의식하고 있기 때문일지도 모른다.

"네. 소꿉친구인 피……아넬과 함께 말이죠. 연말에는 연회도 많이 열리니까, 겸사겸사 앞으로 고객이 될 사람들과 안면도 터놓을까 싶어서요."

물론 이건 꾸며낸 신분의 명목이다.

"목소리는 젊은데, 무척 성실하신걸요? 저도 본받아야겠어요."

"아니, 그렇게 대단한 것도 아닌걸요. 그보다, 아까 꺼낸 로자라는 이름은—."

"알고 계세요? 그녀는 이제, 헤이부르그 공화국의 『칠용기성』이니 그럴만하네요. 잘 지내고 있다면 좋을 텐데—."

"저기, 그녀…… 로자 경이 헤이부르그에서 어떤 평가를 받는지, 알 수 있을까요?"

"……."

룩스가 묻자 소녀는 눈꼬리를 살짝 내리며 입을 다물었다.

그것만으로도 사정을 대강 파악할 수 있었다.

"아, 딱히 무리해서 듣고 싶은 건—."

"그녀는, 다른 나라에 상당히 나쁜 인물로 알려졌을 거라고 생각해요. 이 헤이부르그에서도 그건 마찬가지죠. 그녀는 특_{엑스 클래스}급 계층 기룡사입니다만, 오만불손한 위험인물이라는 소문을 들었어요. 하지만…… 저는 믿을 수가 없어요."

"믿을 수 없다니, 로자 경의 소문을 말인가요?"

"네. 그녀는 명문 군인 가문 출신으로, 확실히 성격은 공격적인 편이에요. 하지만— 굳이 따지자면 겁이 많은데 그걸 적의로 바꾼 것 같은 느낌이었습니다. 그녀와 모의전을 치르다가 사고가 일어났을 때도 상당히 당황한 것처럼 보였거든요."

"그 눈은, 연습장에서 일어난 사고 탓에……?"

자신을 스테파라고 소개한 맹인 소녀는 고개를 끄덕였다.

뭐랄까, 뜻밖의 이야기였다.

그 오만불손한 지금의 로자의 모습을 보면 도저히 상상할 수 없었다.

이어지는 스테파의 이야기는 다음과 같았다.

서민 출신이지만 기룡적성을 인정받아 사관후보생이 된 카렌시아와 스테파는 로자와 친했다.

그러나 스테파는 눈을 다쳐 학교를 떠난 이후로 사관학교와 관련된 일은 잘 알 수 없게 되었다.

그러는 동안에 언제부턴가 로자에 대한 나쁜 소문이 차츰 퍼지기 시작했고, 어느덧 그녀는 수도 사람들이 벌벌 떨 정도의 존재가 되고 말았다.

동시에 군의 지배력도 그 무렵부터 기세를 더하였으며 헤이부르그는 점점 살기 힘든 나라가 되고 말았다.

"로자 경이 변해버린 이유로, 뭔가 짚이는 건 없나요?"

"……모르겠어요. 다만 듣기로는, 제가 퇴역한 직후에 모의전에서 사고가 일어나 사관후보생 몇 사람이 사망했다고 합니다, 만……."

그 무렵 군의 중역이 사망하여 체제가 바뀌는 등 많은 사건이 있었던 모양이다.

딱 헤이즈와의 연계가 활발해졌을 시기였음을 룩스는 상상할 수 있었다.

카렌시아가 그런 동향을 파악하기 위해 헤이즈를 조사하려 했다는 이야기도 들었다.

"사촌언니인 카렌시아는 바뀐 것 같진 않지만, 그 뒤로 통 만나질 못했어요. 만약 로자가 나쁜 짓을 한다 해도, 말려줄 거라고 생각했는데……"

"……"

룩스는 그 말을 듣고 한 달 전 학원제 때 개최된 『연무전』을 떠올렸다.

『카렌, 너는 이 죽어 가는 녀석을 상대하려무나. 뭐, 그런 애송이한테 두 번이나 당한 시점에서 처벌은 확정이지만―. 이대로 너 때문에 지면 어떻게 될지― 총명한 너라면 잘 알고 있겠지? 네 부모만이 아니라 여동생까지 노예로 만들어 버릴 거라고?』

그 시점에서 두 사람의 관계는 이미 일방적이었다.

카렌시아는 로자에게 협박당하고 학대당하며 농락당하고 있었다.

그런 두 사람의 사이를 믿고 있다면, 이 사실을 이 스테파에게 알릴 수는 없다.

자칫 잘못하다간 로자의 변덕 탓에 이 소녀까지 피해를 입게 될지도 모른다.

"만약 제가 카렌을 만난다면, 뭔가 알아낼 수 있을지도 모르겠습니다만……"

룩스는 소녀의 간절한 소원을 들어줄 수 없었다.

"어디…… 집은 이 근처인가요? 빵집이랑 잡화점— 그리고 소 석상이 근처에 보이는데."

"아, 여기까지 오면 대강 알 수 있어요. 정말 감사합니다."

이럭저럭 하는 사이에 드디어 소녀의 집 근처에 도착했다.

지팡이가 없으니 혹시 모를 사고에 대비해서 집 앞까지 바래다준 후, 룩스가 숙소로 돌아가려는 찰나—.

"저기, 루디 씨는 당분간 이곳에서 머무시는 거죠?"

뒤로 돌아선 룩스를 향해 스테파가 머뭇머뭇 물어보았다.

"그럴 예정인데, 그건 왜 물어보시죠?"

"혹시나 싶어서, 여쭙는 건데……. 이제 곧 열릴 지하시장에도 참가할 생각이신가요?"

"……."

정곡을 찔린 룩스는 순간적으로 경계심을 곤두세웠다.

지하시장 자체는 합법 시장이지만, 그 속에 숨어서 위법 상품도 취급하는 비밀 거래가 진행될 때도 있다.

룩스가 신분을 속이고 잠입하는 건 그 현장을 포착하는 것이 목적이기 때문이다.

"아니, 저는 그—."

생각지도 못한 인연이 있어서 저도 모르게 대화를 나누고 말았지만 이 이상 그녀와 얽히는 건 좋지 않다.

하지만 만약 군이 지하시장 자체를 관리하고 있는 거라면 그녀도 그 사정을 쭉 꿰고 있을 게 분명하다.

그리고 이 소녀의 사촌이자 『칠용기성』 보좌관인 카렌시아와 만나게 된다면, 그 때는 지금까지 모인 단서가 한 번에 연결될 것이다.

『용비적』과 결탁하여 힘을 늘리고 있는 헤이부르그의 핵심에 다가갈 수 있는 것이다.

"부탁드려요! 만약, 지하시장에서 카렌을 보면 제 이야기를 전해주세요! 답례는 어떻게든 해드릴 테니, 그녀와 만나게 해주세요!"

망설이는 사이에 스테파는 절실한 소원을 입 밖으로 꺼냈다.

그리고 룩스도 고민 끝에 결론을 내렸다.

†

"하아, 일이 말도 못하게 커져버렸네."

그로부터 십여 분 후.

룩스는 어찌어찌 숙소로 귀환했다.

결국 룩스는 스테파의 부탁을 들어주기로 했다.

듣자하니 카렌시아는 스테파가 사고로 크게 다친 이후로 그녀를 전혀 만나려 하지 않았다고 했다.

그 원인을 밝혀내고, 가능하다면 그녀와 만날 수 있도록 선처해주었으면 한다.

그것이 맹인 소녀 스테파의 소원이었다.

지난번 『연무전』에서 만난 카렌시아 하즈마이스는 고지식한 군인으로, 로자에게 부당한 대우를 받고 있는 것처럼 보였다.

적어도 로자보다는 만나기 쉬운 상대라고 할 수 있으리라.

트라이어드의 정보에 의하면 앞으로 며칠 동안 로자가 돌아올 일은 없을 것으로 보이니, 지금이라면 교섭하기 쉬울 것이다.

어쨌거나 세심하게 주의를 기울일 필요가 있지만— 아무튼 오늘은 이제 무리였다.

"다녀왔습니다."

숙소 입구는 닫혀있었기 때문에 룩스는 나갈 때 사용한 창문을 통해 안으로 들어왔다.

작은 목소리로 중얼거린 다음 침대를 보자 피르히가 어디론가 사라져 있었다.

'—헛?! 설마, 납치라도 당했나?!'

룩스의 이마에 식은땀이 흘렀다.

재빨리 기공각검을 붙잡고 경계심을 늦추지 않으며 램프의 불을 켠 순간—

"에잇."

룩스의 등 뒤에서 누군가가 갑자기 그를 꼬옥 끌어안았다.

한순간 심장이 튀어나오는 게 아닌가 싶을 만큼 놀랐지만 곧 그 정체를 알아차렸다.

"어, 피……이?"

"어디, 갔었어?"

"저기, 별 일 없었어?! 내가 없는 동안에—."

"……."

뒤를 돌아보려고 했지만, 단단히 고정당하는 바람에 움직일 수 없었다.

과묵한 건 평소와 같지만 지금은 그 침묵이 무서웠다.

"저기, 어떻게 된 건지 이야기해줄 테니까, 일단 좀 놓아주면……."

움직일 수 없다는 것도 그랬지만 그녀의 커다란 가슴이 등을 눌러 대서 얼굴이 뜨겁게 달아올랐다.

"안 돼, 혼내는 중이니까."

"어?! 혼내는 중이라니, 그게 무슨—."

"언니가 가르쳐줬어. 아내는, 남자의 밤놀이를 용서하면 안 된대."

"여러모로 착각하고 있잖아?! 아니, 어떻게 보면 맞을지도 모르지만 이번에는 딱히 그런 게 아니야! 애초에 아무도 안 보는 데서까지 이럴 필요는 없잖아?!"

"나, 화났어."

일단 룩스를 놓아준 후, 조금도 화난 것처럼 보이지 않는 표정과 멍한 목소리로 피르히가 말했다.

"루우는 또, 혼자서 무리했으니까. 나를, 두고 갔으니까."

"아……."

소녀의 무구한 눈동자와 말 앞에서 룩스는 고개를 숙였다.

갑작스럽게 일어난 일이라 깨우기를 망설였지만, 이번에 피르히는 자기 의지로 룩스를 따라와 주었다.

이런 위험한 임무에 동행한 것은 룩스를 지키겠다고 각오했기 때문이다.

피르히는 그런 자신에게 아무 말 없이 위험한 일에 뛰어들었다는 것에 화난 것이리라.

"미안해, 피이…… . 내가 생각이 짧았어."

"응."

룩스가 솔직하게 사과하자 피르히는 조용히 고개를 끄덕였다.

피르히는 주체성이 없는 것처럼 보이면서도 의외로 완고한 성격이지만, 룩스가 진심으로 사과한다는 것을 알면 그 이상 화내지 않는다.

'그것도, 피이의 좋은 점이지.'

어쩐지 그리운 기분을 느끼면서 룩스는 겉옷을 벗고 몸을 가볍게 닦았다.

입고 나갔던 옷이 멀쩡한지, 몸에 다치거나 이상한 데가 없는지 확인한 다음 다시 피르히 쪽으로 돌아섰다.

"자세한 건 내일 이야기하자. 이번에야말로 잘 자, 피이."

『응, 루우.』

그렇게 생긋 웃으며 대답할 거라고— 룩스는 그렇게 생각했지만, 피이는 말없이 침대에 드러눕더니 옆자리를 손으로 탁탁 두드렸다.

"저기, 피이?"

"여기서 자. 루우, 또 멋대로 빠져나갈 테니까."

그녀의 의도를 깨닫고 룩스는 당황해서 얼굴을 붉혔다.

"뭐?! 아무리 그래도 그건 좀 위험하다고?! 그, 그 뭐냐, 학원에서도 방은 이제 따로 쓰고 있고 있잖아."

결코 피르히와 함께 자는 게 싫은 게 아니라, 혈기왕성한 소년인 자신의 생리현상을 고려한 대답이었지만—.

"괜찮아, 지금은 신혼여행 중이니까 괜찮다고, 언니가 그랬어."

"그 사람은 어째서 국가와 관련된 중요 임무에까지 개인적인 감정을 끼워 넣는 거야?!"

다른 신장기룡 사용자들은 각자 다른 역할을 수행 중이라는 현실적인 문제가 있으니 피르히가 적임자라는 건 이해하는 바였지만…….

"루우. 조금 전 일, 반성하지 않았어."

피르히는 고개를 휙 돌리더니 모포를 젖혀둔 채로 기다렸다.

전언 철회— 역시 아직 화나 있었다.

경험상 이런 피르히에게는 거역하지 않는 게 좋다.

결국 룩스는 너무 달라붙으면 안 된다는 것만을 다짐받고 피르히 옆에 누웠다.

룩스가 램프를 끄고 눈을 감자 피르히가 가만히 룩스의 손을 붙잡았다.

그 손바닥의 부드러움과 온기에 룩스는 가슴이 뛰었다.

"잘 자, 루우."

그렇게 중얼거린 소녀는 눈을 감았고, 곧 쌔근쌔근 소리를 내며 잠들었다.

'이제, 멋대로 나가면 안 된다는 걸까?'

맞잡은 소녀의 손에서는 그런 의지가 전해졌다.

'하지만— 어쩐지 좀, 안심되는 것 같아.'

가슴이 아련하게 두근거리는 동시에 어쩐지 편안해지는 기분이 들었다.

내일 다시, 피르히에게 제대로 전달해야만 한다.

스테파에게 부탁 받아 룩스가 선택한 대답을 말이다.

쌓인 피로가 룩스의 머리에서 사고력을 빼앗았다.

잠입 첫날의 끝을 느끼며, 룩스는 리샤 일행의 안위를 걱정했다.

Episode 2 　　　　　헤이부르그의 어둠

바닷바람 냄새와 조용한 파도소리가 방 안을 가득 치웠다.

"응, 으응…… 후아."

리샤가 하품을 하며 눈을 뜨자 그곳에는 아름다운 풍경이 펼쳐져 있었다.

깔끔한 침실 창문으로 푸른 바다와 석조 항구가 눈에 들어왔다.

신왕국 서방령의 항구 도시 『트라이포트』의 간판이 보였다.

교역도시인 까닭에 해수욕을 즐길 수 있는 곳은 아니지만, 바다와 배가 가까이 있는 생활은 나름대로 재미있었다.

수상용이나 잠수용 장갑기룡을 생각하는 것도 즐거웠고, 바다를 가르는 배에는 로망이 있었다.

장갑기룡를 만지는 게 취미인 리샤에게는 그것도 제법 흥미를 끄는 풍경이었지만—.

"순찰 활동이라니 지겹군. 차라리 학원에서 라이글리 교관의 수업을 듣는 쪽이 더 낫겠어."

리샤는 투덜거리면서도 장의로 갈아입은 다음 위에 로브를 걸쳤다.

그리고 문을 열고 관사 밖으로 나가 항구 반대편으로 걸어갔다.

도시 동쪽에는 석조 성벽으로 둘러싸인 전선기지가 있는데, 리샤가 그곳으로 향하자 병사들이 그녀를 향해 인사를 했다.

"좋은 아침입니다, 리즈샤르테 왕녀 전하!"

"안녕. 너무 격식 차리지들 말라고. 나는 그런 거 질색이거든."

리샤는 밝은 목소리로 넉살 좋게 대답하고서 안쪽으로 성큼성큼 이동했다.

제1 유적—『탑』의 방어 거점인 이곳에는 현재 두 세력이 동거 중이었다.

하나는 서방령의 영주인 디스트 라르그리스 휘하 기룡사 부대.

다른 하나는 1개월에 달하는 유적 조사권을 취득한 헤이부르그 군의 주력.

구테페리카라는 묘령의 여장군이 병사들을 지휘하며, 매일 『탑』 공략을 진행 중이었다.

총 12층으로 구성된 『탑』 내부는 기본적으로 1층부터 올라가는 것 외에는 공략법이 없다.

신왕국에서는 비교적 빠른 단계에서 발견한 유적이었으나 공략 자체는 2층에 머물러 있었다.

1층이 기이하리만치 넓어서 수십 군데에 존재하던 창고에서 장갑기룡은 거의 다 꺼냈으며, 2층 이상부터는 환신수의 출현

빈도도 증가하는 탓에 공략 위험성에 비해 수지가 맞지 않았던 것이다.

『탑』을 감시할 수 있는 등대를 올라가자, 최상층에서 같은 옷차림의 소녀가 대기하고 있었다.

"안녕하세요, 리즈샤르테. 어제는 잘 잤나요?"

사대 귀족의 딸이자 학원 최강의 3학년— 세리스티아 라르그리스.

리샤는 인사에 응하며 그 옆에 앉았다.

"좋은 방을 마련해준 것 같긴 한데, 잠자리는 최악이었지. 이 도시에 있는 헤이부르그 놈들이 신경 쓰여서 잘 수가 있어야지 원."

"저도 동감입니다. 환신수의 위협만 무서워하는 게 아니라, 병사들까지 두려워하는 통에 분위기가 날카롭습니다. 도저히 한 달이나 버틸 수 있을 것 같진 않네요."

"실제로, 그렇게까지 공략에 시간을 들일 수 있는 상황도 아니니까."

『창조주』의 황녀 리스테르카의 예언이 사실이라면 『성식』에 의한 세계 붕괴 위기까지 남은 시간은 약 5개월.

아직 해방되지 않은 유적이 다섯 개나 있는 것을 생각하면, 한 달에 하나씩 시간을 투자할 여유조차 없는 것이다.

따라서 세계 연합의 지배자들은 전력을 두 개로 나눠 동시에 두 개의 유적을 공략해야만 한다고 제안했지만, 실제로는 지지부진한 양상을 보이고 있었다.

유미르 교국은 『칠용기성』 메르가 아직 완쾌되지 않았으며, 무엇보다도 『용비적』이 그 이후로 완전히 자취를 감추었다.

죽기 살기로 유적을 공략한 끝에 『용비적』 놈들에게 뒤통수를 얻어맞기라도 하면— 그렇게 생각하니 과감한 행동을 취할 수 없었다.

라그나뢰크의 출현에 대처하지 못해 국가가 멸망할 가능성을 고려하고, 우선 다른 나라의 공략 상황을 지켜봐야겠다고 생각하는 것이리라.

다섯 마리 전부를 동시에 놓칠 경우에 전력을 한 곳에 집중하는 것이 불가능하니, 어떻게 보면 당연한 귀결이라고 할 수 있었지만—.

"곤란하군요. 『탑』에서 출현하는 환신수에 대한 대응을 생각하면, 우리는 이곳에서 떠날 수 없으니까요."

헤이부르그가 『탑』 공략을 시작한지 벌써 5일 째.

탐색은 동틀 녘부터 일몰까지라는 약속이 일단 있긴 하지만, 『탑』에는 안에서 바깥으로 나가는 전송 장치가 무수히 설치되어 있다.

탈출 경로가 있다는 건 좋은 일이지만 그것을 통해 환신수까지 밖으로 나오고 만다.

그때 미처 요격에 실패한 환신수가 트라이포트로 날아오기 때문에 리샤 일행이 방어를 위해 대기 중인 것이었으나…….

"어제 하루에만 약 열 마리의 환신수가 트라이포트로 날아왔습니다. 신장기룡 사용자가 최소 한 명은 있어야지, 아버지의 부대만으로는 전선을 유지할 수 없어요."

"그렇겠지."

리샤는 고개를 끄덕이며 등대에서 거리를 바라보았다.

그녀의 시선은 이번 공략의 총지휘관인 로자 그랑하이드의 모습을 포착 중이었다.

"저 여자는 제대로 있는 모양이로군. 어째 거리를 싸돌아다니고 있을 뿐, 무슨 의도가 있는 건지는 모르겠다만."

"확실히 기묘하네요. 첫날에 시장에게 인사 한 후로『탑』공략은 부하에게 맡기고, 본인은 도시를 돌아다니고만 있다니―."

『탑』의 최단 루트가 판명될 때까지 자신의 전력을 온존할 생각이라 하더라도, 보좌관인 카렌시아까지 나오지 않는 것은 의문이다.

왜냐하면, 어쨌든 한 번에 라그나뢰크가 있는 층까지 진입할 수 없다면 초반에 강력한 기룡사를 내보내는 편이 신속하게 공략할 수 있기 때문이다.

"어찌 됐든, 이번에 우린 유적에 들어갈 수 없어. 이제 며칠 뒤면 크루루시퍼랑 음란녀가 방위 임무 교대를 하러 와. 그때까지 맡은 임무를 충실히 할 수밖에 없겠지."

"그러고 보니 요즘 요루카와 사이가 좋아 보이더군요. 저는 아직도 좀 어색한데, 부럽습니다."

문득 세리스가 그런 말을 꺼냈다.

『제국의 흉인』이라는 이명을 지닌 전직 암살자이자, 학원에 전혀 녹아들지 못한 문제아 소녀 이야기를 말이다.

세리스가 지적하자 리샤는 뺨을 붉게 물들이며 허둥거렸다.

"따, 딱히 그런 건 아니다만?! 내가 그 여자에게 간섭하는 이유는, 그 녀석을 내버려둘 수 없다든가 해서 그런 게 아니고— 그보다, 네 쪽이야말로 어떠냐. 문화제 벌칙 게임으로, 요루카한테 말도 안 되는 걸 배운 주제에!"

리샤가 반론하자 이번에는 세리스가 얼굴을 붉게 물들였다.

파닥파닥 손을 흔들며 당황한 모습으로 그때 일을 변명했다.

"그, 그건 그녀에게 속았을 뿐입니다! 그, 입맞춤은 입술이 가볍게 닿는 정도만으로도 충분했다는 걸 알았다면, 그런 정도까지는—."

"뭐 됐다……. 그보다 지금은 룩스 쪽도 걱정되는군."

"그렇군요. 헤이부르그의 주력 기룡사들은 전부 『탑』을 공략하러 와 있긴 합니다만, 적지에 잠입 중이라는 점에서 불안이 가시질 않는군요."

뒷거래가 정말로 있을 경우, 그 자리에서 한바탕 전투가 일어나게 될지도 모른다.

『용비적』의 사단장 클래스가 강적이라는 건 드라켄과 대치한 경험이 있는 세리스 일행도 잘 알고 있었다.

"그것도 그렇지만, 학원장 녀석. 어떻게든 이유를 붙여 룩스와 천연 아가씨를 붙여 놓으려고 하는데— 아무리 그래도 신혼여행은 아니지!"

리샤는 빨갛게 물든 얼굴로 불만 가득한 표정을 지었다.

이번에는 혼란을 피하기 위해 출발 전에 『기사단』^{시바레스} 전 멤버에게 설명해두었는데, 피르히와 요루카를 제외한 전원이 당황하던 모습이 새록새록 떠올랐다.

"어쩔 수 없어요. 이번 임무 사정상, 그녀가 적임자라는 건 분명하니까요."

"하지만 아무리 그래도—."

리샤가 미련스러운 목소리로 대꾸하자—.

"그 이야긴 하지 않기로 했잖아요. 하아…… 그나저나 호위나 부하 자격으로 저도 동행하고 싶었습니다. 기사단장인 저라면 룩스와 함께 있어도 규범을 깨는 일은 없을 테고요."

"……."

어쩐지 아쉬워 보이는 세리스의 옆모습을 리샤가 의심스러운 눈초리로 바라보자—.

"핫……. 아, 아닙니다. 개인적으로 피르히가 부럽다는 게 아니라, 저는 어디까지나 보좌관으로서 사명이 말이죠—."

"솔직히 방금 그 발언은 의심스럽긴 하지만, 뭐 아무렴 어떤가. 그렇게 자신의 솔직한 모습을 드러낼 수 있게 됐다는 건, 분명 좋은 일이니까."

생각해보면 『남성 혐오』도, 필요 이상으로 엄격한 태도도, 진짜 세리스가 아니었다.

그 굳어 있던 감정을 풀어준 룩스에게 영향을 받아, 이렇게 리샤를 비롯한 가까운 사람들에게도 차츰 솔직한 모습을 드러낼 수 있게 되었다.

"신기합니다. 비록 몸은 멀리 떨어져 있지만, 우리는 룩스

덕분에 하나로 뭉쳐 있을 수 있는 거군요."

세리스의 안도한 것처럼 미소 짓자 리샤도 만족스럽게 고개를 끄덕였다.

그 순간, 환신수의 습격을 알리는 종소리가 들려왔다.

종이 울린 횟수는 다섯 번. 환신수 다섯 마리가 탑 주변에서 출현하여 이쪽으로 다가오고 있다는 신호다.

"자 그럼, 어디 그 단결력이라는 걸 바로 시험해보도록 할까?"

리샤도 자신만만하게 웃으면서 일어나 세리스와 나란히 기공각검을 뽑았다.

코앞에서 출몰한 대량의 환신수로부터 도시를 방어한다는 막중한 책임을 짊어지고 있음에도 그 눈동자는 기력을 전혀 잃지 않았다.

"얼른 끝내고 돌아와라, 나의 기사여!"

리샤가 염원을 담아 자신의 신장기룡《티아마트》를 장착했다.

이번 『탑』 공략 중에 밖으로 튀어나온 환신수는 오늘만 해도 서른 마리 이상이다.

신왕국을 위협하는 긴 싸움이, 이날도 시작하려 하고 있었다.

†

한편, 헤이부르그 공화국의 수도 하이드헬름.

지하시장 입장권을 입수한 룩스 일행은 시장이 열리는 일주일 후까지 얌전히 기다릴 생각이었다.

그러나 전직 사관후보생인 스테파 하즈마이스라는 소녀와 알게 된 룩스는 그녀에게서 뜻밖의 부탁을 받게 되었다.

그 부탁이란— 3년이나 만나지 못한 사촌언니, 헤이부르그 『칠용기성』의 보좌관 소녀, 카렌시아 하즈마이스와 만나게 해 달라는 것이었다.

"루우. 슬슬 나갈까?"

"응. 역시 지하시장이 열리기 전에 그녀를 찾아볼까 해."

룩스는 아름답게 장식된 머리핀을 손에 쥐고 있었다.

바로 몇 시간 전에 스테파가 맡긴 것이었다.

기상한 룩스는 피르히와 아침 식사를 한 다음 함께 스테파네 집으로 출발했다.

중류층 주택지 한 구석에 자리 잡은 수수한 가옥.

가족과 단 둘이 살며, 목수인 그녀의 아버지는 아침 일찍 일터로 나가기 때문에 점심에는 그녀 혼자만 집에 있다고 했다.

"어서 오세요, 루디 씨……. 그리고 부인인 피아넬 씨였나요? 제 이야기를 들어주셔서, 감사합니다."

카렌시아와 만날 수 있도록 도와주겠다. —이것은 물론 확약이 아니라 지하시장에 참가하는 겸사겸사 하겠다는 것이었지만, 그래도 그녀는 기뻐하며 고맙다고 인사했다.

"그래서 이야기를 계속할까 하는데— 카렌시아 씨의 동향에 대해 짚이는 데는 있나요?"

3년 만에 사촌간의 만남의 자리를 마련하고 싶어도, 거처가 어딘지 짐작 가는 곳이 없으면 어떻게 해볼 길이 없다.

그러자 스테파는 불안한 것처럼 미간을 좁히더니 목소리를 한층 낮추며 말했다.

"저기, 이곳에 오는 도중에 위병들은 못 보셨나요?"

경계하는 태도를 통해 룩스는 그녀의 심중을 짐작했다.

아마도 그녀가 군의 비밀과 관련된 이야기를 할 생각이라는 것을 말이다.

"일단 조심해서 왔다고 생각하지만, 무모한 짓은 하지 마세요. 지금 우리로선 당신의 안전을 보장할 수 없으니까."

룩스도 거기까지 책임질 수는 없었다.

따라서 그렇게 말해서 말리려고 했지만 눈앞의 소녀는 고개를 가로저었다.

"아뇨, 말할게요. 저 혼자만 안전한 곳에 숨어서, 부탁만 하는 건 용납할 수 없으니까……."

잠시 망설인 후, 결심한 것처럼 스테파는 입을 열었다.

"당시에 저는 기룡사 사관후보생 중에서도 특진 클래스에 있었습니다. 그때 장래를 촉망받아 몇 번 지하시장 경비 임무를 맡은 적이 있어요. 확실히, 카렌시아도 함께였죠."

그렇게 스테파는 드디어 군의 기밀 정보를 이야기하기 시작했다.

지하시장에서 유통되는 상품 중에는 비합법적인 것이 많다.

희귀한 장갑기룡 부품이나 무장은 매매할 때 많은 세금이 매겨지는 탓이다.

즉 경비만이 아니라 군이 지하시장 자체에 관여하고 있다고 봐도 틀림없었다.

"만약 그녀가 아직도 같은 임무를 하고 있다면, 그녀가 들릴 만한 장소가 몇 군데 있어요. 만약 만난다면 사정을 이야기하고, 이것을 보여주셨으면 합니다."

그렇게 말하며 스테파는 차고 있던 머리핀을 빼서 룩스에게 내밀었다.

자잘한 파란 보석으로 장식된, 아름다운 액세서리다.

"이건, 제 생일 때 그녀가 선물해준 거예요. 부탁드립니다. 이 나라에서 무슨 일이 일어나고 있는 건지, 로자는 어떻게 된 건지, 카렌시아에게 물어봐주시면 안 될까요?"

"알겠습니다. 힘닿는 데까지 해볼게요."

그렇게 말하고 스테파와 헤어진 후, 룩스와 피르히는 행동에 나섰다.

그리고 지금— 룩스와 피르히는 거래용 귀금속을 들고 성곽 구역에서 떨어진 곳에 있는 환락가를 이동 중이었다.

주점만이 아니라 창관, 도박장 등 온갖 욕망으로 점철된 곳— 언뜻 보기에도 무법지대를 떠올리게 하는 수상쩍은 구역이다.

"구제국 때도 이런 곳은 있었을 테지만……."

실제로 와보는 것은 처음이라 룩스는 조금 당혹스러웠다.

"역시 나 혼자서 조사하는 게 낫지 않았을까……?"

"나, 루우의 보디가드, 라구?"

피르히가 말려드는 게 불안해서 저도 모르게 중얼거렸지만, 본인이 그렇게 말하니 따를 수밖에 없었다.

환신수의 영향으로 인한 신체능력 강화와 마기알카에게 전수받은 무술 덕분에 덩치 큰 남자도 가볍게 쓰러뜨릴 수 있는 그녀의 전력은 이 상황에서는 필수이기 때문이다.

하지만 아무래도 룩스와 피르히의 순진한 생김새와 갑부처럼 보이는 차림새가 이곳에 있는 녀석들에게는 먹음직스러운 사냥감으로 보였는지, 목적지에 도착할 때까지 몇 번이나 붙들렸는지 셀 수 없을 정도다.

그러는 사이에 목적지인 주점에 도착했다.

룩스와 피르히가 핑크색 등불로 밝혀진 참으로 수상쩍은 가게 안으로 들어가자 갑자기 여자 점주가 다가왔다.

"어머, 꼬마야. 이 거리는 처음이니? 여자를 데리고 왔다면 얼른 돌아가려무나. 귀여운 아가씨를 울리면 못 써요."

검은 머리카락이 아름다운, 연하게 화장한 여주인이 다짜고짜 룩스를 나무랐다.

"아뇨, 그런 게 아니라— 당신이 안내자죠?"

그리고 룩스는 한 장의 편지를 내밀었다.

스테파의 이름이 적힌 편지였다.

그러자 그녀는 눈을 깜박거리더니 빠른 속도로 그 내용을 읽었다.

"카렌시아 씨를 찾고 있는데, 이 근처에서 보신 적 없나요?"

"……잠깐 안쪽으로 들어와. 여긴 위험하니까."

여주인은 룩스의 손을 붙잡고 가게 응접실로 두 사람을 데려갔다.

음료 대신 수상쩍은 술을 내왔지만 손을 댈 생각은 들지 않았다.

이 여주인은 세상을 떠난 스테파 어머니의 친구인 듯했다.

그래서 그런지 사관후보생으로서 이 부근을 오갔던 스테파에 대해 잘 아는 것 같았다.

"그렇구나, 스테파와 알게 되었는데, 그 아이가 카렌시아의 행방을 물어보았다……. 하지만 그만 두는 게 좋을 거야, 당신들. 그 아이와 어떤 관계인지는 모르겠지만 선의로 하기에는 너무 위험한 일이야. 이젠, 공공연히 이름을 꺼내는 것조차 위험한 상황이거든. 로자는커녕 카렌시아의 이름조차 말이지."

"그게, 무슨 말씀이시죠?"

룩스가 의아한 표정으로 묻자 여주인은 한숨을 쉬었다.

"대놓고 말할 순 없지만, 지하시장에서 유통되는 군이나 유적에서 빼돌린 물건들은 분명 이 근처 창고에서 보관해왔어. 하지만 그것도 이젠 예전 이야기야. 지금은 좀 더 살벌해졌거든. 헤이부르그 군은."

"어둠의 무기상인 헤이즈와 『악한 왕』의 존재 말인가요?"

예전보다 훨씬 치안이 악화되고, 군의 지배력이 대폭으로 강화되었다.

반항적인 발언을 한 자는 처형당하고, 온갖 장소가 군의 관리 하에 놓이게 되었다고 한다.

차마 공개할 수 없는 붙잡힌 타국의 포로나 납치해온 시민의 처우도 그렇다.

여자는 창부로 만들고, 남자는 노예로 삼아 노동력을 착취했다.

불리하겠다 싶은 경우엔 이곳에 있는 무뢰배들의 소행으로 타국에 위장하기 위해 나라가 솔선해서 악행을 저지르고 있다.

현재 이곳은 그런 장소라는 모양이다.

"그런, 건―."

말도 안 된다고― 룩스는 그렇게 말하려고 했지만, 차마 부정할 수 없었다.

5년 전 아카디아 제국에서도 비슷한 일이 일어났었다.

제국을 바꾸려고 했던 룩스 자신이, 싫지만 직접 목격한 일이다.

"그렇게 돼서 우리 쪽 녀석들도 거의 다 전전긍긍하고 있어. ―이 안쪽의 실험장에 있는 건 군 관계자들이거든. 특히 지금은 안 돼. 그 녀석들, 뭔가 무서운 짓까지 시작했으니까."

"실험…… 이라고요?"

"그래."

무언가를 억누르는 듯한 목소리로 대답하며 여주인은 고개를 끄덕였다.

"심지어 지난 며칠 동안에는, 네가 찾고 있는 카렌시아도 드나들고 있어. 이유는 몰라. 로자에게 명령받은 거겠지만, 어찌 되었든— 떳떳한 일을 하고 있는 건 아니겠지.”

참고로 몇 년 전까지만 해도 여주인은 카렌시아와 면식이 없었다. 나중에 친척이라는 것을 알고서 몇 번 이야기를 해보았지만, 정작 카렌시아 본인이 스테파에게 자신의 소식을 알리지 말아달라며 거절한 모양이었다.

후우, 하고 긴 한숨을 내쉰 후 여주인은 술을 들이켰다.

“이제 알겠지? 네가 다소 나쁜 상인이든, 스테파의 부탁을 들어주러 온 선인이든— 이 헤이부르그의 어둠에 관여하면 안 돼. 이해했으면 돌아가려무나. 아직 무사할 때 말이야.”

그것이 이 위험한 장소에서 살고 있는 여주인의 결론인 듯했다.

확실히 그녀의 말이 맞을지도 모른다.

룩스가 단순히 여행 중인 젊은 상인이라면 굳이 이런 위험한 이야기에 고개를 들이밀 필요가 없다.

지하시장 티켓은 이미 구했으니까 그쪽 찬스에 걸어보는 게 확실할지도 모른다.

하지만 머리로는 이해했음에도 룩스는 초조한 기분을 떨쳐낼 수 없었다.

『연무전』에서 룩스에게 패한 카렌시아가, 그 실책으로 꼬투리를 잡혀 무언가 부조리한 처사를 당하고 있을지도 모르니까.

“그럼, 여기서 잠시 카렌시아 씨를 기다리게 해주세요. 그녀가 근처를 지나가면 저희에게 알려주세요.”

"제정신이니? 만약 카렌시아와 만난다고 쳐도, 어떻게 될 거라는 보장이 없는데?"

"그럴지도 모르죠. 하지만 스테파의 마음을 전달하는 정도는 가능할 겁니다. 그걸로 약속을 지킬 수 있을 거예요. 그러니까—."

반은 진심이고, 반은 거짓이었다.

거짓인 부분은 룩스가 신혼여행 중인 상회의 젊은 주인이 아니라는 점.

룩스와 피르히가 실력을 발휘한다면 이 자리에서 카렌시아를 도와줄 수 있다.

그렇게 생각하고 꺼낸 말이었지만—.

"곤란한 소릴 하는구나. 나는 책임 못 진다?"

여주인은 난처해하며, 멍한 표정으로 잠자코 있는 피르히를 바라보았다.

"괜찮아. 루우에게, 맡길래."

"괜찮겠어?"

"괜찮아. 나, 강하니까."

"……."

피르히의 강한 의지를 느끼고 포기했는지, 여주인은 기막혀 하면서도 설득에 넘어가주었다.

"알겠어. 카렌시아를 보면 알려줄 테니까, 그때까지 이 가게에 있어도 돼. 너희 같은 사람들이 이 동네를 돌아다니면 엄청 눈에 띄거든."

그건 룩스도 확실하게 느끼는 바였다.

가령 이곳에서 카렌시아와 만나지 못했을 경우, 만에 하나 룩스의 정체가 들통 나면 귀찮아진다.

그래서 룩스 일행은 잠시 이 주점에서 몸을 숨겨야 한다고 판단했다.

하지만— 한숨 돌리며 긴장을 푼 순간 여주인이 생각지도 못한 제안을 했다.

"그럼 여러분, 일을 좀 해줘야겠어. 이 방도 장사할 때 쓰는 거라 공짜로 빌려주긴 좀 그렇거든."

"자, 잠깐만요?! 저희는 그런—."

"괜찮아, 걱정 하지 마. 이상한 손님을 상대하라고 하진 않을 테니까 안심해."

이번에는 단단히 각오하고 왔을 룩스가 허둥거릴 차례였다.

그리고 몇 분 후.

수상한 조명으로 밝혀진 주점 안에서 룩스와 피르히는 각자 옷을 갈아입고 어색한 모습으로 일하기 시작했다.

피르히는 흰색과 검은색을 기조로 삼은 복장을 입고, 묵묵하게 손님 접수나 접대 중이었다.

어깨 주변이 그대로 노출된 심플한 복장이었지만, 타고난 용모나 가슴의 존재감이 시너지를 일으켜 남자라면 저도 모르게 넋 놓고 바라볼 정도의 매력을 뿌리고 있었다.

여동생 바보인 렐리가 보면 기뻐할 것 같았지만 장소가 장소인지라 룩스는 걱정스러웠다.

'도움 받는 처지니까 어쩔 수 없지만, 무슨 일이 생기면 피이를 지켜줘야 해……'

룩스는 내심 안달복달 했지만, 그러는 와중에도 피르히는 전혀 동요하지 않았다.

토끼 귀를 모방한 머리띠를 쓴 그녀를 향해 술시중을 들어달라는 남자 손님들의 요청이 끊임없이 들어왔지만, 담담하게 취객들의 손길을 피했다.

한번 만져보겠다고 뻗은 손을 무표정하게 찰싹 뿌리치고, 저질스런 말도 태연하게 흘려 넘겼다.

"저 아이, 의외로 재능이 있을지도 모르겠네. 손님의 요리를 먹고 싶은 것처럼 쳐다보는 건, 조금 생각해봐야겠지만—"

그렇게 여주인도 절찬할 정도였다.

한편, 웨이터 차림으로 갈아입은 룩스도 많은 여성 고객들에게 지명을 받아 무척 바쁘게 돌아다니고 있었다.

"그리고 너도 제법인걸? 무척 익숙해 보여. 상회의 젊은 주인이라고 생각 못 할 정도라니까? 차라리 여기에 눌러앉을 생각 없니?"

"아, 아하하……"

5년간의 날품팔이 경험이 만들어낸 결과였지만 솔직히 그다지 기쁜 칭찬은 아니었다.

'뭐랄까. 이런 종류의 일은, 어딜 가나 비슷한 것 같단 말이지.'

쓴웃음을 지으며 눈앞의 일을 정리하다보니 시간이 순식간에 지나갔다.

"─고생했어, 둘 다 잠시 쉬어도 돼."

두 시간 후. 여주인의 배려로 응접실에서 휴식을 취했다.

카렌시아를 기다리는 동안에만 하기로 한 일인데, 생각했던 것 이상으로 둘 다 익숙해지고 말았다.

"이제 운 좋게, 카렌시아 씨가 지나가 준다면 좋겠는데 말이야……."

소파에 편안히 등을 기대고 룩스가 중얼거리자, 똑같이 옆자리에 앉은 피르히가 시선을 돌려 그를 보았다.

"루우는 만나면, 어떻게 할 생각이야?"

"이야기만이라도 들어보고 싶어. 그리고 가능하다면─ 그녀의 문제도 해결해주고 싶고. 물론 나는 신왕국을 가장 우선해야 하니까, 상황에 따라 달라지겠지만."

"그래."

피르히는 딱히 부정도 긍정도 하지 않았다.

여주인이 건네준 물 같은 걸 쭉 마시고 실내를 빙글 돌아보았다.

"그치만, 어쩐지 닮았지. 이 장소."

피이가 묻자, 룩스는 그녀의 의도를 깨닫고서 고개를 끄덕였다.

"그러, 네."

과거의 구제국과 닮은 답답함이, 거리 그 자체를 지배하고 있었다.

만약 5년 전에 룩스가 쿠데타를 계획하지 않았다면, 룩스와 피르히는 평범하게 살 수 있었을까?

그리고—.

"있잖아, 피이. 내가 한 일 말이지."

룩스도 유리잔을 들며 문득 생각했다.

그 혁명의 날에 후길이 배신하지 않았더라면, 구제국의 황족이나 군인들은 살아남았을까?

아니면 후길이 지적한 것처럼 자신은 황족들에게 배신을 당하고 살해당하여 모든 것이 없었던 일이 되었을까?

자신의 적까지도 최대한 구하겠다는 마음가짐이 어쭙잖은 이상이라는 것을 부정할 수는 없다.

그러나 룩스는 어렸을 때 아카디아 제국 시절에 버림받았다.

궁정에서 쫓겨나고 어머니를 태운 마차가 사고를 당했을 때, 제국의 폭거에 시달리던 백성들은 룩스를 책망했다.

사실은 백성들을 구하려던 룩스의 조부가 한 행동이 불러온 결과였다. 그러나 그들은 황족이라는 이유만으로 분노의 창끝을 내밀었고, 룩스는 그런 그들에게 저항하지 않았다.

막내 황자로 태어나 아무런 권력이 없었기 때문에 움직일 수 없었다.

그 점은 책망 받더라도 어쩔 수 없다고 생각한다.

그래도 룩스는 되도록이면, 단지 적대 세력에 있었다는 이유만으로 상대를 악하다 판단하고 단죄하고 싶지 않았다.

감회에 젖어 유리잔에 든 액체를 마신 순간, 목구멍 안쪽에서 화끈한 감각이 느껴졌다.

"푸핫?! 뭐야 이거, 술이잖아?! 그 사람 대체 뭘 주는 거야!"

룩스는 순간적으로 놀랐지만, 곧 자신과 피르히가 현재 성인으로 신분을 위장 중이라는 것에 생각이 미쳤다.

불안한 마음에 옆을 보자 피르히는 이미 풀린 눈을 가늘게 뜨고 있었다.

뺨에는 발그레한 홍조가 떠올라 있었으며 숨소리는 약간 거칠었다.

두 사람밖에 없는 방에서 노출이 심한 복장을 입은 피르히의 그런 모습을 바라보던 룩스의 가슴은 세차게 쿵쾅거렸다.

"괜찮, 아."

"응······?"

한순간, 취하지 않았다— 라는 의미인 줄 알았지만, 피르히는 어째서인지 룩스의 손을 붙잡고 자기 가슴 쪽으로 잡아당겼다.

정면에서 피르히의 품에 안기게 된 룩스의 얼굴이 뜨겁게 달아올랐다.

"잠깐?! 피이! 무슨 짓이야?!"

"나, 영원히 루우랑 함께할 거니까."

"그건 설정 이야기고, 우린 지금 가게에 와서—."

만취 상태였다.

'망했다! 이러다가 이번 임무에 지장이 생기겠어.'

룩스는 그렇게 생각하고 어떻게든 피르히에게서 떨어지려고 했지만, 확실한 존재감을 드러내는 부드러운 탄력과 달콤한 향기에는 저항할 수가 없었다.

방금 전에 실수로 마신 술이 결정적이었다.

이대로 있다간 이성이 녹아버릴지도 몰랐다.

그렇게 생각한 순간, 피르히가 귓가에 대고 상냥하게 속삭였다.

"루우는, 잘못하지 않았어. 나는 도움을 받아서, 기뻤으니까."

마치 햇살 같은 포근한 목소리에 룩스의 가슴이 살짝 떨렸다.

"음냐음냐. 쿠울……."

"……날 안은 채로 잠들면 어떡해?! 이제 곧 가게 주인이 올—"

이성을 되찾은 룩스가 황급히 피르히의 품속에서 버둥거리기 시작한 찰나—

"—."

쨍그랑! 유리잔이 깨지는 소리가 들리면서 긴박한 공기가 흘러 들어왔다.

룩스는 순간적으로 피르히에게서 떨어지며 응접실 안에서 가게 쪽 상황을 살펴보았다.

"여전히 무뚝뚝한 녀석들이로군. 내 얼굴을 기억해두라고 했잖아? 로자 님의 직속인 『육형사』로 출세했으니까 말이야."

소파에 깊이 눌러 앉아 있는 인물은 푸석푸석한 검은 머리카락을 거꾸로 세운 남성.

강마른 데다 눈 밑에 보라색 기미까지 끼어 있는데도, 그 눈만은 이상할정도로 반짝거렸다.

"넌 그대로 숨어 있으렴. 귀찮은 녀석이 와버렸어. 로자 직속『육형사』의 일원,『단형(斷刑)』의 브랜디쉬야."

"……윽?!"

한 번 응접실 쪽으로 고개를 돌린 여주인의 말을 듣고 룩스는 숨을 삼켰다.

트라이어드의 정보에 의하면 로자와『육형사』는 아직『탑』 공략 중일 텐데, 지하시장 관리를 위해 혼자 남아 있는 걸까?

브랜디쉬라는 이름의 비쩍 마른 남자는 유리잔을 단숨에 비운 후 점원을 빤히 노려보았다.

값을 매기는 듯한, 동시에 아랫것을 보는 듯한 모멸이 느껴지는 시선.

천박함이 아니라 자신에 대한 자부심을 표정에 드러내고 있었다.

"그래서, 어디서 온 누구야? 소문의 귀여운 신입이라는 녀석 말이야. 아까 거리를 돌아다니다 들었거든? 데려와 봐."

남자의 그 한마디가 떨어지자 온 가게에 긴장이 감돌았다.

아무래도 이 남자의 눈에 든 사람은 좋은 꼴을 못 보는 모양이었다.

"소식이 빠른걸. 하지만 그 아이라면 이미 돌아갔어. 오늘만 특별히 와 준, 그냥 도우미거든. 그러니까— 우읍?!"

여주인이 나서서 응대하려고 한 순간, 브랜디쉬는 손을 뻗어 그녀의 입가를 붙잡았다.

"그게 아니지, 주인장. 바로 불러오겠습니다— 이거잖아. 로자 님을 무시하지 말라고. 특히 지금 시기에, 이 앞에 있는 창고를 탐색하려 드는 놈들은 다른 나라의 자객 아니면 레지스탕스 자식들이란 말이다."

룩스 일행의 행동은 파악당하고 있었다.

이 남자는 명백히 자신들을 조사하러 온 것이었다.

아마 이 구역에도 내통자를 몇 명 투입해두었을 것이다.

예상치 못한 일은 아니었지만, 주 목표물인 지하시장에 참가하기 전에 위험하게 되었다.

"음냐……. 루우."

역시 이번에는 위기의 징후를 느꼈는지 피르히도 술에 취한 채 눈을 떴다.

"기다려, 피이. 나가면 안 돼! 저 녀석이나 그 부하가 얼굴을 기억했다간 일이 복잡해져."

그러나 룩스는 그녀를 손으로 저지하고서 차분하게 기회를 기다렸다.

얼굴을 가리고 싸우든지, 사용자를 특정하기 힘든《와이번》만을 사용한다면 어떻게든 될지도 모른다.

적은 『육형사』의 일원이지만 기습공격이라면 어떻게든―.

그렇게 생각했을 때, 남자 옆에서 목소리가 들렸다.

"조금만 더 조용히 처리할 수 없는 겁니까, 당신은. 이런 방식이 헤이부르그 공화국에 도움이 될 거라는 생각이라도……."

"―?!"

문틈으로 보인 것은 군복을 갖춰 입은 소녀.

이마를 드러낸 머리스타일과 이지적인 안경이 인상적인 『칠용기성』의 보좌관, 카렌시아다.

이 상황이 마음에 들지 않는 것인지 어딘지 모르게 유쾌하지 않은 표정으로 가게 안을 둘러보고 있었다.

설마 하는 마음에 찾아온 곳이지만 여기서 적과 함께 그녀를 발견하게 될 줄이야.

지하시장이 열리기 전에 룩스 일행의 정체가 적에게 발각당할지도 모르는 일촉즉발의 상황.

그러나 그와 동시에 천재일우의 기회이기도 했다.

"아앙?! 로자 님의 몸종이나 다름없는 주제에 내가 하는 일에 참견하지 말라고! 이 가게 놈들을 반역죄로 죄다 연행해줄까?"

브랜디쉬는 그 지적에 격분하여 소녀의 어깨를 거칠게 밀쳤다.

그 자리에 있는 모든 사람들의 이목이 한곳으로 쏠린 순간, 룩스는 바닥을 박차고 맹렬한 기세로 뛰쳐나갔다.

선공 필승. 기룡을 소환하지 않고 칼집에서 뽑은 기공각검으로 직접 벤다.

카렌시아 외에 동료로 보이는 군인 남성은 한 명뿐.

리더인 브랜디쉬만 인질로 잡으면 끝난다.

그렇게 판단한 룩스는 비쩍 마른 남자를 제압하려고 했지만—

"……후핫!"

간발의 차이로 『단형』 사내가 반응하여 옆에 있던 남자를 룩스 앞으로 떠밀었다.

"……헉?!"

룩스는 반사적으로 검을 치웠지만, 떠밀린 남자와 부딪치며 뒤로 넘어지고 말았다.

'위험해, 이대로라면—!'

순간적으로 어떻게 움직일지 망설인 찰나, 브랜디쉬가 기공각검을 뽑더니 손목을 돌려서 칼끝이 아래로 향하게 했다.

'설마—?!'

믿기 힘든 생각이 머리를 스쳐 지나간 순간 룩스는 몸을 비틀었다.

그 직후, 브랜디쉬는 쓰러진 동료 남성은 아랑곳하지 않고 그 밑에 깔린 룩스를 표적으로 기공각검의 검신을 내려찍었다.

룩스는 가까스로 피했지만 칼날은 부하의 몸을 꿰뚫고 판자 바닥에 꽂혔다.

"우갸아아아악!"

부하의 비명이 울려 퍼지고, 점원과 손님들이 숨을 죽였다.

로자의 직속 부하라는 이 사내는 아무렇지도 않게 자신의 부하를 찔러 죽였다.

"적을 붙들어놓지도 못하다니, 이래서 포로 출신 부하는 못 써먹겠다는 거야. 카렌시아! 네년은 이 자식을 처리해라. 나는 숨어 있는 동료 여성을 찾을 테니까! 알겠냐?!"

브랜디쉬는 룩스가 자세를 가다듬는 동안에 부하의 몸에 꽂혀 있던 자신의 기공각검을 쑥 뽑았다.

그리고 피르히가 있는 휴게실 통로 쪽으로 달려갔다.

"거기 서!"

"속았구만—."

룩스가 반사적으로 뒤쫓으려 한 직후, 비쩍 마른 남자는 재빨리 뒤로 돌아 검을 휘둘렀다.

기공각검으로 간신히 막았지만 가슴께를 살짝 베여 피가 배어 나왔다.

"꽤 냉정한데? 걸려들 거라고 생각했는데 말이지. 케하하하하!"

브랜디쉬의 도발을 들으며 룩스는 긴장된 표정을 지었다.

이 흉기 같은 남자를 멋대로 설치게 풀어둘 수는 없다.

상황은 열세이지만 무슨 수를 써서라도 쓰러뜨려야만 했다.

"이 나와 검으로 한판 벌여보자는 거냐! 재미있구만! 카렌! 너도 도와라!"

옆에서 갈팡질팡하는 카렌시아에게 지시를 내렸지만 정작 그 소녀는 고개를 가로저었다.

"농담은 적당히 해. 이렇게 날뛰고도 문제가 안 될 거라고 생각하는 거야?"

"문제가 안 될 거라는 건 네가 가장 잘 알 텐데? 로자 님에게, 온 가족을 인질로 붙잡혀 있는 주제에 말이다—?"

"큭!"

카렌시아의 신음을 통해 룩스는 그녀의 처지를 파악했다.

역시 그녀는 이용당하고 있을 뿐.

지금 여기서 쓰러트려야 하는 대상은 브랜디쉬 한 명뿐이다.

그러나 룩스의 예상과 다르게 카렌시아는 재빨리 룩스 앞으로 뛰어들었다.

대신 상대해주겠다는 것처럼 자기 손으로 칼집에서 기공각검을 뽑아들었다.

"네가 상대하면, 두 사람 다 죽이겠지. 손 대지마."

"호오. 좋은 마음가짐이야. 그렇다면 이 자리에선 보좌관님께 공로를 양보해드리지."

엷은 미소를 지으며 브랜디쉬는 의외로 순순히 밖으로 나갔다.

룩스와 일대 일로 대치한 카렌시아는 기공각검 끝을 살짝 밑으로 내리며 전투 중단 의사를 보였다.

"당신은, 도대체—?!"

룩스가 묻자, 카렌시아는 목소리 톤을 두 단계 정도 낮추고 속삭였다.

"아무튼 그렇게 됐어요. 당신이 누구인지는 모르겠지만, 어서 이곳에서 벗어나세요. 당신의 동료로 보이는 다른 여자애한 명은 어떻게든 도망치게 해줄 테니까……."

"당신은, 로자 경을 따르고 있는 게 아닙니까?"

"쓰, 쓸데없는 질문 하지 마세요! 그보다 어서 이곳을 벗어나지 않으면……."

"—그래, 맞아, 이미 늦었다고."

철컹! 바깥에서 금속이 맞물리는 독특한 소리가 났다.

장갑기룡의 구동음— 캐논을 겨눴다는 전조를, 실내에 있는 룩스는 순식간에 파악했다.

카렌시아도 헉 하고 숨을 삼키며 재빨리 바닥에 엎드렸다.

"전부 엎드려! 포격이 날아온다!"

룩스가 소리 지르다시피 경고한 직후, 오감을 쥐어뜯는 포격이 실내를 꿰뚫었다.

고막을 찢는 듯한 굉음이 울려 퍼지고, 포격의 불꽃이 비명을 삼키고 흩어진다.

정신이 아득해지는 듯한 시간 동안 룩스는 피르히의 안위를 걱정했다.

'ㅡ어떻게 이런 짓을! 가게를 통째로 날려버리다니!'

그 남자가 순순히 물러난 건 카렌시아의 지시를 따랐기 때문이 아니다.

오히려 카렌시아를 미끼삼아 술집 자체를 캐논으로 박살내기 위해서였다.

헤이부르그 공화국 군부가 썩었다는 건 알고 있었지만 상상 이상이었다.

군 소속 기룡사라는 절대적인 권력자, 본때를 보이기 위해 무자비하고 악독한 짓을 실행했다.

이 남자는 폭력의 공포를 과시하기 위해 일부러 악행을 저질렀다.

"크크크크크, 위력 조절은 했으니까 살아 있겠지? 죽지 않았다면 엄청 고통스러울 거야. 수상한 놈을 감싼 대가를, 그 몸으로 실컷 맛보라ㅡ 흐흑?!"

브랜디쉬가 엷게 웃으며 승리를 확신한 찰나, 잔해 속에서 튀어나온 기룡아검이 그가 장착 중인 《엑스 와이엄》의 장갑을 꿰뚫었다.

별다른 피해를 입지는 않았지만, 브랜디쉬는 뛰어서 뒤로 물러나 놀란 눈으로 룩스를 노려보았다.

"너 이 새끼, 정체가 뭐냐……. 어느 틈에 기룡을 소환한 거지?"

"네게 그걸 알려줄 필요가 있을까!"

실제로 이유 같은 건 없다.

왜냐하면 룩스는 딱히 숨어서 장갑기룡을 소환한 것이 아니었으니까.

세리스의 특기인 무영창 기룡소환, 그리고 고속접속.

그녀와 함께 훈련해온 덕분에 궁지를 모면하는 데 도움이 되었다.

피르히가 걱정되지만, 룩스의 목소리를 듣고 엎드렸을 거라고 믿을 수밖에 없다.

어쨌든 지금은 이 남자를 최우선적으로 쓰러뜨려야 했다.

"이길 수 있다고 생각하는 거냐? 고작 범용기룡 사용자 나부랭이가!"

브랜디쉬는 캐논을 치우고 그 대신 길고 거대한 검을 들어 올렸다.

미세한 칼날이 톱날처럼 붙은 기묘한 형태를 보면 아마도 희소 무장 종류일 것이다.

평소 같았으면 경계하면서 상대의 전력을 파악했을 것이다. 그러나—.

'시간을 들일 수는 없어. 이 일격으로 끝내자!'

룩스는 힘을 담아 숨을 내뱉으며 《와이번》을 일직선으로 비행시켰다.

리샤가 직접 만든 장벽아검이라면 상대의 무장을 파괴할 수 있다.

카운터 극격을 성립시키려면 상대의 공격 예비 동작을 꿰뚫어 볼 필요가 있지만, 브랜디쉬의 참격은 단순했기 때문에 룩스는 순식간에 따라잡을 수 있었다.

"막아낸 줄 알았냐— 등신아!"

브랜디쉬가 히죽 웃은 찰나, 룩스가 스케일 블레이드로 받아낸 블레이드가 후방으로 튕겨나갔다.

"앗?!"

자세히 보니— 적이 지닌 희소 무장이 격렬한 빛을 발하며 출렁거리고 있었다.

도신을 따라 고속으로 움직이는 미세한 칼날.

그 강력한 운동 에너지에 튕겨 나가며 극격의 타이밍이 어긋난 것이다.

"히얏하아! 내 《진동인(振動刃)》과 맞부딪치고도 무기가 작살나지 않다니 운 좋은데? 하지만 이걸로 끝이다! 잘 다진 고깃덩이로 만들어주마아아아!"

검을 회수하며, 자세가 무너진 룩스를 노리고 재차 휘두른다.

—그러나 공격이 튕겨나가 자세가 무너졌음에도 룩스는 이미 반격 행동에 들어간 상태였다.

"기룡포효!"

머리 장갑에 집중된 에너지를 나선 형태로 해방.

동시에 그 앞에 자신의 블레이드를 들고, 칼날을 충격파로 밀어내며 힘차게 휘둘렀다.

"크, 어어……?!"

동시에 적의 《체인 소》도 《와이번》의 장벽을 가르고 어깨 장갑을 분쇄했다.

이미 위력이 제법 줄어들었음에도 불구하고 그 엄청난 충격은 본체인 룩스에게까지 전달되어 전신에 날카로운 통증을 퍼뜨렸다.

"으, 아아악?!"

힘줄과 뼈, 근육과 핏줄이 난도질당하는 듯한 격통이었다.

후방으로 튕겨나간 룩스의 몸에서 《와이번》의 장갑이 해제되었다.

'……얕봤어! 이 무장에, 이 정도의 위력이 있었다니!'

초고속으로 도신을 진동시키는 절단에 특화된 기룡아검, 《체인 소》.

적이 보유한 『단형(斷刑)』이라는 이명은 장식이 아닌 모양이었다.

아마 타이밍이 약간이라도 어긋났다면, 룩스의 몸뚱이는 두 동강 났으리라.

"으, 극……!"

피를 토했다. 높은 곳에서 내동댕이쳐진 것처럼 온몸이 아팠고, 마비돼서 일어날 수 없었다.

'일어나! 이대로라면 나뿐만이 아니라 피이나 다른 사람들까지—!'

이를 앙다물고 남은 힘을 쥐어짜려고 했지만 몸이 말을 듣지 않았다.

덜그럭, 파괴된 주점의 잔해가 움직이는 소리가 들렸다.

절망한 룩스가 신음을 흘린 순간— 눈앞에 피르히가 나타났다.

"루우, 괜찮아?"

"피, 이……."

아무래도 캐논의 포격은 확실하게 피했는지 소꿉친구 소녀에게 외상의 흔적은 없었다.

오히려 피르히는 조심스럽게 룩스를 안아 일으킨 후 그의 몸을 부드럽게 어루만졌다.

그것만으로도 룩스의 몸에는 격통이 일어났다.

"골절된 부위는 없고, 내장도 멀쩡해. 하지만 근육이 다친 것 같으니까, 움직이지 마."

"그, 그보다, 적, 은……?! 브랜디쉬는?!"

움직이지 않는 몸을 억지로 일으켜 세우려 했지만, 피르히의 손이 그런 룩스를 부드럽게 제지했다.

"걱정 마. 이미 기절한 것, 같으니까."

피르히 말대로 장갑이 해제된 채 엎드려 있는 남자의 모습이 룩스의 눈에 간신히 들어왔다.

"그런가, 다행이다……."

후우, 하고 안도의 한숨을 내쉬고 룩스는 몸에서 힘을 뺐다.

종이 한 장 차이의 대결이었다.

이 이상 희생자를 낼 수는 없다는 생각에, 적이 보유한 수단도 파악하지 못한 상태로 서둘러 결판내려고 한 것은 룩스와 어울리지 않는 실책이었다.

상대도 룩스의 정체를 모른 채로 얕보지 않았다면, 어떤 결과가 나왔을지 알 수 없다.

"의사 선생님한테, 데려다 줄게."

피르히가 룩스를 가볍게 안아들고 그대로 떠나려는 순간—.

"기다리세요! 당신들은, 대체 뭐 하는 사람들이죠?!"

잔해 속에 엎드려 있던 카렌시아의 목소리가 룩스와 피르히를 붙잡았다.

"브랜디쉬의 폭거를 막아주신 건 감사합니다. 하지만 이대로 당신들을 놓아줄 수는…… 윽?!"

거기까지 말했을 때 룩스의 얼굴이 기억났는지 소녀는 안경 너머로 눈을 크게 부릅떴다.

"당신은…… 아니, 당신들은 설마—."

기회를 놓치지 않고 룩스가 품에서 스테파의 머리핀을 꺼내서 내밀자, 소녀는 곤혹스러운 표정으로 그것을 바라보았다.

바로 떠오르지 않는 것인지 굳어 있는 그녀를 재촉하는 것처럼 룩스는 그 머리핀이 의미하는 것을 설명해주었다.

"그 머리핀을 기억하시나요? 당신의 사촌동생, 스테파가 잠

시 제게 맡겼습니다."

"스테파……가? 그 아이가, 어째서……."

멍하니 중얼거린 후, 카렌시아는 각오를 다졌는지 긴장된 표정으로 입을 열었다.

"알겠습니다. 이야기를 들어보지요. 여기서 있었던 일은 은밀하게 처리할 테니, 나중에 합류할 장소를 가르쳐주시겠어요?"

룩스는 고개를 끄덕이며 어제 봐둔 헤이부르그의 한 찻집의 위치를 알려준 후 그곳에서 합류하기로 했다.

스테파의 의사를 전하고, 헤이부르그에 만연한 이상한 문제에 관해 이야기를 듣기 위하여.

일단 헤어지기로 하고서 카렌시아는 소동을 수습하러 움직이기 시작했고, 룩스는 피르히에게 부축 받으며 그 자리에서 벗어났다.

인기척 없는 뒷골목을 따라 몰래 도망치는 건 긴장 되는 일이었지만 뜻밖의 지원자가 나타났다.

"─놀랐습니다. 숙소에 안 계시길래 두 분을 찾아다니던 중이었습니다만……."

도중에 정보를 전달하러 온 녹트와 마주친 것이다. 녹트는 《드레이크》의 광학 위장 기능으로 몸을 숨기고, 주위에 환신수나 다른 장갑기룡이 없다는 것도 확인하고서 룩스와 피르히를 데리고 무사히 거점이 있는 구역까지 이동했다.

그리고 의사에게 응급 처지를 받은 다음─ 곧바로 카렌시아와 합류했다.

†

"조금 전에는 실례가 많았습니다, 룩스 씨. 우리 헤이부르그 공화국 사람이 저지른 폭거를 막아주셔서 감사합니다."

조금 동떨어진 곳에 있는 찻집에 도착한 카렌시아가, 먼저 조용히 고개를 숙이며 사죄했다.

다만 원래 조용한 분위기의 가게인 것인지 가게 안에 다른 손님은 없었다.

『단형』의 브랜디쉬는 군 규율 위반이라는 죄목으로 체포되어 장군이 귀환할 때까지 신병을 구속해두기로 한 모양이었다.

어차피 팔다리가 골절돼서 움직일 수 없는 상황이라고 했다.

"신경 쓰지 마세요. 저희도 지금 헤이부르그에 몰래 잠입 중인 몸이니까요. 그보다 그녀에 대한 건 떠올랐나요? 당신의 사촌 동생에 대한 기억은—."

그 질문에 카렌시아는 망설이지 않고 긍정했다.

"네. 스테파에 대해서 말이죠……. 지금 생각해보면 벌써 몇 년이나 그녀와 만나질 않았네요. 아니, 만나는 게 무서웠습니다. 그녀의 친구였던 로자가 어떻게 변해버렸는지 알면, 어떤 반응을 보일까……. 그걸 생각하면 만나러 갈 수가 없었습니다."

"무슨 일이 일어나고 있는 겁니까? 지금 이 헤이부르그에서, 로자 경은 뭘 하려고 하는 거죠?"

영리해보이는 표정에 먹구름을 드리우며 카렌시아는 고개

를 숙였다.

그리고 목소리 톤을 더욱 낮추더니 매달리는 듯한 시선으로 룩스를 보았다.

"신왕국의 기룡사 여러분이— 그것도 『칠용기성』 클래스의 인물이 신분을 숨기고 온 것을 보면 예상이 갑니다. 지하시장 거래에 관련된 일, 맞죠?"

룩스는 말없이 긍정했다.

그러자 카렌시아는 체념한 것처럼 한숨을 내쉬었고, 다시 크게 들이쉬었다.

"그럼, 이야기를 시작하겠습니다. 현재, 이 헤이부르그 공화국에서 도대체 무슨 일이 일어나고 있는지—."

그리고 그녀의 긴 이야기가 시작되었다.

지금으로부터 10년도 더 지난 과거.

헤이부르그 공화국 군대는 아카디아 제국과의 소규모 전투로 인해 피해를 입었고 그 반동으로 강화되어갔다.

특히 무기상인 헤이즈가 헤이부르그 군에 관여하기 시작하면서 그 군사력 강화 노선은 가속도적으로 기세를 더해갔다.

지금은 출입이 금지되었지만 『거병』 내부에 있는 생산 시설을 최대로 가동하여 불과 몇 년 만에 대량의 장갑기룡을 생산한 것으로 보고 있었다.

장갑기룡은 국력을 크게 좌우하는 요소이자 공업이나 상업적인 면까지 포함해서 없어서는 안 되는 존재다.

그 목줄인 장갑기룡 생산을 헤이즈와 군부가 독차지한 탓에 더 이상 공화제에는 아무 의미도 남지 않게 되었다.

군사력 강화 정책은 걷잡을 수 없는 속도로 진행되어 겨우 몇 년 만에 군사정권이 확립되었다.

불현듯 카렌시아가 말을 멈추고 룩스에게 질문을 했다.

"이렇게 되면, 어떻게 될 거라고 생각하시나요? 물론 아카디아 구제국의 반란군을 핑계 삼아 헤이즈는 여러분의 나라를 멸망시키려고 했습니다. 그 이유는—."

이 나라의 유적『거병』은 완전히 제압당했다.

몇 달 전에는 헤이즈가 룩스를 비롯한 구제국 황족들에게 모종의 집착을 품고 벌인 행동이라고 생각했지만, 지금이라면 그녀의 다른 동기도 읽어낼 수 있다.

"다른 모든 유적을, 자신들의 지배 밑에 두는 것— 인가."

우연인지, 아니면 어떠한 의도가 작용하고 있는 건지, 최대의 영토를 보유한 신왕국에는 유적이 세 개나 존재한다.

신왕국을 함락하여 지배 밑에 둔다면 나머지 세 개의 유적도 공략하기 편해진다.

요컨대 제3 황녀인 헤이즈도 과정은 다를지언정『대성역』을 목표로 삼았을 가능성이 있었다.

"이제는 단순한 추측에 지나지 않습니다만, 신왕국을 장악한 후 그녀는 어떻게 할 생각이었을까요?"

카렌시아는 독백처럼 중얼거렸다.

단기간 만에 헤이부르그의 군사 자리까지 올라간 헤이즈는,

그 후에도 각국에 존재하는 유적을 공략할 생각이었다.

하지만 인연이 있는 신왕국과는 다르게 타국의 유적에까지는 쉽게 손을 댈 수 없었다.

강제로 침공했다면 남은 모든 국가가 하나로 뭉쳐 반기를 들었을 것이다.

그렇게 되면 공략이 불가능하다고까지는 할 수 없더라도 귀찮아지는 건 사실이다.

"그럼 설마,『용비적』의 정체는―."

"네. 아마도 당시 군사였던 헤이즈와 군사령관이 공모하여 마련한 포석이라고 생각해요."

헤이부르그가 공개적으로 군을 움직일 수 없다면 용병 기룡사를 이용해서 타국의 유적을 침략한다.

그만큼 실력이 우수한 용병 집단의 후원자이니만큼 소규모가 아닐 거라고 예감하긴 했지만, 그런 비밀이 있었단 말인가 하고 수긍이 갔다.

"그럼 지금도, 헤이부르그가 주도해서 그『용비적』을 조종하고 있습니까?"

"아뇨. 제 예상으로는 그것도 아닌 것 같아요."

핵심으로 다가선 룩스의 질문에 카렌시아는 고개를 가로저었다.

"헤이즈가 전사한 이후,『용비적』은 헤이부르그와 거리를 두었습니다. 신왕국을 점령하려는 계획이 실패로 돌아가고 거병의 움직임도 정지하였으니, 이대로 헤이부르그 공화국이 몰락의 길을 걸을 거라고 생각했기 때문이죠."

이미 상당한 전력을 갖춘 『용비적』은 더 이상 헤이부르그의 도움은 필요 없다고 판단하고서 자신들의 힘으로 『대성역』으로 향하기로 했다.

가라앉는 진흙 배에 올라타 봐야 좋을 게 없다고 판단한 것이다.

군사가 되어 군사령관과 공모했던 헤이즈는 사라졌다.

구제국의 반란군도 없어졌으며 용병인 『용비적』과는 결별했다.

이렇게 되자 민중들은 약화된 정부를 밀어내고 일어서려고 했다.

그때 새로운 강자— 군에 소속된 로자 그랑하이드가 주목 받게 되었다.

그녀는 기룡사로서 압도적인 실력을 보유했음에도 인격적으로 문제가 있다고 알려졌다.

그러나 약화된 헤이부르그를 다시 일으켜 세워줄 새로운 기둥은 달리 존재하지 않았다.

그리고 어떻게 된 일인지 군사령관은 그 후에 갑작스럽게 병사했다.

예전부터 암군으로 군림해온 그의 죽음을 슬퍼하는 사람은 없었지만, 그 대신 로자가 대두하여 군사령관 대행을 맡게 되었다.

신예 실력자가 주도하는 군사 정권의 새로운 통합.

그것이 시작하려는 차에 『창조주』들이 내려와 대화를 요청했다.

현 상황에 이르기까지의 경위를 간추려 들어보니 아무래도 그렇게 되었다는 것 같았다.

"그럼, 이제는 지하시장에 숨어서 『용비적』과 거래하는 일은 없다는 겁니까?"

그렇다면 룩스 일행의 임무도 의미를 잃는다.

거래 현장을 포착하지 못하면 배신자의 존재를 증명할 수 없으며, 그것은 즉 신왕국 입장에서는 『탑』의 공략을 중단시킬 방법이 사라진다는 이야기다.

그렇게 되면 룩스가 할 수 있는 건 신왕국 서방령인 트라이포트로 돌아가 『탑』 주변에서 출몰한 환신수를 쓰러뜨리는 것 정도이지만—

"아뇨— 아직 딱 한 번 남아 있습니다. 『용비적』과의 마지막 교섭이, 다음 지하시장이 열리는 날에……."

카렌시아는 긴장한 표정으로 말했다.

지금 그녀의 대답은 헤이부르그 공화국의 『칠용기성』 보좌관으로서, 명확하게 배신을 저질렀다는 증거였다.

"『용비적』은 지하시장에 숨어서 헤이부르그에 유적의 보물을 제공하고, 그 대신 장갑기룡과 수십 명의 병사를 받아갈 계획입니다. 병사들은 전부 노예 출신이기 때문에 타국에 흘러들어가도 꼬리를 잡히는 일은 없죠. 그것이 이번의 마지막 거래일 겁니다."

"……."

거래 현장을 포착할 수 있는 기회는 한 번뿐.

하지만 그 한 번을 진압할 수 있다면 신왕국이 구원받을 수 있을 뿐만 아니라, 『용비적』에 대한 단서도 붙잡을 수 있다.

이곳에 있는 전력은 룩스와 피르히, 그리고 운 좋게 그 자리에 있다면 트라이어드도 참가할 수 있다.

로자와 『육형사』는 트라이포트에서 『탑』을 공략 중이므로 이 상황이 계속된다면 틀림없이 유리하다.

"지하시장 연회에만 참석해주신다면, 당일 제가 현장으로 데려가 드리겠습니다. 지금은 『용비적』만이 취급 중이라는 비약— 엘릭시르를 교환재료로 받아낼 테니, 그 때는 『칠용기성』의 이름으로 거래 현장을 진압해주시면 됩니다."

이런 상황에는 세계 연합에 가맹한 『칠용기성』이라는 직함이 유리하게 작용한다.

원래는 쉽지 않은 타국에 대한 간섭이 『용비적』 토벌이라는 명목으로 가능해지기 때문이다.

그 예측에 안도하지 않고 룩스는 카렌시아에게 거듭 질문했다.

"하지만, 그래도 괜찮겠습니까? 카렌시아 씨는—."

"네. 스테파가 저를 걱정한다는 이야기를 듣고 결심이 섰어요. 저는 로자 경이 가족을 인질로 붙잡고 있는 탓에 명령을 따를 수밖에 없었습니다. 하지만— 룩스 씨가 도와주신다면 그녀의 아성을 무너뜨릴 수 있을지도 몰라요. 이 이상, 폭주하는 고향을 보고 싶지 않습니다."

"……알겠습니다. 그럼 5일 후, 당일에는 부탁드리겠습니다. 저도 최대한 조심해서 진행할 생각이지만, 무슨 문제가 생기면 부담 갖지 말고 말씀해주세요."

"감사……합니다. 룩스 씨."

카렌시아는 힘없이 미소 지으며 고개를 끄덕인 후 자리에서 일어났다.

스테파를 볼 낯이 없으니까 자신에 대해서는 언급하지 말아줬으면 한다고 그녀는 말했다.

"우리도 가자, 피이."

"응……."

한마디도 하지 않고 동향을 지켜보고 있던 피르히가 룩스를 부축하며 일어섰다.

지하시장이 열리는 5일 뒤까지 룩스와 피르히는 숙소에서 대기하기로 했다.

Episode 3   잠입, 그리고

카렌시아가 사태를 수습해줬다고는 하지만 환락가에서 너무 요란하게 사고를 치고 말았다.

그래서 숙소로 돌아온 후로 5일 동안은 얌전히 보내려고 했지만—.

"으…… 아야야야!"

룩스는 원래 참을성이 많았지만 몸을 움직이려고만 하면 통증이 일어났다.

전날 주점에서 『육형사』의 일원인 『단형』의 브랜디쉬를 물리친 것까진 좋았지만, 그 탓에 무리를 한 반동이 몸을 괴롭히고 있었다.

희소 무장 《체인 소》의 무서운 점은 그 절단력이 아니라, 충격이 만들어낸 진동파를 상대에게 전달하여 장갑으로 보호받는 육체에까지 강렬한 대미지를 남긴다는 것이었다.

《와이번》의 장갑이 파괴된 탓에, 본의 아니게 룩스는 적의 진면목을 실컷 맛보고 있었다.

카렌시아와 대화할 때는 오기로 버텼지만, 숙소로 돌아오자 한 발짝도 움직일 엄두가 나지 않았다.

의사에게는 근육이 손상되었으니, 일주일은 안정을 취해야 한다는 이야기를 들었다.

그런 와중에―.

"그럼 내가, 루우를 돌봐, 줄게."

피르히는 챙겨온 에이프런을 입고는 룩스를 돌봐주겠다고 선언했다.

여느 때와 다를 바 없는 마이페이스적 분위기였지만 왠지 모르게 의욕이 넘치는 것처럼 보였다.

"자. 아앙― 해봐."

우선 숙소에서 제공하는 식사를 잠자리까지 가져와 스푼으로 요리를 떠서 내밀었다.

"괘, 괜찮다니까, 피이. 그렇게까지 안 해도, 조금 자면 괜찮아질 테니까."

"루우. 이번에는, 무척 위험한 짓 했어."

피이는 진지한 표정으로, 쓴웃음을 짓고 있는 룩스를 빤히 바라보며 얼굴을 가까이 가져갔다.

말수는 적었지만 소녀 나름대로의 압력이 몸에 스며들었다.

"미안해, 그……. 걱정하게 해서."

"당분간 내가 돌봐줄 테니까. 루우는, 푹 쉬어."

그렇게 말하며 우선 룩스의 식사를 도와주었다.

불성실한 생각일지도 모르지만 이렇게 활동적인 피르히는 처음 보는 것 같았다.

마치 헌신적인 아내처럼 룩스 옆에 꼭 달라붙어서 간호해주었다.

식사는 세 끼 전부 숙소에서 제공해주긴 했지만 화장실에 갈 때도 이동을 도와주었으며, 걸을 때도 몸을 일으킬 때도 옆에서 부축해주었다.

심지어 누워 있는 사이에 룩스가 읽으려고 했던 거리의 지도 등도 들고 와주었다.

확실히 고맙기는 했지만, 조금 지나친 게 아닌가 싶은 생각에 쓴웃음을 짓고 말았다.

그러나 피르히 본인은 물러날 생각이 없는 것 같아서 룩스는 얌전히 있었다.

"잠깐 장을 보고 올게. 루우는, 푹 쉬고 있어."

그런 말을 남기고 소꿉친구가 자리를 비우자 룩스는 잠시 안도했다.

"조금 쑥스럽긴 하지만, 그리운 기분이야……."

룩스가 어렸을 때에는 아이리를 간병해줄 때가 많았다.

그래서 다른 사람이 자신을 돌봐준 기억은 그다지 없었지만, 감기에 걸려 앓아누웠을 때 피르히가 딱 한 번 간병해준 적이 있었다.

그 때는 피르히가 과자를 먹으면 룩스가 나을 거라고 생각했기 때문에 그만 웃어버리고 말았지만—.

똑똑, 노크 소리가 들린 후 방문이 열렸다.

그리고 장을 보고 돌아온 피르히가 능숙한 모습으로 에이프런을 몸에 둘렀다.

"어, 피이. 뭘 그렇게 사온 거야?"

"루우를 돌보기 위한 도구. 옷 벗길 테니까, 얌전히 있어."

"어……?! 야?! 무슨—."

룩스는 당혹스러운 표정을 보였지만 피르히는 개의치 않았다.

솔직히 모르는 게 없는 소꿉친구 사이라고 해도, 또래 여자애한테 알몸을 보여주는 건 역시 창피했다.

그러나 피르히는 담담하게 마이페이스를 유지하며 룩스의 속옷까지 벗겨버렸다.

그대로 룩스를 엎드리게 한 다음 살며시 손가락으로 등을 훑었다.

그 순간 피르히의 커다란 가슴이 등에 닿았고, 룩스는 반사적으로 머리에 피가 확 몰리는 것을 느꼈다.

피르히 본인은 의식하지 않는 것 같지만, 그 풍만하고 부드러운 가슴의 탄력은 에이프런 너머로도 충분히 느껴졌다.

"저기 뭐 하는 거야, 피이?! 앗, 아야야얏!"

"여기랑 여기, 일까?"

몇 군데를 손가락으로 누르면서 어느 근육과 관절이 아픈지 체크했다.

뒤틀린 근육을 바로잡는 것처럼 마사지를 하면서, 약초를 칠한 습포를 붙이고 붕대로 단단히 고정했다.

응급처치는 겨우 몇 분 만에 완료되었다.

"끝났어, 루우. 이제, 푹 쉬면 돼."

"고, 고마워. 피이."

신체의 뒤틀린 근육을 교정해준 모양인지 조금 전보다 몸이 편해졌다.

룩스는 고맙다고 말하면서 이루 말할 수 없는 놀라움을 느끼고 있었다.

"그런데, 이런 치료 방법도 알고 있었구나. 뭔가, 의외랄까—."

"스승님께, 무술 훈련을 받았을 때, 배웠으니까."

그녀가 말하는 스승이란, 『칠용기성』의 대장인 마기알카다.

환신수의 씨앗이 몸에 심어지며 강화된 신체 능력을 컨트롤하기 위해 상당히 고생했다는 이야기다.

룩스는 헤이즈의 인체실험으로부터 피르히를 구해주지 못했기 때문에 그 이야기를 들으면 복잡한 기분이 들었다.

침대에 누운 채 옆에 있는 의자를 보았더니, 피르히가 룩스의 마음속을 들여다본 것처럼 중얼거렸다.

"환신수에 대한 거, 루우는 신경 쓰고, 있어?"

"……."

그러나 피르히는 목소리는 온화했으며, 살짝 미소를 머금고 있었다.

"나는 괜찮다고, 생각해. 나도 루우도, 덕분에 살 수 있었고, 게다가— 지금은 이 힘으로, 루우를 지켜줄 수 있으니까."

"응……?"

"옛날부터 계속, 그렇게 하고 싶었으니까. 옛날에 루우랑 헤어진 뒤로, 나도 싸울 수 있게, 되고 싶었으니까."

"—."

룩스는 가슴이 먹먹해지는 것 같아 잠시 말을 잃었다.

피르히는 언뜻 외모만을 보면 부드럽기만 한 것 같지만 마음은 정말로 강한 소녀다.

정말로, 때로는 반해버릴 것 같다고 생각할 정도로.

"피이. 있잖아……."

문득 룩스의 입에서 반사적으로 말이 흘러나왔다.

고맙다는 말을 하려고 한 순간, 조용한 숨결이 들려왔다.

"쿠울……. 루우, 꼭 제대로, 쉬어야만 해."

의자에 앉은 채, 들어오는 겨울 햇살을 받으며 새근새근 잠에 들었다.

쓴웃음을 지은 룩스는 잠든 그녀의 얼굴을 옆에서 바라보며 자신도 쉬기로 했다.

"고마워, 피이."

한없이 부드럽고 따뜻한 그녀의 손을 쥐고서 룩스도 꿈속으로 가라앉았다.

긴장한 탓에 정신적으로도 피로가 쌓여 있었는지, 그 뒤에는 깊은 잠에 빠져들었다.

—그로부터 몇 시간 뒤.

두 사람 모두 느긋하게 낮잠을 자며 보내고 말았지만 별다른 문제없이 밤이 되었다.

룩스는 피르히의 도움을 받아 저녁식사를 마친 다음 휴식을 취하며 차를 마셨다.

"루우. 몸, 괜찮아?"

"응. 피이 덕분에 많이 좋아졌어."

"다행이다."

천천히 차를 마시면서 느긋한 시간을 보내는 동안 피르히는 어떤 책을 읽고 있었다. 아무래도 엊그제 티켓과 함께 받은 지하시장 카탈로그인 것 같았다.

카달로그에 실린 품목은 무기나 귀금속이 대다수였으나 희소가치가 있는 동물 종류도 기재되어 있었다.

그것을 신기하다는 것처럼 보고 있었다.

"피이는 뭐 갖고 싶은 거 없어? 먹을 건 제외하고."

"고양이나 개, 키워보고 싶을, 지도."

아인그람 본가에서는 몇 마리나 키워본 모양이지만, 현재 여자기숙사에서 애완동물을 키우는 건 금지되어 있기 때문에 동물을 보고 싶은 것이리라.

룩스는 궁정에서 쫓겨난 후에 피르히와 함께 숲속에 살던 들개와 놀았던 것이 기억났다.

"으음, 바로 줄 수 있을 것 같진 않은데, 뭐 다른 건 없어?"

"그럼 아이스크림을, 만들 수 있는 거."

"뭐야, 그게?"

처음 들어보는 단어가 나오자 룩스는 고개를 갸웃했다.

"과자 만드는 기계, 야. 달고 차가워. 언니가 외국에서 먹어 봤다고, 했거든."

아무래도 우유와 달걀노른자, 설탕 등을 넣고 주위에 얼음을 채운 다음 섞어서 만드는 도구인 듯했다. 과자를 좋아하는 피르히는 그것에 흥미가 있는 것 같았다.

"그럼, 나중에 과자 가게 주인이라도 될 수 있겠는걸? 렐리 씨의 보디가드 말고도 말이야."

"응, 되고 싶어."

룩스의 제안에 피르히는 행복한 것처럼 뺨을 느슨하게 풀었다.

분명 산처럼 많은 과자에 둘러싸인 자신의 미래가 눈앞에 떠오른 것이리라.

어쩐지 전부 다 본인이 먹어버릴 것만 같은 기분도 들지만—.

"루우는 이 싸움이 끝나면, 뭘 할 거야?"

"응……?"

이번에는 피르히가 묻자 룩스는 생각에 잠겼다.

지금은 리샤의 전속 기사이자 신왕국을 대표하는 『칠용기성』이지만, 만약 『창조주』가 말한 것처럼 『대성역』에 도달하면 더 이상 큰 싸움은 일어나지 않을지도 모른다.

왜냐하면 그렇게 되면 모든 유적을 관리할 수 있게 되는 것이니 환신수와도 전투할 필요가 없어질 테니까.

물론 인간의 분쟁도 있으니 완전한 평화가 찾아오진 않을 테지만— 적어도 앞으로 5개월 뒤에 모든 것이 일단락된다면 큰 전쟁은 사라질지도 모른다.

그 때는 룩스가 해야만 하는 일도 일단락된다고 봐도 좋을 지도 모른다.

애초에 황족으로서, 구제국을 바꾸기 위해 시작한 싸움이었다.

불합리한 지배와 차별을 없애고, 사람들이 당연한 행복을 누릴 수 있는 나라를 만들기 위해.

그 이상이 실현된다면 남은 건 물러나는 것뿐이라고 룩스는 생각했다.

환신수가 사라진다면, 리샤를 모실 필요도, 분명······.

"아직 정하지 못했지만, 나라도 할 수 있는 일이, 뭔가 있을까?"

"언니의 호위, 찾고 있어. 루우가 언니의 비서가 되면, 모두 함께, 살 수 있으니까."

"······응, 그것도 즐거울 것 같네."

피르히 대신에 룩스가 렐리의 호위 겸 비서가 되고, 피르히가 과자 가게를 차린다.

그런 미래도 즐거울지도 모르겠다고 룩스는 생각했다.

무엇보다도 죄인인 자신을 언제나 가족처럼 대해주는 렐리나 피르히의 마음이 기뻤다.

"그럼, 목욕 할까?"

"응. 피이 먼저 다녀와. 난 괜찮으니까."

솔직히 말하자면 피로는 그런대로 풀리긴 했지만 몸은 아직 만족스럽게 움직이지 않았다.

근처에 대욕탕이 딸려 있는 고급 여관이지만 입욕 방식은 남녀 시간 교대제였다.

확실히 오늘은 여성이 먼저 들어가는 날이라서 그렇게 말했지만, 피르히는 조용히 고개를 저었다.

"루우도 같이 들어가자. 안 그러면, 힘들 테니까."

"뭣……?!"

그 대답을 들은 룩스는 당황했다.

설마 그럴까 싶었는데 다른 나라의 여관에까지 와서 이런 상황에 처하게 되다니―.

"자, 잠깐 기다려 봐. 아무리 그래도 그건 무리라고?! 애초에, 이 여관의 욕탕은 혼욕도 아닌데……."

"괜찮아. 여관 주인한테 허가 받았으니까, 마지막에 전세로 들어갈 수 있어."

멍한 표정으로 눈을 빛내며 피르히가 단언했다.

"아니 하지만, 진짜로 그런 걸 허락해줬다고?"

아무리 그래도 남녀 혼욕을 그렇게 간단히 인정해줄 거라고는 생각할 수 없었다.

"우리, 신혼이라고 했더니, 허가해줬어."

"설정 활용 엄청 잘 하네! 분명 오해하고 있을 거야!"

"그리고 조금, 돈을 건네줬으니까."

"그런 점만 렐리 씨를 닮지 말라고?!"

필사적으로 태클을 건 보람도 없이 피르히는 담담히 목욕 준비를 했다.

이럴 때, 제대로 움직일 수 없으면 어떻게 할 수가 없다.

아니― 피르히는 어디까지나 거동이 불편한 룩스를 거들어주겠다는 생각밖에 없겠지만.

"적어도 몸에 수건만은 둘러줘어어어어……!"

처절하게 절규한 룩스는, 피르히가 목욕을 도와주는 동안에 어마어마한 인내력을 발휘해야 했다.

†

"하아……. 이것 참, 큰 실례를 저질렀군요. 룩스 씨와 피르히 씨가 모처럼 즐거운 시간을 보내는 걸 방해하다니."

"아이쿠야……. 보아하니 이미 선을 넘어버린 것 같은데? 아무리 신혼이라지만—."

"어쩔 수 없지. 룩스 군도 젊은 남자애잖아. 오히려 이런 상황에서 용케 지금까지 버텨줬다고 칭찬해주자고. —그래서, 소감은 어때?"

"다들 적당히 좀 하시죠?!"

방에 나란히 서 있는 트라이어드— 녹트, 티르파, 샤리스가 순서대로 놀리자 룩스는 새빨개진 얼굴로 반론했다.

마침 목욕을 마치고 방으로 돌아와 옷 갈아입는 걸 도움 받고 있을 때 찾아왔으니 오해할 수밖에 없는 상황이었지만 말이다.

"뭐, 룩스 군은 이제 그만 놀리자고. 그보다, 그런 사건이 있었다니. 무사해서 다행이야."

그렇게 말하며 미소 짓는 샤리스에게 지난번 사건을 거듭 보고했다.

스테파 하즈마이스와 우연히 만나, 그녀의 의뢰로 카렌시아와 접촉했고 지하시장 안내를 약속 받은 건이다.

"그럼 진짜로, 『용비적』은 헤이부르그와 손잡고 있었던 거야? 제법이잖아, 루크찌. 이걸로 신왕국도 살았다구!"

"No. 목소리가 큽니다, 티르파. 이 벽은 방음이 잘 되는 것 같긴 하지만, 너무 방심하는군요."

티르파가 기쁜 목소리로 소리치자 녹트가 냉정하게 핀잔을 주었다.

한편, 샤리스는 만족스러운 것처럼 고개를 끄덕거렸다.

"그 로자와 함께 있던 보좌관 카렌시아가, 말이지. 그녀가 한 말이 사실이라면, 그 지하시장에서 『용비적』과 확실하게 뒷거래가 진행되겠군."

"네. 아무튼 현장을 제압하면 괜찮을 거라고 봐요. 카렌시아 씨 말로는 헤이부르그 군에 숨어든 레지스탕스 기룡사들도 가세한다는 것 같으니까요."

"그리고 로자 경의 악행을 폭로해서 『칠용기성』 지위를 박탈하는 데 성공하면 그녀의 권력은 사라진다, 이거지?"

샤리스의 질문에 룩스는 고개를 끄덕였다.

"확증할 수는 없지만, 『탑』 공략은 일단 중단되겠죠. 그 기회를 틈타면 어떻게든 공동 전선을 펴자고 교섭할 수 있지 않을까 싶어요."

룩스가 진지한 표정으로 그렇게 말하자 티르파는 당황한

모습으로 고개를 갸웃했다.

"엑? 그게 무슨 소리야? 헤이부르그와 화해하겠다니. 그대로 세계 연합에 알리면 되잖아. 어차피 배신자인데—"

"No. 현실적으로, 지금은 보류해야 한다고 판단합니다. 『창조주』 일당은 배신자를 찾아낸 시점에서 그들을 공격하라고 했으니, 그들의 판단 기준에 따라서는 『탑』 근처에 있는 트라이포트가 전장이 될 우려가 있습니다."

"어쨌든 이번 거래를 끝으로 『용비적』과의 연계는 끊기는 거잖아? 그렇다면 차라리 그 칼자루를 쥐고, 신왕국에게 협력하라는 거래로 유도하는 쪽이 낫다— 그런 이야기야."

"네. 로자 경이 실각하고, 카렌시아 씨가 대두한다면 그쪽 길로도 갈 수 있을 거라고 봅니다."

"우와 뭔가 엄청나네. 어쩐지 정치 이야기 같아……."

샤리스와 룩스의 대화를 들으며 티르파가 표정을 찡그렸다.

"Yes. 안타깝지만 정치 이야기입니다. 우리들도 말석에나마 이름을 올린 기사이니까요."

"흐음~. 그래서 루크찌, 우린 뭘 어떡하면 될까?"

"솔직히, 지하시장은 경계가 꽤 삼엄한 것 같으니까 트라이어드는 쉽게 접근할 수 없을 거야. 상황이 종료될 때까지, 녹트의 《드레이크》로 주위를 감시하면서 방해꾼이 개입하지 못하도록 해줘."

룩스가 요청하자 샤리스는 짧게 고개를 끄덕였다.

"그건 상관없는데, 『용비적』 사단장이 올지도 모르잖아? 너랑 피르히 아가씨만으로 괜찮겠어?"

"……괜찮아요. 예정된 전력이라면, 어떻게든."

"흥～ 우리도 꽤 파워업 했는데 말야. 의지하지 않는 거구나—?"

티르파는 뺨을 부풀리며 가볍게 놀리는 듯한 말투로 말했다.

"룩스 군을 곤란하게 만들면 안 되지, 티르파. 자, 우리는 이만 가봐야겠다. 작전 결행 당일까지 둘 다 푹 쉬라고."

참고로 트라이어드는 마기알카가 준비해준 위조 증명서로 입국한 몸이라, 너무 요란하게 움직이는 건 위험했다.

하지만 룩스가 그녀들의 참전을 거절한 진짜 이유는 다른 곳에 있었다.

"……괜찮은, 거야? 모두랑 함께 싸우지 않아도."

그제야 입을 연 피르히의 질문에, 룩스는 고민하는 표정으로 고개를 끄덕였다.

"응. 이번에는 좀, 생각하는 바가 있거든."

얼마 전 말려들고 만 환락가에서의 사건.

로자가 이끄는 헤이부르그 군의 방식은 너무나도 무자비했다.

만약 트라이어드가 그런 식으로 말려들게 된다면 자신은 틀림없이 후회하리라.

그러니, 그녀들은 되도록이면 관여하게 하고 싶지 않았다.

"그럼 피이, 이만 잘까?"

"응. 잘 자, 루우."

피르히에게 말하고 방의 조명을 끄니 실내에 정적이 가득 차올랐다.

이것으로 작전 당일까지의 준비는 마쳤다.

지하시장에서 카렌시아 및 반항 레지스탕스 세력과 함께 『용비적』과의 거래 현장을 진압한다.

로자도 아직 트라이포트에 있다고 했으니 충분히 가능할 터다.

그러나 어째서일까?

룩스는 그것과는 별개의 초조함 같은 것에 시달리고 있었다.

†

그리고 며칠 동안 숙소에서 요양하며 보낸 룩스 일행은 드디어 헤이부르그 지하시장에 잠입했다.

시장이 열리는 장소는 군사시설인 연습장 옆, 에르미난트 대상회 길드의 지하다.

예복을 입은 룩스와 드레스 차림의 피르히는 손을 잡고 안으로 들어갔다.

기공각검의 휴대 자체는 허용되었지만 철로 된 커버를 칼집에 씌워 잠갔다.

전용 열쇠를 사용하지 않으면 벗기는 게 쉽지 않은 물건이었지만, 렐리와 마기알카가 미리 정보를 제공해주었기 때문에 이 부분의 대책은 이미 세워두었다.

지하시장이라는 이름대로, 원형으로 깔린 돌바닥 위에 시장이 쫙 열려 있었다.

희귀 물품, 희귀 식재료, 미술품, 귀금속, 장갑기룡 부품—
거기다 수상쩍은 약품 종류까지 가격별로 구분되어 깔려 있
었다.

"이거, 무슨 약일까?"

피르히가 고개를 갸웃하며 중얼거리자 담당인 중년 상인이
씨익 웃었다.

"오오, 아가씨 안목이 좋구만. 이건 흥분제라고. 어때, 바깥
양반한테 먹여보는 건? 아주 건강해질거야."

"루우가 건강해져? 그럼 이걸—."

"잠깐, 사지 마 피이! 아마도 네 생각하곤 다른 효과일 거야!"

룩스가 황급히 제지하자 이번에는 희귀 식재료인 말린 물고
기를 흥미롭게 보거나 오래 묵은 와인을 시음하려고 했다. 룩
스는 이후의 임무에 지장이 생긴다며 그녀를 말리곤 하면서
평화로운 시간을 보냈다.

지하시장이라는 수상쩍은 이름인데다가 실제로 수상쩍은 느
낌도 있지만, 아직까진 아슬아슬하게 합법이라는 느낌이었다.

룩스가 생각한 것보다 분위기 자체는 건실했지만 긴장은
늦출 수 없었다.

자신들을 의심하는 시선이 없는지 경계하면서, 시장을 둘
러보는 척 하며 지형을 파악했다.

조금 전에 지나간 카렌시아의 말로는, 『용비적』이 거래를 하
는 장소는 이곳이 아니라고 했다.

옆에 있는 헤이부르그의 지하 기룡 격납고가 거래 장소였다.

물론 이곳에서 격납고로 향하는 길이 있으니 문제는 없지만.

"……."

룩스가 멍하니 있는데, 카렌시아가 지하시장에 나타나 그를 손짓으로 불렀다.

앞으로의 일어날 일을 생각하며 압박감을 느끼는 것인지 그녀의 안색은 좋지 못했다.

"룩스 씨, 이쪽입니다. 『용비적』과의 거래가 진행될 거예요. 격납고로 향하는 통로는—."

카렌시아가 안내하는 대로 룩스와 피르히가 그 뒤를 따라 튼튼해 보이는 철문을 여러 개 열며 지나갔다.

점점 인기척이 없는 통로로 유도된 끝에 도착한 곳은 묘한 열기가 느껴지는 장소였다.

거대한 반구형 철제 우리 안에서 환신수와 기룡사가 싸우고 있었다.

"좋아, 해치워!"

"뭐 하냐, 도망치지 말라고!"

고함이 교차하는 가운데 유력해 보이는 귀족들이 기세를 높이고 있었다.

"저건, 도대체—."

"포획한 환신수의 섬멸하는 동시에 기룡사를 훈련시키는 겁니다. ……물론 실제로는 단순히 내기를 성립시키기 위한 생사를 건 사투죠. 일부 악취미적인 귀족들에게 보여주기 위해서 말입니다."

"어째서, 그런 짓을—?"

룩스가 의아한 표정으로 묻자, 카렌시아는 힘없이 미소 지으며 대답했다.

"모르겠어요. 다른 사람을 위협하기 위한 도구인 건지, 아니면 힘을 과시함으로써 경쟁의식을 높이려 하는 건지. 지금은 투약 실험 중인 모양입니다. 엘릭시르라는, 유적에서 정제된 수수께끼의 비약을 완벽하게 다루기 위한—."

"……."

그 너무나도 끔찍한 현실에 룩스는 눈살을 찌푸리면서 카렌시아를 뒤따라갔다.

이윽고 거친 돌로 만든 방을 통과한 후 카렌시아가 걸음을 멈췄다.

"이쪽입니다. 이 그늘에 숨어 있으면, 곧 『용비적』 사단장 바인이 나타날 거예요. 장갑기룡을 착용한 상태에서 기습적으로 공격하면, 간단히 제압할 수 있을 겁니다."

그렇게 말하고 카렌시아는 품에서 열쇠를 꺼냈다.

이 지하시장에 들어오기 위해 잠가둔 기공각검의 커버를 벗기기 위한 것이었다.

앞서 카렌시아가 이 커버를 벗겨주겠다고 룩스에게 말해두었는데—.

"어라…… 어째서?"

어째서인지 열쇠가 들어가지 않았다.

카렌시아는 고개를 갸웃하다가 당황한 모습으로 입을 열었다.

"죄, 죄송합니다. 열쇠를 잘못 가져온 것 같아요. 금방 가져올 테니, 이 근처에서 잠시 숨어 계세요."

"아니, 카렌시아 씨. 잠시 기다려 줄래? 그밖에도 이상한 게 있어."

"—네?"

당혹스러운 표정의 룩스를 보고 카렌시아는 뒷걸음질 쳤다.

"우리가 숨어 있는 이 장소에는 출구가 없어. 게다가 너무나도 묘해. 우리는 여기에 오기 전에, 지하시장에서 주위를 경계하고 있었어. 하지만—."

이른바 인파에 숨어 암살 하는 방식에 대한 경계…….

"그 환락가에서 그만한 소동이 일어났음에도 불구하고, 묘한 소문이 전혀 흐르지 않았지. 병사들의 경비도 허술했어. 너무나도 매끄럽게 풀렸다고. 평소에 그토록 로자 경의 관리를 받는 군인데, 이런 상황은 여러모로 부자연스럽지."

"흑……?!"

카렌시아는 룩스의 지적에 눈꼬리를 내리며 시선을 피했다.

"그날 이후로, 당신이 당부한 대로 스테파와는 만나지 않았어. 어쩌면, 그 시점에서 당신은 이미 협박당하고 있었던 거 아냐? 우리를 함정에 빠뜨리지 않으면, 그녀를 죽이겠다는—."

무겁게 내리깔린 정적 속에서 카렌시아의 표정이 어두워진다.

겁에 질린 것처럼 어깨를 덜덜 떨며 불안한 눈으로 룩스를 바라보았다.

"간파하고, 계셨군요……. 저를, 안 죽이실 건가요?"

자학적으로 웃는 카렌시아를 보며 룩스는 고개를 가로저었다.

"내겐 너를 탓할 생각이 없어. 하지만 너희들의 함정에 빠져서, 여기서 죽을 수도 없지. 그건, 이해하지?"

덜컥, 하고.

뭔가를 포기하고 체념한 것처럼 카렌시아는 힘없이 고개를 떨구었다.

그리고 기어들어가는 목소리로 진상을 고백했다.

"이제 곧, 로자 직속 부대인 『육형사』의 일원이 이곳에 올 예정이에요. 지금까지 그 투기장에서 실험하던 대량의 엘릭시르를 가져가기 위해. 룩스 씨 일행은, 지금 바로 이곳에서 떠나세요. 그러지 않으면—."

"아니, 나는 여기 남을 거야. 안 그러면 카렌시아 씨도 끔찍한 일과 맞닥뜨리게 될 테니까. 그리고, 이 헤이부르그의 『악한 왕』을 쓰러뜨려 보이겠어."

"아쉽지만, 그건 불가능한 이야기네—. 거래는 이미 끝나버렸다고—."

"……?!"

룩스의 말이 끝난 직후, 등 뒤에서 탁한 소녀의 목소리가 들렸다.

거의 동시에 룩스가 허리에 차고 있던 《바하무트》의 칼집을 누군가가 가로채갔다.

황급히 뒤를 돌아보자 예상 밖의 광경이 시야에 들어왔다.

"어떻게 된 거야?! 어째서 네가 여기에—?!"

사악한 미소를 머금고 있는 적발 소녀.

헤이부르그 군복과 짙은 회색 신장기룡을 장착한 로자 그랑하이드가 룩스 일행 눈앞에 서 있었다.

그 기룡의 손으로, 지금 막 룩스에게서 빼앗은 검은색 기공각검을 가지고 놀면서 말이다.

"어라—? 그건 내가 할 말이라고. 왜 너희가 이런 곳에 있는 걸까, 룩스 아카디아. 하지만 뭐, 대답해줄게. 처음부터 나는 여기에 있었어. 『탑』 공략을 위해 부하를 이끌고 트라이포트로 출발한, 그 순간부터 말이지."

"그럴 리가…… 없어. 바로 얼마 전까지, 너는 신왕국에서 벗어날 낌새를 보이지 않았을 거야! 그런데—."

그렇게 말하던 룩스는 헉, 하고 숨을 삼켰다.

그러고 보니 지금 생각해보면 트라이어드의 보고 그 자체가 묘했다.

로자는 첫날부터 모습을 보였지만 그저 전선기지를 돌아다닐 뿐 『탑』 공략에도 참가하지 않고, 지휘를 하는 기미도 없다고.

"처음부터 이 거래에 참석하기 위해, 대역을 세워두었다— 이건가."

룩스가 나지막한 목소리로 말하자 로자는 키득 웃었다.

"빨리도 눈치 챘구나—. 아카디아 구제국을 놀랍게도 단신으로 멸망시킨 『검은 영웅』의 솜씨를 조금은 기대해봤는데. 내겐 못 미치는 모양이네."

아랫입술을 핥으며 로자는 오만하게 웃었다.

그러나 룩스는 그녀의 출현보다도 다른 것이 더 놀라웠다.

"어떻게 한 거냐? 《고리니시체》는 육전형 신장기룡이었을 텐데. 네가 방금 나타나며 보여준 위장 기능은 《드레이크》의 능력이다. 대체, 무슨 수로—."

"어라—? 벌써 까먹은 거야? 내 《고리니시체》의 신장 《연옥기구》^{프레임}는, 자신의 장갑을 재조립해서 변형할 수 있다고. 다소 시간이야 필요하지만, 세 계열 중 어느 타입으로도 가능하거든. 자 서비스는 여기까지. 이만 투항하시지—."

기룡식총^{브레스 건}의 총구를 들이대며 로자는 의기양양하게 말했다.

룩스와 피르히, 카렌시아 세 사람은 맨몸.

게다가 남아 있는 기공각검의 칼집도 봉인당한 채.

룩스 일행에게 승산은 남아 있지 않았다.

"죽이지 않는, 거냐?"

"여기서 죽이는 건 삼류나 할 짓이지. 모처럼 신왕국이 최고 수준의 인질을 마련해줬는데 말이야. 너랑 그 아가씨를 붙잡아서 협상 카드로 내놓으면 꽤 도움될 거라고. 아아, 그러고 보니 너희 주변에서 서성거리던 피라미도 세 마리 있었지 참. 그건 본보기로 죽여 버리겠어. 철저하게 능욕하고 실험대로 쓴 다음, 구경거리로 써먹다가 신왕국에 보내줄게."

"—큭?!"

트라이어드 이야기임을 시사한 로자의 흉악한 웃음을 보고 룩스는 피가 거꾸로 솟았다.

하지만 실제로 이 국면에서는 아무 것도 할 수 없었다.

"카렌, 널 처벌하는 건 그 다음이야. 기껏 그 사촌동생을 살려줬더니— 교육이 부족했던 모양이네."

"윽……?!"

카렌시아가 새파랗게 질리며 어깨를 파르르 떤 순간, 로자의 시선이 한순간 룩스 일행에게서 벗어났다.

승리를 확신했기 때문에 생겨난 아주 작은 마음의 틈.

그 한순간을 놓치지 않고 **룩스는 다른 기공각검을 뽑아들었다.**

"——?!"

로자가 그 행동에 반응하여 재빨리 브레스 건의 방아쇠를 당겼다.

대기를 꿰뚫는 무수한 광탄이 발사된 순간, 룩스는 이미 《와이번》의 장착을 마쳤다.

"—기룡포효!"
하울링 로어

장벽으로 탄막을 방어하는 동시에 머리 장갑에서 충격파를 해방했다.

견제하는 동시에 피르히와 카렌시아를 양팔로 안고 뒤로 물러나 거리를 벌렸다.

그 모습을 본 카렌시아가 크게 놀라며 언성을 높였다.

"어떻게, 자물쇠를 채워둔 칼집의 기공각검을—?!"

조금 전 카렌시아는 분명 자물쇠를 풀지 못했는데, 룩스는 무슨 수로 기공각검을 뽑아든 것일까?

피르히가 지닌 환신수의 괴력과 머리 장식에 사용한 철제 부속품을 활용해서, 로자의 틈을 보고 신속하게 피르히가 해제한 것이었다.

그것이 룩스와 피르히가 미리 준비한 대책.

하울링 로어에 로자가 살짝 밀려난 순간, 룩스는 추격하기 위하 날아올랐다.

"핫! 생각보다는 제법이잖아? 하지만 안 됐네— 이 좁은 지하 통로에서는 《와이번》의 기동력을 살릴 수 없다고!"

"큭⋯⋯?!"

그 순간 로자의 장갑에서 빛이 용솟음치더니 폭발적인 기세로 탄환이 쏟아졌다.

장갑을 해제하는 동시에 그 일부를 산탄처럼 날리는 기초 기술의 응용, 기룡해방.
^{브레이크 퍼지}

장갑을 이용한 탄막 공격을 막기 위해 룩스는 《와이번》의 장벽을 전개해서 버텼다.

"⋯⋯이건?!"

폭풍이 멎은 순간, 눈앞에 있는 《고리니시체》의 모습이 조금 전과 완전히 달라져 있었다.

어깨에 부속된 레이더와 네 다리를 갖춘 《드레이크》 형태에서, 두꺼운 장갑으로 몸을 뒤덮은 육전형의 모습으로.

"《연옥기구》·노멀 모드."

특수 무장인 무인(無人) 장갑 《열두 개의 감옥》와 조합해서 자신의 장갑을 변화시키는 《고리니시체》의 신장.

로자가 선택한 것은 아마도 기본형인 육전형 형태.

장갑 각부에서 칼날이 튀어나오고, 낫 형태 무장인 용각곡인을 꼬나쥔, 불길한 사신을 연상케 하는 모습이었다.

이 지하시장으로 이어지는 통로의 돌아가는 길을, 딱 가로막는 것처럼 서 있었다.

"쓸데없는 발악은 정도껏 하지 그래—? 그런 다 부서져가는 고물로 날 상대하려 들다니, 아무리 그래도 너무 모욕적이라고—."

자신의 우위를 확신한 로자가 그 모습을 보고 자신만만하게 말했다.

5일 전에 상대한 『육형사』 브랜디쉬에게 어깨 부위를 파괴당한 탓에 룩스의 《와이번》은 한쪽 팔이 제대로 작동하지 않았다.

그리고 《바하무트》의 기공각검은 여전히 로자의 손아귀에 있었다.

이대로라면 승패는 뻔했다.

카렌시아가 비통한 표정을 보인 순간, 룩스의 목소리가 쩌렁쩌렁 울려 퍼졌다.

"카렌시아 씨! 통로 구석으로 피해! 기룡이 앞으로 끌려나올 거야!"

"——?!"

카렌시아가 그 목소리에 반응해서 통로 구석으로 이동한 순간, 무수한 와이어가 로자의 《고리니시체》를 휘감았다.

피르히가 장착한 신장기룡 《티폰》의 각 부위에서 사출된 특수 무장, 《용교박쇄》였다.
<small>파일 앵커</small>

어느 틈에 로자의 뒤쪽으로 돌아간 피르히가 기룡을 소환해서 공격을 시도한 것이었다.

"—흐응. 입을 꾹 다물고 있길래 아무 짓도 안 할 줄 알았더니, 그늘에서 몰래 꾸미고 있었구나—."

"루우에게서, 떨어져."

피르히가 중얼거리자 《고리니시체》의 전신을 휘감은 와이어가 빠른 속도로 순식간에 《티폰》 쪽으로 당겨졌다.

피르히가 장착한 《티폰》은 그대로 통로를 달려서 격납고 바깥— 군사 연습장으로 로자를 끌어냈다.

이미 땅거미가 내려앉은 바깥에서는 차가운 비가 막 내리기 시작한 참이었다.

현재 헤이부르그 기룡사들은 대다수가 『탑』 공략에 투입되었기 때문에 연습장은 텅 비어 있었다.

룩스도 피르히와 로자를 쫓아 밖으로 나갔지만 복병의 그림자는 달리 눈에 띄지 않았다.

이런 상황이라면 이번에는 이쪽이 지형의 이점을 살릴 수 있다고 룩스는 확신했다.

카렌시아에게 눈짓하자 그녀는 무언가를 결심한 것처럼 고개를 끄덕였다.

"룩스 씨, 피르히 씨! 로자 경을 부탁합니다! 저는 연습장 통로를 막아 증원 병력을 저지하겠습니다."

"부탁할게. 나는 그녀와 함께, 이곳에서 로자를 쓰러뜨리겠어!"

『용비적』과의 뒷거래 사실은 로자 본인이 자백했다.

『탑』을 공략하는 동시에 신왕국을 약화시키려는 『악한 왕』의 간계.

'이제 그녀를— 로자만 쓰러트리면, 모든 것이 끝나.'

이 헤이부르그에 횡행하는 군의 부조리한 통치도, 거기서 파생된 사람들의 불행도— 모든 것이.

실전에 가까운 전략을 익히기 위해서인지 이 연습장에는 나무나 덤불이 장애물처럼 자라 있었다.

전력은 아마도 비등할 터.

그렇다면 로자에게 빼앗긴 《바하무트》의 기공각검을 되찾는 것이 관건이다.

굳이 따지자면, 이쪽이 우세하다.

그런데 어째서인지 룩스의 가슴에 정체를 알 수 없는 불안함이 깃들었다.

무엇을 망설이는 것인지 스스로도 알 수 없었다.

'—지금은 쓸데없는 생각을 할 때가 아니야! 이 싸움에서 이기지 못하면, 우린 끝이라고!'

심호흡을 한 차례 하며 룩스는 기분을 전환했다.

그리고 칠흑의 어둠에 뒤덮인 연습장의 숲 속으로 피르히를 쫓아 비행했다.

『피이! 괜찮아?! 로자는 어떻게 됐어?』

로자에게 의도를 들키지 않도록 용성으로 피르히에게만 말을 건넸다.

『아직 붙잡고, 있어. 이 장소라면 이제 싸워도 괜찮으니까, 떨어져서 공격할게.』

『윽……?! 조심해!』

"남의 집 앞마당에서 꽤 즐거워 보이는걸—? 그런데 무척 유감스럽지만— 함정에 빠진 건 너희들 쪽이라고—."

로자의 쓴웃음이 들린 순간 피르히가 움직였다.

《파일 앵커》로 구속한 로자의 각 부분을 와이어를 되감아서 끌어당기고, 동시에 오른손을 뒤로 당겨 주먹을 휘두를 자세를 잡았다.

한편, 엷은 미소를 머금은 로자는 커다란 낫 형태의 무장— 사이즈를 높이 들어 올렸다.

'끌려가는 탓에 로자의 자세는 무너져 있어. 동시에 공격한다면, 이기는 건 피르히야!'

룩스가 《와이번》을 움직여 전투 상황을 확인하면서 그렇게 판단한 찰나—.

"일부러 스파이 노릇을 하러 올 정도니 실력이 얼마나 대단할까 기대했는데—. 무시당한 기분인걸?"

"——?!"

로자가 장착 중인 《고리니시체》의 각 관절 부위가 순식간에 공중에서 분해되더니, 감겨 있던 《파일 앵커》의 구속이 풀렸다.

동시에 《고리니시체》는 불길한 보라색으로 빛났고, 분해되었던 장갑이 즉시 접속— 재구성되었다.

　"저런, 방법이⋯⋯?!"

　그녀의 신장 《연옥기구》의 변형 능력으로 노멀 모드를 일단 분해, 그리고 구속에서 빠져나온 후에 즉시 노멀 모드로 재구성.

　찰나지간에 불리한 상황에서 벗어나 반격 자세를 취했다.

　그러나 피르히가 로자를 끌어당긴 동작의 관성은 남아 있다.

　그 결과 카운터로 내뻗은 《티폰》의 주먹은 허공을 가른 한편, 로자는 스쳐 지나가는 것처럼 사이즈의 칼날을 상대방의 동체에 걸었다.

　"두 동강 나라고."

　축적해둔 에너지가 낫의 칼날 부분에 집중되었다.

　견고한 방어력을 자랑하는 《티폰》의 장벽을 관통했지만, 피르히는 가까스로 왼팔을 사이에 끼워 넣어 막아냈다.

　하지만— 그래도 어마어마한 충격이 전신에 엄습했다.

　그대로 낫의 칼날에 걸려 넘어지자 장갑에는 균열이 일어났다.

　"⋯⋯윽?!"

　뒤로 넘어진 피르히의 무표정 속에서 괴로움이 살짝 드러났다.

　"피이?!"

　룩스가 반파된 《와이번》을 움직여서 구출하러 가려는 순간 여섯 기의 무인 장갑기룡이 눈앞을 막아섰다.

　《열두 개의 감옥》—《고리니시체》의 특수 무장 자체인 무인 장갑기룡은 비행형, 육전형, 특장형 장갑기룡이 종류별로 두

기씩 있었다.

마치 연계하는 것처럼 저마다 따로 움직이며 룩스를 공격했다.

무인기라는 특성 탓인지 움직임은 무척 단조로워서 파악하기 쉬웠다.

하지만 《바하무트》를 사용할 수 없는 지금 상태로는 간단히 돌파할 수 없었다.

'스케일 블레이드를 이용한 극격으로, 숫자를 줄일 수밖에 없어!'

그렇게 생각했지만 《와이번》의 한쪽 팔이 망가진 이 상황에서 동시에 밀어닥치는 공격에 카운터를 날리기란 어려웠다.

"자— 우선 한 명— 잡아볼까. 눈앞에서 동료가 죽는 건 어떤 기분일까?"

그 틈에 로자는 《고리니시체》를 움직여서 피르히의 몸통을 노리고 사이즈의 날 끝을 내려찍었다.

하지만 명중하려는 찰나. 평소와 다를 것 없는 멍한 목소리가 들려왔다.

"괜찮아, 루우."

그 직후, 로자가 조종하는 짙은 회색 무인 장갑기룡이 《티폰》 앞으로 끌려와 방패가 되었다.

"—아니?!"

자기가 조종하는 《테일즈 바이스》에 낫의 일격이 막히자 로자는 당황하며 눈을 크게 떴다.

피르히는 쓰러진 직후 《파일 앵커》를 사출해서 《테일즈 바이스》의 무인기 하나를 자기 곁으로 끌어당겼다.

낫 끝부분이 이것을 꿰뚫은 순간, 피르히는 방패로 삼은 무인기를 옆으로 비켜놓아 사이즈의 움직임을 막았다.

동시에 쓰러진 자세 그대로 《티폰》의 장갑 다리를 구동하여 로자의 《고리니시체》를 차 올렸다.

"크윽……?!"

일반적인 기룡사라면 중심을 잃고 넘어지기 때문에 사용하지 않는 발차기 기술.

강인한 육체를 가진 마기알카가 직접 전수해준 기술을 마스터한, 피르히와 《티폰》이기에 가능한 그녀 고유의 특수한 전투 스타일.

십여 미터 정도 공중으로 떠오른 로자의 《고리니시체》에, 양쪽 어깨와 등 쪽 장갑에서 사출된 몇 개의 《파일 앵커》가 얽힌다.

장갑기룡 전신에 와이어를 칭칭 휘감아 《테일즈 바이스》를 이용한 분해 이탈을 저지.

동시에 오른손 장갑에서 사출한 《파일 앵커》는 바로 옆으로 뻗어서 두 번째 무인기를 포획한 다음 손으로 붙잡았다.

무인기를 붙잡은 《티폰》의 오른손이 타오르는 듯한 빛을 발하며 에너지를 모았다.

그 직후, 공중에 떠오른 《고리니시체》를 단숨에 끌어당기는 동시에 오른손에 장치된 특수 무장을 기동했다.

"―《용교폭화》."

바이팅 플레어

오른손에 모인 에너지가 이동하는 동시에 붙잡은 무인기의 장갑이 폭발했다.

작렬하는 장갑의 파편과 충격파를 뒤집어쓰고 로자는 저 멀리 뒤쪽으로 나가떨어졌다.

직접 로자의 《고리니시체》를 폭파하지 않은 이유는 《바하무트》의 기공각검이 아직 그녀의 손에 있고, 로자의 몸이 다치지 않게 신경 썼기 때문이리라.

그래도 장벽을 뚫고 장갑을 부숴 충분한 대미지를 주었을 텐데, 갑자기 이상한 사태가 일어났다.

"해냈다아아!"

"지금이야, 로자를 해치워라아아앗!"

"복수야! 그 자식을 죽이고 악정을 멈춰!"

군 연습장 부지 내로 들어온 수십 기의 장갑기룡.

아마도 카렌시아가 언급한 군사 정권의 레지스탕스일 것이다.

피르히가 공격의 반동 탓에 멈춰선 타이밍에, 숲속으로 나가떨어진 로자를 범용기룡으로 뒤쫓았다.

"기다리세요! 아직 그녀에게 손을 대면―."

룩스가 《테일즈 바이스》의 무인기를 상대하면서 제지하려 했지만 그들은 멈출 기색이 없었다.

"무슨 소리야! 이 년에게, 지금의 헤이부르그 군에게 우리가 어떤 취급을 당해왔는지 알기는 해?! 지금밖에 없다고! 이

『악한 왕』을 죽이고, 우리들은 평화를 쟁취할 거다!"

"그래, 죽여! 그 년의 숨통을 끊으라고!"

"헤이부르그의 어둠을 물리쳐라!"

십여 기의 장갑기룡이 하나가 되어 숲으로 돌진한다.

동시에 룩스를 공격하던《테일즈 바이스》의 무인기들이 일제히 로자 쪽으로 향했다.

"어떻게 된 거지? 로자 경을 지키러 간 건가?"

아니, 무서운 건 그쪽이 아니었다.

그녀는《바이팅 플레어》에 가격 당했음에도 불구하고 태연하게 특수 무장을 사용하고 있다.

다시 말해— 저 숲으로 유인하는 것은 함정이다.

"조심해, 루우. 저 사람, 강해. 어떻게든 기공각검만은 되찾았지만—."

룩스 옆에 선 피르히가 한숨을 약하게 내쉬며 말했다.

로자는《바이팅 플레어》의 일격을 받았음에도 동시에 자신의 장갑을 변형, 분해해서 충격을 한계까지 분산했다.

역시 『칠용기성』의 한 자리를 맡고 있는 실력자답게 그 능력은 보통이 아니었다.

룩스는 혀를 내두르면서도 서둘러서 다른 한 자루의 칼집을 봉인한 자물쇠를 블레이드로 절단했다.

그리고 기룡을《바하무트》로 교체하기 위해《와이번》의 장갑을 해제했다.

"……헉?! 잠깐만— 로자 경이 무사하다면, 저 숲에 숨어 있는 건—."

태세를 가다듬으려는 것처럼 꾸민 함정.

룩스가 로자의 진짜 노림수를 깨달은 순간, 어두운 혼잣말이 밤하늘에 울려 퍼졌다.

《연옥기구》·일제 포격 형태."
_{타르타로스 프레임} _{래피드 파이어 모드}

그 직후, 숲의 일부가 폭발하며 사방으로 흩어졌다.

《고리니시체》가 거대한 무장 요새로 변형해서 사정거리 안에 들어온 레지스탕스들을 일망타진한 것이다.

"끄, 캬아아악……?!"

장갑을 파괴당한 레지스탕스 사내들이 불길에 휩싸인 채 바닥 위를 마구 구르며 고통으로 몸부림쳤다.

아연실색한 룩스가 망설이는 사이에 《고리니시체》는 계속해서 형태를 바꾸었다.

"《연옥기구》·천공 요새 형태."
_{타르타로스 프레임} _{스카이 포스 모드}

양쪽 어깨에 네 기의 《와이번》이 결합하더니 거대한 포대를 붙인 채 연습장 밖으로 움직였다.

"도망치려는 거냐, 로자 그랑하이드!"

적이 보인 뜻밖의 움직임에 당황한 룩스가 소리치자 로자는 용성으로 대꾸했다.

『너희들은 좀 나중에 상대해줄게—. 시민들이 군부에 반기를 들었을 경우엔, 본보기로 거리를 불태우게 되어 있거든. 밖에도 아직 반항 세력이 남아 있는 모양이니까 일을 해야 한다고—.』

『웃기지 마! 이 이상 아무 관계없는 사람들에게 피해를 줄 셈이냐?!』

『아하앗―. 무슨 소릴 하는 거람―. 전부 네 잘못 아냐―? 이 나라 사람도 아닌 주제에, 멋대로 끼어들었잖아.』

『――.』

악마의 섬뜩한 속삭임을 들은 룩스의 등줄기에 식은땀이 흘렀다.

『너 같은 위선자가 나를 자극하니까, 이런 일이 벌어진 거 아냐? 어중간한 각오로 나를 쓰러뜨리려고 하니까.』

키득키득 하고 웃으며 로자는 성벽 밖으로 나갔다.

그 직후, 안으로 들어오려고 대기하고 있던 레지스탕스가 있었는지 비명이 들려왔다.

이대로라면 얼마 안 되는 헤이부르그의 아군이 모조리 쓰러지고 만다.

"제기랄?! 어째서냐! 어째서 이런―."

떨리는 손으로 《바하무트》의 기공각검을 뽑아 눈앞에 거룡을 소환했다.

룩스는 신속하게 장갑을 전신에 장착하고 로자가 사라진 성벽 너머를 노려보았다.

"루우, 조심해. 로자는 아마도, 유인하는 거야……."

흥분한 탓에 목소리가 약간 갈라지긴 했지만 피르히는 침착하게 지적했다.

룩스도 내심 깨닫고 있는 바였다.

로자가 성벽으로 둘러싸인 연습장에서 나간 것에는 분명 의미가 있다.

레지스탕스의 섬멸만이 아니라, 자신에게 유리한 방향으로 이끌어나가기 위한 책략이 있는 것이다.

'아니, 노리는 건 그것만이 아냐. 우린 무슨 일이 있어도, 여기서 로자를 놓치면 안 돼!'

로자의 진의를 깨닫고서 룩스는 전율했다.

현재 자신들의 입장은 표면적으로는 헤이부르그 불법 침입자이자 군사 시설에 무단으로 침입한 죄인이다.

아무리 헤이부르그 군의 대다수가 『탑』을 공략하기 위해 신왕국에 있다고 하더라도 수도에는 경비를 위한 기룡사가 남아 있었고, 세계 연합에 호소하면 배신자가 되는 건 룩스 일행 쪽이다.

『용비적』과 거래했다는 증거가 수중에 없는 이상 로자의 함정이라는 걸 알아도 뒤쫓을 수밖에 없었다.

여기서 그녀를 노치면 룩스 일행의 패배다.

"피이, 가자!"

상처 입은 레지스탕스들을 돌봐줄 여유는 없었다.

룩스는 성벽을 넘어 로자를 쫓아 비행했다.

그러자 성곽 도시 중앙 방면에서 생생한 초연의 냄새가 풍겨와 코를 찔렀다.

"—큭?!"

연습장에서 당한 그들과는 다르게 이쪽의 레지스탕스들은

목숨을 잃었다.

한 명도 남김없이, 소녀마저도 몸 절반이 날아간 채 숨이 끊어졌다.

"제기랄……."

『별 거 아니었구나— 「영웅 나리」. 죄 없는 시민 한 명 조차 못 지키는 거야—?』

저 멀리 성곽 도시 남쪽으로 향한 로자가 용성으로 도발했다.

제법 먼 곳까지 이동했는지 그 모습은 시야에 들어오지 않았다.

몸이 뜨겁게 달아올랐지만 여기서 분노에 몸을 맡길 수는 없었다.

로자가 어떤 함정을 파두었는지 모르는 이상 신중하게 뒤쫓아야만 했다.

그러나— 그럼에도 룩스의 마음은 극심하게 어지러운 상태였다.

뭔가 실수를 하진 않았는가, 일이 이렇게 되기 전에 어떻게든 할 수 없었던 것인가 하는 생각으로.

"루우. 찾았, 어."

거리를 활주하는 피르히의 목소리를 듣고서 룩스는 퍼뜩 정신을 차리고 눈앞으로 시선을 옮겼다.

수도 하이드헬름의 중앙 국립 광장.

주변에는 주택가가 펼쳐진, 여덟 개의 거대한 동상으로 둘러싸인 넓은 원형 무대에 로자가 서 있었다.

노멀 모드로 돌아온 《고리니시체》가, 이미 만전의 태세로 기다리고 있었다.

　그 장갑 팔에는, 시민으로 보이는 소녀가 쥐여 있었다.

　"어째서 이런 짓을 하는 거지! 얼마나 더 자기 나라 사람들을 죽이려는 거냐!"

　룩스가 분노를 드러내며 소리쳤지만— 로자는 비웃을 뿐이었다.

　"나는 나라를 혼란에 빠뜨리는 반역자를 응징했을 뿐이라고. 뭐 불만이라도 있어—?"

　"어쨌든 그녀를 놓아줘!"

　"이래서 말귀를 못 알아먹는 어린애는 곤란하다니까—. 여기까지 쫄레쫄레 따라온 주제에, 자기가 어떤 상황에 처했는지 아직도 이해하지 못하다니—."

　로자는 악의와 유열이 한데 섞인 소름 돋는 미소를 지었다.

　"명령은 내가 하고, 무기는 네가 버려야 한다니까? 알아들었으면 자, 어서 시키는 대로 해. 아니면— 죽게 놔두든가. 못하겠지? 결국 중요한 건 자기 몸이니까."

　"크윽……!"

　"루우. 주위에서 기척이 모여들고 있어. 장갑기룡 소리. 많아."

　"아참, 깜빡하고 안 알려줬구나. 당연히 용성으로 주위에 있는 병사들을 모아뒀다고. 이 성곽 도시에도 아직 기룡사가 좀 남아 있거든. 포위당할 때까지 기다려줄래?"

　중앙 국립 광장에 진을 친 것은 룩스 일행이 주변의 가옥을 신경 쓰느라 풀파워로 공격하는 걸 망설이게 하기 위해서.

그리고 자신의 전투력을 마음껏 발휘할 수 있는 공간과 적당한 차폐물이 갖춰진 장소라는 점.

끝으로, 자신이 부른 지원군을 한 곳에 집결시키기 위한 의도가 있었다는 건가.

"『검은 영웅』도 겨우 이 정도였나? 어째서 사람들은 전부, 위선자의 가면을 쓰고 다니는 걸까─. 자신의 몸이 가장 중요하고 타인 같은 건 아무래도 좋아. 사람의 본질은 악일진대, 다들 그걸 숨기고 살려고 하지. 결국 이 아이를 저버린 이상 너도 나랑 같은 인종에 지나지 않건만─."

"닥쳐! 나는, 나는 그저……."

분노로 부들부들 떨면서도 룩스는 조금씩 로자를 향해 다가갔다.

"─시간 다 됐어. 그럼 이 아이는 처형할게. 안녕."

로자가 사이즈를 높이 쳐든 후, 소녀를 향해 휘둘렀다.

그 순간 지금까지 대기하고 있던 룩스의 《바하무트》가 붉게 빛나더니 폭발적인 속도로 뛰쳐나갔다.

리로드 온 파이어
"《폭식》!"

"──?!"

로자의 움직임을 내다보고 압축 강화의 신장을 해방한다.

보통은 즉격을 이용한 연참을 퍼붓기 위해 상대의 타이밍에 맞춰 사용하는 그것을, 룩스는 인질로 붙잡힌 소녀를 구출하기 위해 굳이 먼저 기동했다.

동시에 대검을 휘둘러서 낫을 들어 올린 로자의 장갑 팔을 노렸다.

모든 에너지를 집중한 그 공격은 멋지게 《고리니시체》의 팔을 베었다.

"피르히!"

인질을 구출하는 동시에 피르히에게 그 소녀를 넘겼다.

틈을 주지 않고 룩스는 검을 회수하며 《고리니시체》의 몸통을 베었다.

"크, 아악?!"

장벽이 찢기고 장갑이 부서졌다.

파편이 비바람 속에서 흩어지며 조각조각 허공을 수놓았다.

룩스의 블레이드가 멋지게 적중하여 로자는 비명과 함께 분단되었다.

"—뭐지?!"

그러나 손에서 기묘한 반응을 느낀 룩스의 몸에 전율이 일어났다.

죽일 생각으로 벤 것이 아닌데, 어째서— 이렇게 심하게 파괴된 것일까?

그 수수께끼에 한순간 의식을 빼앗긴 직후, 로자는 이미 움직이고 있었다.

서걱, 고기를 가르는 이질적인 소리가 들렸다.

룩스의 뒤로 멀리 떨어져서 지원 타이밍을 가늠하던 피르히의 등을 로자가 블레이드로 베었다.

——.

천천히 시간이 흐르며, 소꿉친구 소녀의 등에서 선혈이 높이 솟구쳤다.

시야가 색을 잃은 것처럼 세계가 정지했다.

"……루, 우."

등이 깊게 찢겨나간 피르히는 장갑이 해제되어 힘없이 무너져 내렸다.

뒤쪽을 돌아보며 룩스가 아연히 중얼거렸다.

"피르, 히……?"

등의 장갑이 없는 부위를 공격당한 것일까. 원래 내구력이 강한 피르히가 쓰러질 정도라면 틀림없는 치명상이다.

주위에는 이미 헤이부르그의 잔존 전력이 모여 있었다.

로자가 인질로 잡고 있던 소녀는 모습 자체가 사라지더니 완전히 없어지고 말았다.

"맞지? 악 쪽이 강하지? 《위조 섬영》— 내가 보유한 특수 무장은 내 분신을 포함한 환영을 만들어내지. 오랜만이라 잊어버린 거야?"

무인기인 《테일즈 바이스》에 로자의 환영을 덧씌워서 대역을 만들어낸다.

아니, 파괴할 때까지 파악할 수 없는 로자의 분신을 만들어내는 전술.

그것은 확실히 지난번 『연무전』에서 한 번 상대해보았다.

그럼에도 불구하고 룩스와 피르히가 간단히 속아버린 이유가 있었다.

마찬가지로 《신 팬텀》으로 만들어낸 가짜 인질을 위협해서, 룩스가 급하게 도와주러 갈 수밖에 없는 상황을 연출한 것도 그렇고, 노 마크였다.

그리고 이 비와 어둠을 틈타 광장을 포위한 기룡사들.

그 원거리 사격으로부터 룩스를 지키기 위해 피르히가 경계한 순간에 기습 공격을 가한 것이다.

방심한 것이 아니었다.

교묘한 덫을 몇 중으로 설치해둔 로자의 간계.

모든 악을 허용하는 전략이 룩스를 상회한 결과였다.

"—투항하라고. 당장 죽이진 않을 테니까. 이걸로 신왕국은 연합의 배신자로 몰리게 되겠지. 『탑』에서 라그나뢰크를 해방시켜서, 모여든 녀석들을 쓸어버리겠어—."

"어째서, 냐……."

아연히 서 있는 룩스의 얼굴에서 표정이 사라진다.

차가운 비와 동화한 것처럼, 그 감정이 급속도로 식어간다.

"어째서 너는— 이런 짓을 하는 거냐? 어째서 아무 이유 없이 사람들을 해치는 거냐? 대체 왜, 이런 짓을 할 필요가—?"

그 허무함으로 가득한 모습을 보면서 로자는 소리 높여 조소했다.

"골치 아픈 도련님이네—. 남의 나라에 스파이 짓이나 하러 와 놓고, 실패하니까 우는소리를 하다니. 어쭙잖은 마음가짐으로 남의 나라를 구하려고 하니까 그렇게 되는 거 아냐. 어차피 선한 힘으로 할 수 있는 일이라고 해봐야 한계가 명확하다고."

머릿속이 지끈거렸다.

광장의 돌바닥 위에 쓰러진 피르히의 모습이 그때의 광경과 겹쳐졌다.

리예스 섬 지하 실험실에서, ─당하던 그녀와.

'……나는, 틀린 걸까?'

의식이 혼탁했다.

피르히가 죽어서 자아를 잃었을 때.

분명히 그곳에서 한 번 되감았다.

'되감았다고? 내가 무슨 생각을 하는 거지……? 무슨 말을 하는 거야? 아니, 지금은 이러고 있을 때가 아냐─'

룩스가 멍하니 있는 틈을 타 로자가 더욱 폭언을 퍼부었다.

"너는 말이지, 이 나라를 구해야겠다고 생각하는 게 아냐. **설령 적이라도 못 본 척 하지 않는, 착한 사람을 연기하는 자신을 지키고 싶을 뿐이지.** 그런 꼬락서니로는 악의 정점인 나를 이길 수 없어. 자, 슬슬 막을 내려볼까? 그 여자도 같이 데려가줄게. 아참, 그렇지─ 내친김에 그 환신수 괴물을 실험대로 쓰는 것도 괜찮겠는걸. 입수한 엘릭시르를 효과적으로 사용하기 위해서……."

"──."

실험대.

그 말을 들은 순간, 룩스의 내면을 옥죄던 테가 벗겨졌다.

머릿속에 없던 기억의 일부가 흘러들어오는 것을 느끼며 다시 《바하무트》의 기공각검을 꽉 쥐었다.

"이제 그만 해! 로자!"

문득 중앙 국립 광장의 정적을 깨뜨리는 목소리가 울려 퍼졌다.

소리가 들린 쪽을 보니 모여 있는 기룡사 사이를 헤치며 한 소녀가 다가오고 있었다.

스테파 하즈마이스.

룩스에게 도움을 요청한 전직 사관후보생인 맹인 소녀.

과거의 로자와 카렌시아를 아는 그 인물이…….

"스테, 파……? 어째, 서."

절대적인 악의 신념을 내걸고 폭거를 저지르던 로자의 안색이 살짝 바뀌었다.

그 순간, 헤이부르그 군의 기룡사들이 황급히 스테파의 손을 붙잡았다.

"시민은 쫓아내라! 다소 거칠게 다뤄도 좋다!"

"로자, 부탁이야! 내 말 들리지?! 이제, 이런 짓은…….."

필사적으로 호소하는 소녀를 보며 로자는 굳어버렸다.

그러나 곧바로 평소의 사악한 표정을 지으며, 재빨리 손을 들어서 지시를 내렸다.

"철수하겠어. 시민은 알아서 치워버려. 그리고 그 신왕국 여자도 회수해서—"

"……그렇겐 안 놔둬."

"……?"

룩스의 입에서 흘러나온 어두운 목소리에 로자가 반응했다.

거의 동시에 《바하무트》 주위에 빛의 창문이 무수히 떠올랐다.

"싱글렌의 조율을 응용한 기술— 전진인가? 어리석긴. 열세인 게 뻔히 보이는데도 더 해볼 셈이야? ……윽?!"

비웃음을 머금고 말하던 도중에 로자는 당황하며 눈살을 찌푸렸다.

빛의 창문이 가속도적으로 수를 불리고, 즉시 닫히며 사라져갔다.

《바하무트》의 기공각검이 공명하는 것처럼 막대한 빛을 뿜더니, 마침내 그것이 일어났다.

"이건— 설마!"

"너희들에게 피르히는— 넘기지 않을 거다."

룩스 주위에 빛의 입자가 고속으로 모이며, 새로운 추가장갑을 형성했다.

"『한계돌파』· 개시."
오버 리미트   온

각 프레임이 분리되며 등 날개, 양 팔, 양 다리, 머리 부분, 그리고 대검에 이르기까지 단단한 플레이트에 덮이며 변모했다.

가변 프레임이 뾰족하게 솟아오르고, 거대하며 흉악한 형태로 바뀌어갔다.

"아니—?!"

주위를 에워싼 약 50인의 기룡사— 헤이부르그의 병사들을 향해 룩스는 날았다.

대기를 꿰뚫는 화살이 되어, 눈앞의 적을 섬멸하기 위해 달려들었다.

†

"이게 어떻게 된 거야?! 무슨 일이 일어난 거지……?!"

사투가 벌어지고 있는 중앙 국립 광장의 상공, 샤리스는 거리가 한눈에 들어오는 종루 위에서 아연한 표정으로 중얼거렸다.

이번에는 정보 전달 담당에 전념하던 트라이어드는 바깥에서 벌어진 전투에 바로 참전하려 했지만, 도중에 헤이부르그 병사들의 매복을 눈치 채고 우회하느라 합류가 늦고 말았다.

그 후에 군사 연습장에서 나는 소음을 듣고 그 뒤를 쫓아왔지만—.

『Yes. 이해할 수 없는 상황입니다만, 신왕국의 트라이포트에 있을 로자 경이, 어찌 된 영문인 지금 이곳에서 룩스 씨와 교전 중인 모양입니다.』

그늘에 숨은 녹트가 용성으로 다른 멤버들에게 알리자 샤리스가 즉각 고개를 끄덕였다.

『그래, 믿기 어렵지만 그런 것 같군. 게다가 피르히 아가씨의 상처도 심각해. 어떻게든 틈을 봐서, 구출해내야—.』

『그보다 루크찌도 위험하다구! 저건 설마, 한계돌파…….』

마찬가지로 건물 그늘에 숨어 상황을 엿보던 티르파가 초조한 목소리로 지적했다.

장갑기룡의 제한 장치를 전부 해제하여, 육체에 걸리는 부담을 무시하며 최대출력을 발휘하는 숨겨진 형태.

그 수단을 꺼내든 이상 룩스도 오래 싸우진 못할 테지만 뭔가 이상했다.

위그드라실을 해치울 때 사용한 형태였는데, 그건 그때 한 번 뿐이었을 것이다.

그 이후로 룩스도 해제 순서가 기억나지 않는다고 했을 것이다.

로자의 존재, 피르히의 부상, 그리고 룩스의 변모.

모든 것이 예상 밖의 사태였지만 어떻게든 해결해야 했다.

『기회를 기다리자……. 아직 공격하면 안 돼.』

샤리스는 새하얀 입김을 내뱉으며, 긴장으로 손을 떨면서도 리더로서 지시를 내렸다.

『이 상황에서 실패는 허용되지 않아. 각자 맡을 역할을 전달하겠어. 내가 신호를 보낼 때까지 행동에 나서지 마!』

『Yes. 알겠습니다.』

『샤리스도, 조심해!』

녹트와 티르파도 고개를 끄덕이며 자신들이 끼어들 타이밍을 기다렸다.

룩스가 『한계돌파』를 사용했다고는 하지만, 전황은 약 50인의 적 기룡사와 로자에게 포위당한 상태라 압도적으로 불리했다.

　제아무리 룩스라 해도 쉽게 돌파할 수는 없을 터였다.

　트라이어드의 그 예측은, 다음 순간— 뒤집혔다.

Episode 4 『강철의 마녀』

"주, 죽여! 인질은 한 명이면 충분하다! 저 놈을 죽일 작정으로 공격— 커헉?!"

집결한 부대를 지휘 중인 헤이부르그의 군인이 말을 꺼낸 순간, 대검이 그의 어깨를 갈랐다.

기룡의 심장부인 환창기핵(포스 코어)이 파괴된 지휘관은 그 즉시 땅바닥에 쓰러졌다.

"뭐……?!"

로자를 제외한 지휘관을 가장 먼저 처리하자 나머지 병사들이 우왕좌왕하기 시작했다.

그 틈을 놓치지 않고 룩스는 대검을 휘둘러서 피르히 주변에 있던 기룡사 두 명을 즉시 베어 넘겼다.

어깨 장갑이 박살나고 손에 든 블레이드가 허공을 날았다.

"쏴, 쏴라! 브레스 건을 난사해서 발을 묶는 거다!"

"아니 잠깐만?! 저 녀석 주위에—?!"

《바하무트》를 조종하는 룩스 주위에 쓰러진 적의 무장— 기룡조인(대거)이나 기룡아검(블레이드)이 몇 개나 떠 있었다.

헤이부르그의 병사들이 당황한 순간 그것들은 흡사 탄환

같은 속도로 사방을 향해 날아갔다.

"—《공명파동》."
_{링커 펄스}

《바하무트》에 내장된 특수 무장.

평소에는 역장을 형성해서 궤도를 바꾸거나 물건을 손으로 끌어들이는 정도의 약한 능력이지만, 『한계돌파』에 의해 강화된 그 능력은 물체를 고속으로 투척할 정도의 위력을 자랑했다.

오히려 탄막에 견제당한 헤이부르그 군의 진형이 무너지자 그 틈을 타 룩스는 돌진했다.

"흐응. 『한계돌파』라……. 꽤 하는 것 같긴 한데— 언제까지 그 출력을 유지할 수 있을까—?"

한편, 부하들이 순식간에 쓰러지는 와중에도 로자는 이다음에 취할 작전을 생각하고 있었다.

『한계돌파』의 정보 자체는 로자도 알고 있었다.

평소에는 사용자에게 부담을 주지 않기 위해 제한되어 있는 장갑기룡의 리미터를 해제해서 몇 배 이상의 출력을 실현시키는 양날의 검.

그렇다면 룩스가 부하를 쓰러뜨리는데 힘을 허비하는 건 바람직한 전개였다.

저 풀파워는 오래가지 않는다.

기력이 바닥나 장갑이 해제되는 틈을 노리는 게 정석이지만, 그러기 위한 최선책을 실행해둘 필요가 있었다.

『—전 병력에게 알린다. 룩스 아카디아를 처치해라. 두려워하지 마라, 녀석의 힘은 오래 가지 않는다.』

로자는 부하에게 용성으로 재차 지시를 내리는 동시에 자신도 미끼를 전개했다.

《테일즈 바이스》의 무인기 조작 기능과 《신 팬텀》의 환상 기능을 병용하여 로자로 위장한 무인기를 제작.

압도적인 화력으로 적을 때려눕히는 룩스의 배후를 분신에게 습격하게 했지만― 그 순간 기룡은 산산이 조각났다.

"……큭?!"

즉격―《바하무트》의 신장을 응용한, 시간 가속이 자아낸 십 수 연참.

기룡의 사지와 등 날개, 머리, 그리고 환창기핵에 이르기까지 자신의 힘으로는 재생할 수 없는 상태로까지 철저하게 파괴당했다.

"내 약점을 간파한 모양이네……."

그 광경을 본 로자의 얼굴에서 처음으로 여유가 사라지고 미약한 조바심과 험악함이 드러났다.

《고리니시체》의 신장 《연옥기구》는 기룡을 분해하고 재조합하는 능력.

즉 어느 정도 수준이라면 파괴된다 해도 다시 조합할 수 있는 특징을 가진다.

그러나 동력인 환창기핵마저 박살 난 경우에는 명령을 받지 못하기에, 전투 중에 재조립을 통해 수복하는 것은 불가능해진다.

그러나 열세에 몰렸음에도 불구하고 로자는 냉정했다.

"—하지만, 그 위세가 언제까지 계속되려나?"

『한계돌파』 상태에서는 기룡의 모든 기능이 대폭 강화되지만 그만큼 반동도 커진다.

《폭식》의 압축 강화 성능도 십여 배 이상 상승하지만 연속해서 사용하면 곧 한계에 봉착한다.

아니, 앞으로 두 번 정도 신장을 사용하면 어이없이 자멸하고 말리라.

그 예측은 옳았으나, 동시에 오산이었다.

"도, 도망쳐어어어! 이런 괴물을 무슨 수로 이겨!"

"우릴 죽일 거야, 철수해라! 철수!"

겨우 십여 초 만에 50기의 전력이 절반으로 줄고, 로자의 분신도 무참하게 난도질당했다.

그 결과를 직접 목격한 나머지 기룡사들이 꼬리를 말고 달아나는 개처럼 도망치기 시작했다.

순간 무슨 일이 일어난 것인지 파악하지 못해서 로자는 멍한 표정을 지었다.

하지만 즉시 흉악한 표정으로 돌아와 부하들을 질타했다.

"교육이 부족했나 보네—. 적 앞에서 도망치면 사형보다 더무거운 형벌을 받게 될 거라고? 지금이라도 정신 차리면—."

"알게 뭐야! 그 전에 죽을 거라고!"

"이젠 무리야, 당신도 상대가 안 될걸?! 난 국외로라도 달아날 거야!"

"뭐—?!"

그럼에도 멈추지 않고 도주하는 부하들을 보며 로자는 동요를 금치 못했다.

호기라고 판단한 트라이어드 삼인조가 중앙 광장으로 내려왔고, 샤리스가 서둘러서 말을 걸었다.

"룩스 군! 늦어서 미안하다! 피르히 아가씨와 스테파 아가씨는 우리가 확보하겠어. 넌 로자 경을 쓰러뜨려줘! 나는 카렌시아 아가씨의 상황을 살펴본 다음에 참가하겠다!"

"Yes. 이쪽은 맡겨주세요."

"루크찌, 조심해!"

이어서 녹트와 티르파가 신속하게 접근해 녹트는 피르히를, 티르파는 스테파를 안고 그 자리를 벗어났다.

"─부탁합니다."

짧게 대답하는 동시에 룩스는 《바하무트》로 날아올라 로자에게 검을 휘둘렀다.

신속제어─ 사이즈를 휘두르려 한 로자의 어깨 장갑을 가르고 순식간에 환창기핵을 파괴했다.

『한계돌파』의 초강력 출력이라면, 속도에 특화된 참격이라 해도 그 두꺼운 장벽과 장갑을 꿰뚫고 갈라버릴 수 있다.

그러나 당연하다는 것처럼 탑승자인 로자는 검에 베인 동시에 자취를 감추었다.

《신 팬텀》으로 만들어낸 로자의 분신 무인기이지만─ 이제 남은 것은 여덟 기.

확실하게 그 수를 줄이며 몰아붙인다.

"—쓸모라곤 없는 무능한 부하들이네—. 아무래도 그 녀석들에게 안겨준 공포가 너무 미지근했던 모양인걸."

"그건 아닐걸, 로자 경."

다시 달려드는 로자의 분신을 파괴하면서 룩스는 부정했다.

차갑고 무기질적인 목소리.

적의만을 응축하여 극한까지 날을 세운 안광이 자신을 찌르자 로자는 미미하게 떨리는 목소리로 물었다.

"무슨, 소리일까?"

"네가 그들을, 공포만으로 지배했기 때문이다. 공포심을 이용하면 사람을 쉽게 복종시킬 수 있어. —하지만 동시에 어떤 전제조건이 딱 하나 무너지는 순간, 그 지배력은 와해되지."

"—그 전력을 다한 파괴극은, 일부러 한 거라는 이야기?"

대답하는 대신 다시 로자의 분신을 태운 무인기를 분쇄했다.

화력 차이는 압도적이었으며 파고들만한 틈은 없었다.

로자라는 지배자가 아직 한 발짝 물러나 있는데, 룩스는 어째서 부하 기룡사들이나 분신을 상대로 전력을 발휘한 것인가?

『한계돌파』로 강화된 강력한 전투력을 일부러 보여줘서 적의 싸울 의지를 밟아 뭉갰다.

전 병력이 시간을 끌면 룩스의 스태미나를 바닥낼 수 있었을지도 모르건만, 너무나도 압도적인 힘의 차이를 보았기 때문에 부하들을 그대로 도주하고 말았다.

"그래. 그리고 끝이다."

이어서 여섯 기 째의 무인기를 두 동강 냈을 때, 룩스는 차갑게 선고했다.

"—나는 더 이상, 너를 용서하지 않겠어."

그러나 더욱 궁지에 몰렸을 터인 로자는 당당하게 웃었다.

"그래? 그럼 어쩔 수 없지. 나도 생포하겠다는 생각은 관둬야 하겠는걸—."

"……?!"

어둠 속을 때리는 것 같은 비바람의 베일.

그것이 한순간 약해진 그 순간, 거대한 장갑에 뒤덮인 로자의 모습이 보였다.

그곳에는 조금 전까지와는 아주 다른 이질적인 형상이 존재했다.

"동료를 미끼로 삼아서, 조립한 거냐."

일반적인 장갑기룡의 열 배는 됨직한, 이족보행의 거룡.

본체인 《고리니시체》를 베이스로 모든 장갑을 강화한 모습.

흉부는 물론 양 다리, 양 팔, 추진 장치까지 모든 것이 합체로 인해 육중하게 변했다.

특수 무장—《테일즈 바이스》의 무인기는 재생 불가능할 정도로 부쉈을 테니, 아무리 합체했다 해도 계산에 맞지 않는 모습이었다.

"맞아. 내 《연옥기구》는 제어를 잃은 범용기룡의 장갑마저 분해해서 자신의 장갑으로 재조립할 수 있다고. 쓸모없는 부하들이라면, 하다못해 내 강화 재료 정도는 되어줘야지. 안 그래?"

여유를 되찾은 로자가 웃으면서 룩스를 내려다보았다.

부하들을 불러들인 건 포위 공격과 룩스를 소모시키기 위한 것만이 아니다.

마지막 순간에 이렇게, 남은 장갑을 자신의 기룡에 조립하여 강화한다는 비장의 수단을 사용하기 위한 작전이었다.

《연옥기구 · 합신(合神) 형태. 영웅답게, 전장에서 죽게 해줄게—. 물론 네가 죽은 다음에는— 배신자 취급을 받겠지만!"

그 직후 《고리니시체》의 장갑 다리에서 나온 바퀴 몇 개가 엄청난 출력으로 회전— 가속했다.

그 부피가 십여 배 이상 늘어난 거대 장갑을 전방으로 내밀고, 폭발적인 속도로 돌진했다.

"우— 오오오오옷!"

룩스는 정면에서 받아내려는 자세로 《바하무트》의 《낙인검》을 전력으로 휘둘렀다.

그 거대한 바위 같은 《고리니시체》의 주먹을 날려버리기 위해 카운터 베기를 시도했지만, 명중하는 동시에 엄청난 충격의 여파에 떠밀려 룩스는 뒤로 나가떨어지고 말았다.

"크, 헛……?!"

"어리석구나—. 영웅심에 취하다니 참 바보같다고—."

한편 로자는 전혀 동요하지 않고 전신에 장착된 캐논을 동원한 일제포격으로 추가타를 날렸다.

셀 수 없이 날아드는 섬광의 폭풍을 피하면서, 룩스는 자세를 가다듬기 위해 거리를 벌렸다.

데빌마키아 모드로 변형한 《고리니시체》의 출력은 『한계돌파』와 거의 동급.

하지만 일방적으로 밀려버린 이유는 장갑기룡 십여 기 분량의 중량 차이가 영향을 주었기 때문이다.

특히 《고리니시체》는 육전형인 까닭에, 지면에 발을 붙이고 벌이는 육박전 상황에서는 무게중심의 안정성이 현격하게 다르다.

그러나 불리하다는 것을 알아도 여기서 공격을 늦출 수는 없다.

다시 궤도를 바꿔서 룩스는 비상— 중량을 실어 대검을 내리쳤다.

하지만 두꺼운 장갑과 다중 장벽에 막혀 간단히 튕겨 나갔다.

피차 고출력 장갑기룡을 사용하고 있음에도 불구하고 여력의 차이가 명확하다는 것을 느낀 룩스는 로자의 계략을 깨달았다.

"이것도— 처음부터 계산해뒀다는 거냐?"

로자가 룩스 정도로 지치지 않은 건, 중간에 부하의 《드레이크》로부터 지원받은 덕분이리라.

특장형 기룡인 《드레이크》는 자신의 에너지를 상대에게 넘겨줄 수 있다.

요컨대 로자는 증원이 온 직후에 그들로부터 몇 사람 몫의 힘을 지원받은 것이다.

한편, 지금까지 무리해온 룩스의 육신은 한계에 가까웠다.

『한계돌파』의 부하를 버티지 못해 앞으로 2분이 지나기 전에 장갑이 해제되고 힘이 다할 것이다.

그렇게 되면 모든 것이 끝장이다.

『탑』을 공략당하는 신왕국도, 치명상을 입은 피르히도, 이곳에 와 있는 트라이어드도.

"안됐지만— 여기까지인가보네. 역시 선은 악을 이길 수 없다고—. 아무리 바른 길로 맞서려 해본들 그게 한계라니까. 악으로 손을 물들일 지혜도 능력도 없는, 패배자와 약자의 헛소리일 뿐이라고."

호우가 쏟아지는 하늘 밑에서, 로자가 선고하는 것처럼 말을 이었다.

한편, 룩스는 대검을 휘두르며 필사적으로 돌파의 실마리를 찾았다.

그러나 어떤 각도에서 휘둘러도 그 견고한 장벽과 장갑을 파괴할 수 없었다.

"그 때도, 이렇게 비가 왔었지—. 내가 아버지를 죽인 날—."

"⋯⋯?!"

여유를 부리는 것인지, 아니면 그저 감정이 고조되었기 때문인지, 로자가 독백하는 것처럼 중얼거렸다.

"암상인인 헤이즈가 죽고, 사령관도 실각했어. 모처럼 그랑하이드 가문이 군을 장악할 수 있는 기회였다고. 그래서 나도 노력 좀 해봤지⋯⋯."

"네가, 죽인 거냐?"

탁한 목소리로 룩스가 물어보았다.

로자는 황홀한 표정을 지으며, 생각난다는 것처럼 말했다.

"즐거웠다고. 그토록 대귀족으로서 나를 교육하겠답시고 젠체하던 남자가, 꼴사납게 피를 흘리며 죽어가는 모습은—. 물론 범행은, 몰래 숨어든 도적의 소행으로 처리되었지. 그 일로 나는 확신했어. 결국 아무도 사실 따위는 눈치채지 못한다고. 양 같은 건 살아봐야 잡아먹힐 뿐. 악을 능숙하게 다루는 자야말로 최강이라는 것을……."

그런 그녀 자신만의 신앙에 취한 것처럼, 로자도 공세에 나섰다.

돌바닥도 일격으로 파괴하는 거대한 팔을 《바하무트》를 향해 휘둘렀다.

"큭?!"

카운터로 시도한 찌르기로 상쇄하자 반작용으로 어마어마한 충격이 엄습했다.

"이 힘으로 우선 『탑』과 신왕국을 먼저 빼앗을 거야. 『칠용기성』도 복종시키겠어. 『대성역』에 도달한 뒤에는 그 힘으로 더욱 높은 곳으로 올라갈 거야—. 이 좁아터진 헤이부르그만이 아니라, 이 세계의 모든 것을 내 지배하에 두겠어!"

《고리니시체》의 전신에서 튀어나온 캐논 포구가 빛을 머금으며 연속해서 발사되었다.

룩스는 블레이드를 방패삼아 힘겹게 피하면서 로자를 노려보았다.

"그렇게 해서, 또 공포심을 무기로 누군가를 지배할 생각이냐? 그 길을 방해하는 누군가를 해칠 셈이냐고?! 내가 살던, 그 시절의 제국이 한 짓처럼—."

룩스의 한이 담긴 반론을 듣고도 로자는 비웃을 뿐이었다.

"잘 있어, 영웅심에 취한 패배자. 네 신념으로는 아무 것도 바꿀 수 없어. 아무 것도 지킬 수 없어. 그 패배를 받아들이고 죽어버리라고."

깔보는 듯한 로자의 웃음.

그것을 본 순간 룩스의 눈 안쪽에서 불에 타는 듯한 열기가 느껴졌다.

『그 어떤 각오를 품었다 해도 너는 「나라」나 「사람」이 존귀한 존재라고 믿고 있지. 그래서 그 녀석들을 살려두고 대화할 수 있는 자리를 만들겠다는, 허황된 소리를 할 수 있었던 거다.』

구제국 사람들도 최대한 구하려고 하던, 대화의 자리를 세우려고 하던 룩스를 배신하고 왕후 귀족을 모조리 죽여버린 형— 후길의 말.

그것이 뇌리에 되살아나, 격정으로 변하여 가슴을 태웠다.

그렇다— 할 수밖에 없다.

'그녀는 황제 폐하나 헤이즈처럼— 죽이는 것 외에는 구제할 길이 없는 악. 내가 여기서 그녀를 끝장낼 수밖에 없어!'

뜻을 결정한 동시에 룩스는 남은 체력으로 할 수 있는 최선책을 이끌어냈다.

『한계돌파』를 사용했음에도 이 로자는 강적이다.

그러나 아무리 견고한 존재라 해도 무너뜨릴 수 있는 기술을 배워두었다.

이미 삐걱대기 시작한 《바하무트》의 장갑이 한층 크게 뒤틀렸을때, 움직였다.

"폭주— 인가? 좋아—. 네가 꼴사납게 자멸하는 것보다 빨리, 그 꽃을 흩어주겠어!"

흉악한 웃음을 떠올린 로자가, 데빌마키아 모드의 주먹을 끌어당겨 공성병기를 연상케 하는 일격을 날린다.

그것에 맞춰 룩스도 축적해둔 힘을 해방했다.

"강제초과……!"
리코일 버스트

"—뭣?!"

육체 조작과 정신 조작, 억압하는 명령과 해방하는 명령.

상반되는 두 종류의 동시 조작을 실행하여 공격 시점을 억눌러서 한계까지 힘을 모은다.

평소의 십여 배의 파괴력을 발휘하는 오의 중 하나가 데빌마키아 모드의 《고리니시체》를 직격한다.

접촉한 적의 주먹을 기점으로 장갑 팔의 손목, 팔꿈치, 어깨와 연동해서 위력이 전달되고, 십여 기의 장갑기룡을 엮어 만든 그 두꺼운 장갑이 균열과 함께 폭발했다.

"이럴 수가, 설마—?!"

로자의 두 눈이 경악으로 크게 열리며 흔들렸다.

일격으로 형세역전.

이 싸움을 보는 이가 있다면, 누구나 그렇게 상상했을 광경
이 전개된 그 직후—

"……어때, 기대했어?"

『강철의 마녀』가, 속마음을 꿰뚫어본 것처럼 히죽 웃었다.

일격에 완벽하게 분쇄되었을 데빌마키아 모드.

그러나 본체인 《고리니시체》의 장갑까지는 파괴의 연쇄가
닿지 않아, 흠집 하나 내지 못했다.

그리고 지금 막 분쇄된 장갑을 다시 조립하려 하고 있었다.

"일부러, 충격을 분산시키기 위해 한 발 먼저 분해했다—
이거냐?"

"자랑해도 된다고. 이 데빌마키아 모드는, 어느 정도 치명
적인 충격을 받으면 알아서 외부 장갑을 파괴하게끔 조율해두
었거든. 겹겹이 둘러싼 십여 장의 장갑으로 충격을 분산시키
면, 《고리니시체》 본체가 받을 충격은 크게 감소하지."

룩스의 『한계돌파』와 기룡 조작 오의를 동원한 전력을 다한
일섬.

처음 봤을 터인 절기에까지 대응하며 로자는 룩스를 몰아
붙였다.

비록 로자는 악을 옳다고 생각하며 능력의 증명이라고 확신
하지만, 기룡사로서의 실력은 그야말로 일류였다.

따라서 이 자리의 힘겨루기는 그녀가 근소하게 우세했을—
테지만.

"윽……?! 어떻게 된 거지? 내 몸이— 안 움직여?!"

"《폭식》— 네가 스스로 장갑을 분해한 순간, 《고리니시체》에 시간의 압축 강화 효과를 부여했다."

폭식은 앞의 5초 동안 현상을 압축하여 몇 분의 1 수준까지 그 힘을 격감시키고, 뒤의 5초 동안 그것을 해방한다.

『한계돌파』로 인해 강화된 신장은, 그 변동 폭을 십여 분의 1에서 십여 배까지 이상할 정도로 증폭시켰다.

로자도 충분히 경계하던 요소였지만, 그것을 설마 자신에게 부여할 거라곤 생각지도 못했다.

로자를 포함한 《고리니시체》 전체의 시간이 느려져서 장갑이 원래대로 돌아오지 않았다.

그 뿔뿔이 흩어진 장갑 사이의 빈틈을 룩스는 놓치지 않고 공격했다.

"—영구연환."

전력을 다한 《폭식》을 로자에게 사용해서 움직임을 멈춘 다음 룩스는 장벽 위로 블레이드를 내리쳤다. 두 종류의 조작 방법을 동시에 운용한, 단 한순간도 중단되지 않는 100번의 연속 베기가 《고리니시체》의 장벽을 연타했다.

"핫! 그런 가벼운 참격을 아무리 퍼부어봐야, 내 신장기룡은 파괴할 수 없다고—!"

실제로 룩스가 아무리 공격을 퍼부어도 장벽은 부서지지 않았다.

그러나 로자는 자신이 이미 궁지에 몰렸다는 것을 깨닫지 못했다.

오만하게 웃고 있는 로자를 향해 룩스는 냉담하게 선고했다.

"넌 이미 끝났어, 로자 경."

삼대 오의인 영구연환을 겨우 4초 만에 끝내고, 룩스가 공중에 뜬 채 숨을 거칠게 몰아쉬었다.

"네 장갑기룡이 대미지를 입지 않은 건, 《폭식》의 효력으로 시간의 흐름이 격감했기 때문이다."

다시 말해, 퍼부은 백연격의 충격이 아직 그 장갑에 전달되지 않았을 뿐.

한없이 감속한 로자의 시간의 흐름이 십여 배로 가속되었을 때, 한 점에 집중한 지금까지의 모든 공격이 한꺼번에 닥친다는 이야기였다.

"······헉?!"

로자가 그 사실을 눈치채고 절망감에 사로잡혀 표정을 일그러뜨렸을 때, 《폭식》의 효과가 후반 5초에 도달했다.

"—아, 안돼에에에에에에에에에에!"

절규.

로자가 《고리니시체》를 장착한 채 뒤로 날아가며 눈에 비치지도 않는 속도로 룩스의 시야에서 사라졌다.

동시에 《연옥기구》의 제어에서 벗어난 장갑기룡 십여 기의 부품이 그 궤도상에 전부 흩뿌려졌다.

"하아, 하아…… 크…… 아아아!"

『한계돌파』 상태의 《바하무트》를 해제하고서 룩스는 그 자리에 잠시 우두커니 서 있었다.

그 즉시 온몸의 관절과 근육이 통증을 호소하기 시작했고, 몸속은 화상을 입은 듯한 열기를 띠었다.

차가운 비가 거의 바닥난 체력마저 빼앗아가, 룩스는 이대로 쓰러지고 싶다는 유혹에 시달렸다.

"아직, 안 돼……!"

하지만 룩스는 《와이번》의 기공각검을 뽑아 그것으로 허벅지를 살짝 찔러서 통증으로 의식을 각성시켰다.

로자의 전력은 거의 확실하게 무력화되었을 테지만 여기서 놓칠 수는 없었다.

일단 계산해서 날려 보낸 방향은 처음으로 전투가 시작된 곳— 지하시장 옆에 있는 군사 연습장 쪽이었다.

그녀를 쫓아가 포박할 때까지, 아직 쓰러질 수는 없었다.

"으, 쿨럭……?!"

세차게 기침을 하자 입을 막은 손에 피가 묻어나며 격심한 피로감이 느껴졌다.

간발의 차이로 거둔 승리였다.

모든 수단을 효율적으로 사용해서 다중으로 쌓아 올린 악한 계략.

거기에 그치지 않고 로자는 기룡사로서도 상식을 뛰어넘는 역량까지 갖추고 있었다.

소문대로, 그리고 다른 『칠용기성』처럼 로자는 헤이부르그를 장악할만한 사악한 지혜와 『강철의 마녀』라는 이명에 걸맞은 실력을 자랑했다.

룩스가 기억의 혼탁을 일으켜 『한계돌파』를 사용하지 않았다면 패배했을 것이 분명하다.

'어떻게, 『한계돌파』를 쓸 수 있게 된 거야? 아니, 어쩌면 나는, 『한계돌파』의 해제 방법을 어디선가 배운 게 아닐까?'

배웠다면, 왜? 기억이 나지 않는 건, 어째서일까?

룩스는 더욱 의심스럽게 생각했지만 고개를 저어 그 의혹을 치워버렸다.

"지금 중요한 건 그런 게 아냐……! 로자 경을, 쓰러뜨려야, 하는…… 쿨럭!"

심호흡을 몇 번이나 했지만 호흡이 정돈되지 않았다.

설상가상, 지금은 《와이번》조차 소환할 수 없을 지경이었다.

"로자 경을 쓰러뜨리지 못하면, 여기서 놓쳐버리면, 전부—. 피르히도, 스테파 씨도, 이 나라 사람들도, 모두—."

룩스가 그 자리에서 무너져 내리려는 찰나, 기룡의 팔이 그의 몸을 단단히 붙잡았다.

놀라며 숨을 삼킨 룩스 앞에 낯익은 소녀가 있었다.

"넌……?"

쏟아지는 빗속에서, 세 갈래로 딴 머리카락이 특징인 소녀가 장갑기룡을 착용하고 있었다.

어두운 탓인지 머리카락 색은 잘 알아볼 수 없었다.

하지만 그 중성적인 이목구비는 기억에 있었다.

"윽……?!"

지끈, 룩스의 눈 안쪽에서 통증이 일어나더니 시야가 모래폭풍에 차단당했다.

그것이 순식간에 사라지고 의식이 또렷해진 후에 그를 인식했다.

쓰러질 뻔한 룩스를 지탱해준 사람은 《엑스 와이번》을 착용 중인 코랄이었다.

"늦어서 미안해, 룩스 군. 트라이어드 여러분과 용성으로 교신해봤는데, 다들 무사하대. 피르히 씨도 상처가 심하긴 하지만, 목숨에 지장은 없다고 그러네."

"다행, 이다……."

완전히 녹초가 된 몸으로 약하게 숨을 쉬면서, 그럼에도 룩스는 안도의 미소를 지어 보였다.

"난 반하임 공국에서 특명을 받아 지하시장에서 『용비적』 사단장 바인을 쫓고 있었는데, 그만 놓쳐 버렸어. 그래도 현장은 진압했으니 세계 연합에서 증언은 할 수 있어. 그치만 지금은 네 몸이 걱정되니까, 우리도 일단 이쯤에서 철수하자."

"아직, 안 돼. 로자 경을 처리하지 않으면, 이 나라는—"

"무모한 짓은 그만하자. 너도 더는 장갑기룡을 사용할 수 없는 상태잖아. 여기서 죽기라도 하면 네 동료들을 볼 낯이 없어."

"난 괜찮으니, 로자 경을 쫓아가야……. 《와이번》 정도라면, 조금만 쉬면, 쓸 수 있게 되니, 까."

"……알았어."

한숨을 내쉬면서도 코랄은 룩스의 지시에 따랐다.

룩스를 자신의 《엑스 와이번》으로 안아 들고, 이미 무너져 버린 적의 아성.

로자 그랑하이드가 나가떨어진 장소라고 여겨지는 군사 연습장을 향해 날아갔다.

†

"커흑, 쿨럭……. 우웩."

한편 《폭식》으로 시간이 흐르는 속도가 격감한 상황에서 영구연환의 참격을 한 점에 고스란히 얻어맞은 로자는, 룩스의 예상대로 연습장에 추락해서 핏덩어리를 토하며 고통스러워하고 있었다.

다행히도 숲 방향으로 날아간 덕분에 나무들이 완충 역할을 해주어서 즉사만은 면했지만, 신장기룡의 장갑만이 아니라 팔다리나 갈비뼈가 부러진 채 죽음의 문턱에 서 있었다.

"……어째서, 지? 이럴 리가, 없는……. 악을 관철한 내가 당하다니, 말도, 안 되는—."

피에 젖은 전신을 떨면서, 로자는 숨이 끊어질 듯 말 듯한 상태로 바르작거렸다.

폭우가 쏟아지는 밤은 로자 자신의 과거를 떠올리게 했다.

그 비 내리는 밤, 자신을 고문하던 남자 군인은 죽었다.

『악한 왕』이 죽었다.

그것으로 모든 게 끝났을 터였다.

자신은 힘으로— 지배하는 측에 섰을 터였다.

그런데 어째서 패배한 것인지. 아니—.

"아직, 끝난 게 아니야……. 여기서 완전히 도망치면 내 승리, 라고……."

자기 자신을 북돋우려는 것처럼 중얼거리며 로자는 일어섰다.

몰래 숨겨두었던 범용기룡의 기공각검을 들고, 휘청대는 발걸음으로 군사 시설 쪽으로 걸음을 옮겼다.

그러나 이미 뭔가가 부서진 상태였다.

그녀는 지금까지 그녀가 보여준 적 없는, 지금 당장에라도 눈물을 쏟을 것만 같은 표정을 짓고 있었다.

†

"이 근처려나? 로자의 《고리니시체》는 여기서 해제된 것 같아."

로자를 쫓아 헤이부르그 군부지 안의 연습장으로 돌아온 룩스와 코랄은 쓰러진 숲의 나무들을 보면서 그 발자취를 뒤쫓았다.

"고마워, 코랄. 여기서부터는, 나 혼자서도 할 수 있어."

룩스도 몸은 만신창이지만 호흡은 진정된 건지 다시 《와이번》의 기공각검을 뽑아 장갑기룡을 소환해서 장착했다.

"무리는 하지 마, 룩스 군! 정 안되겠다 싶으면, 로자 경 문제는 내가 맡아도—."

"아니, 그건 안 돼. 내 손으로 직접 그녀와 담판을 지어야……."

열병에 시달리는 듯한 표정으로, 룩스는 어둠 속으로 걸음을 옮겼다.

《고리니시체》의 장갑이 주변에 흩어져 있었으며 빗줄기 때문에 파악하기 어려웠지만 피의 흔적이 조금 보였다.

틀림없이 로자도 빈사 상태다.

하지만 도망칠 수 있을 정도의 체력은 남아 있을지도 모른다.

녹트가 함께 왔다면 탐사장치로 생체반응을 확인할 수 있었겠지만—.

"조심해, 룩스 군! —근처에 사람이 있어!"

코랄이 숨죽인 목소리로 알리자 룩스는 걸음을 멈추고 경계했다.

하지만 아무래도 그건 로자가 아니라 조금 전에 도주했던 헤이부르그 병사 절반인 듯했다.

이미 그들도 한계가 왔는지 장갑기룡을 착용하고 있진 않았다.

룩스 일행의 모습을 발견하자 알아서 검을 버리고 바닥에 엎드렸다.

"제, 제발 용서해주십시오! 저희도 로자 경을 따를 수밖에 없었습니다. 보시는 대로, 기공각검은 넘겨드릴 테니—."

"알았다. 코랄, 그들을 부탁할게. 나는 계속 그녀를 찾아볼 테니—."

"그건 상관없지만, 혼자 괜찮겠어? 용성으로 확인해봤는데,

이제 곧 트라이어드 여러분이 이쪽으로 올 것 같거든?"

"응. 아직, 할 수 있어."

룩스가 천천히 앞으로 날아가자, 피에 젖은 발자국이 커다란 바위 그늘 쪽으로 이어져 있었다.

"무기를 버리고 투항해라. 그러면 여기서는 목숨을 거두지 않겠다."

로자는 바위 그늘에 없는 것인지 대답이 돌아오지 않았다.

룩스가 스케일 블레이드를 쥐려고 한 찰나, 등 뒤에서 기척이 느껴졌다.

"—아아아악!"

갈라진 목소리와 동시에 《드레이크》를 장착한 로자가 블레이드를 내리쳤다.

하지만 두 번은 통하지 않았다.

극한의 피로에 시달리는 상태라 하지만 그래도 룩스는 그녀의 매복을 예측하고 있었다.

"역시, 그렇게 나올 줄 알았어."

스케일 블레이드를 휘둘러 극격 카운터로 받아치자 《드레이크》의 블레이드부터 팔까지 완전히 박살났다.

그것을 본 로자는 뒤로 물러나면서 몸을 덜덜 떨었다.

팔과 다리가 하나씩 부러졌는지 몸이 비스듬하게 기울어져 있었다.

복부 근처를 감싸고 움직이는 모습을 보면 갈비뼈도 부러진 것 같았다.

"어째서, 어째서 안 통하는 건데……! 이럴 리가 없는데…….
어째서 안 통하는 거야—!"

절망의 눈물이 눈동자를 적시는 와중에도 로자는 대거를
투척했다.

룩스가 냉정하게 블레이드를 방패삼아 피하자 그 사이에
로자의 모습이 사라졌다.

특장형 《드레이크》의 기본 기능인 광학 위장 능력이었다.

그러나 빈사 상태로는 그것도 제대로 사용할 수 없었다.

풍경이 일그러져 보이는 공간을 갈라 허리 부분의 장갑을
파괴했다.

"으……! 안돼에에에에에엣!"

모습을 드러내는 동시에 장갑이 해제된 로자는 맨몸으로
계속해서 숲 안쪽으로 달려갔다.

"네 패배다, 로자. 얌전히 투항하고 법의 심판을 받아라.'지
금까지 저지른 죗값을 치를 때가 되었어."

"어째서, 어째서어째서어째서어째서……. 악은 절대적인데,
지지 않을 텐데, 나는 이길 거라고 그랬는데, 어째서—!"

비통한 표정으로 자기 몸을 끌어안은 채 벌벌 떠는 와중에
도 로자는 기공각검을 놓지 않았다.

도중에 진창에 발이 빠져 앞으로 넘어지는 바람에 피와 진
흙으로 온몸이 더러워진 로자는, 마지막에는 엉덩방아를 찧
은 자세로 룩스와 《와이번》을 올려다보았다.

나무들이 사방을 에워싼 닫힌 장소. 그곳에서 마침내 로자

는 더 이상 움직일 수 없게 되었다.

"부탁해, 살려줘……. 용서해줘어……! 나는, 죽고 싶지 않다고오……! 이제, 누군가에게 빼앗기는 건 싫단 말이야……!"

피에 얼룩진 뺨을 눈물로 적시면서 로자는 애원했다.

그것도 함정일지도 모른다.

룩스는 끝까지 방심할 수 없었다.

"그런 식으로 또, 누군가를 속일 셈이냐? 아니면—."

시간벌이를 하려는 거냐. 그렇게 말하려고 한 순간, 주위에서 발소리가 들려왔다.

"——."

룩스는 순간적으로 적의 증원군이 왔다고 착각해서 당황했지만, 아무래도 아닌 모양이었다.

이미 장갑을 해제한 일반 병사들이 코랄을 안내하는 것처럼 이쪽으로 오고 있었다.

"그들은 먼저 무기를 버리고 투항했어. 로자 경, 당신도 순순히 체포당하길 바랄게."

코랄이 차분한 말투로 설득하려 했지만 로자는 그 의도를 깨닫고 부하들을 향해 말했다.

"어, 얼른 날 구해줘! 이 녀석들을 쓰러뜨리면—! 내가 도망갈 수 있게 도와준다면 보수를—."

"시끄럽다고, 이 망할 년아!"

"꺄아아아아악?!"

그 순간 비명을 지른 로자의 머리가 뒤로 확 젖혀졌다.

한 병사가 던진 돌이 그녀의 이마에 명중한 탓이었다.

"그, 그래, 맞아! 입 닥치라고, 이 쓰레기! 악당!"

"우리가 이런 신세가 된 것도! 전부 네 탓 아니냐고!"

"잘도 지금까지 협박했겠다! 감히, 감히—."

20여 명 정도 되어 보이는 헤이부르그 병사들이 그것을 계기삼아 로자를 괴롭혔다.

돌을 던지고, 부러진 팔다리를 짓밟았으며, 남은 장의를 파괴하고, 얼굴을 걷어찼다.

그만큼 많은 원한이 쌓였던 것일까, 아니면 자신들의 자리를 지키기 위한 행동이었을까.

그녀가 아무리 울부짖어도 그 집단행동은 그칠 줄 몰랐으며, 오히려 더욱 심해질 뿐이었다.

"싫어어……! 부탁할게, 용서해줘어! 죄송합니다죄송합니다죄송합니다죄송합니다죄송합니다죄송합니다죄송합니다죄송합니다죄송합니다아아! 이제 그만 해! 살려줘어어!!"

이미 전투력을 상실한 무력한 소녀가 남자들의 노호성과 폭력을 뒤집어쓰고 있다.

그 너무나도 가엾고 끔찍한 광경 앞에서 룩스는 저도 모르게 눈살을 찌푸렸다.

—자업자득.

이 나라를 힘과 공포로 지배하고, 온갖 악덕을 저질러온 결과다.

룩스가 그들을 말려야 할 의리는 없다.

게다가 지금은 약한 모습을 보이고 있지만, 그녀가 힘을 되찾는다면 반드시 악의 무리로 일어날 것이다.

그때, 과연 다시 로자의 농간에 휘둘리지 않고 그녀를 이길 수 있을까?

"―윽?!"

하지만 그럼에도 불구하고 반사적으로 그들을 막고자 룩스가 손을 뻗었을 때, 용성을 통해 카렌시아의 목소리가 들려왔다.

『부탁드립니다, 룩스 씨. ―부디 그녀를, 당신의 손으로 죽여주세요.』

절박함이 감도는 카렌시아의 목소리.

『뭐……?』

그 말을 듣고 룩스는 당황하며 굳어버리고 말았다.

『제 가족도 인질로 잡혀 있습니다. 모두 그녀의 포학한 행위에 괴로워하고 있어요. 부탁드립니다. 우리를 구해주세요.』

『하지만 그런 짓을…… 나는…….』

그럼에도 룩스는 주저했지만 카렌시아는 계속해서 속삭였다.

『부탁드립니다, 룩스 씨. 지금 저는 아직 그쪽으로 갈 수 없어요. 만약 그녀를 포로로 삼으면, 분명히 도망쳐서 복수의 칼날을 갈 거예요. 무리한 부탁이라는 건 알고 있습니다. 하지만, 그래도 부탁드려요. 이 나라를 구하기 위해서, 결단을 내려주세요.』

카렌시아의 호소를 들으면서, 룩스는 《와이번》이 가진 블레이드를 꽉 쥐었다.

『너는 왕으로서 이 나라의 백성만이 아니라, 썩어빠진 황족이나 귀족까지 구하려고 했다. 그래서— 빼앗으려고 하는 「악」인 나를 간파하지 못하고, 이렇게 배신당하게 된 거지.』

구제국을 멸망시켰을 때 후길이 남긴 말이, 다시금 룩스의 뇌리에 되살아났다.

'그래. 나는 더 이상— 그 때와 같은 실수를 반복할 수는 없어.'

룩스는 악의 상징으로 간주된 황족이나 그 신하들도 최대한 구하고 싶었다. 구하려고 했다.

하지만 그것은 맏형 후길의 배신 탓에 실패하였으며 자신의 미숙함이라고 질타 당했다.

무엇이 가장 옳은 행동인지는 지금도 답을 찾지 못했다. 하지만—

"부탁한다, 이 녀석을 죽여줘!"

"우리나라 녀석들로는 무리다! 『육형사』의 보복이 두려워서 주저하게 된다고! 그러니 대신 해주게!"

"이 여자만 죽이면 『악한 왕』도 사라진다! 이 나라는 평화를 되찾는 거라고!"

죽여, 죽여죽여, 죽여.

합창 같은 병사들의 아우성이 강해지자, 룩스의 세계가 왜곡되며 무너지기 시작했다.

그 기대를 담은 시선은 블레이드를 손에 들고 로자 앞에 선 룩스에게로 쏟아졌다.

"룩스 군…… 이 이상 그녀에게 손을 대면 안 돼! 아직, 물어봐야 하는 게 남아 있다고!"

옆에 서 있던 코랄이 말리려고 했지만 룩스는 블레이드를 조용히 들어 올렸다.

"아니, 안 돼. 『한계돌파』를 사용한 나는, 한 번 힘이 바닥나면 한동안은 움직일 수 없어. 그 틈에 로자 경이 도망치기라도 했다간, 더 이상 모두를 지킬 수 없게 돼."

그렇다.

룩스만이 아니다.

여기에 있는 피르히도, 트라이어드도, 그리고 신왕국의 모두도 위기에 처하고 만다.

"누군가는 해야만 하는 일이야. 내가 해야만 해. 그 길밖에, 없어. 무슨 일이 있어도 그녀가 그런 짓을 관두지 않는다면, 이제는, 이렇게 하는 수밖에— 없어."

감정을 배제하고서 룩스는 싸늘하게 로자를 바라보았다.

그리고 블레이드를 조용히 붙잡고, 동공이 활짝 열린 채 겁에 질린 그녀 앞에서 높이 들어 올렸다.

"부탁해…… 살려줘! 죽지 말아줘어! 이러려는 게 아니었다고오……. 나는 이렇게 하는 수밖에, 없었다고……! 뭐든

© 2013 Ayumu Ka

할 테니까! 부탁이니까……!"

"—그렇다면, 나도 이렇게 하는 수밖에 없다. 너를 막기 위해서는 어쩔 수 없어."

뿌리치는 듯한 어조로 룩스는 선고했다.

하지만 그 직후에 덜컥, 하고 룩스의 심장이 크게 요동치더니 혈액이 역류하는 것 같은 착각에 빠졌다.

지금처럼 비가 오는 날의 구제국 시절, 벼랑 밑으로 떨어진 마차 앞에서 소리치던 자신의 모습과 지금 로자의 모습이 겹쳐졌다.

중상을 입은 어머니를 살리고자 도움을 요청했음에도, 돌아오는 것은 욕설과 돌멩이 뿐이었다.

왕위계승권에서 가장 먼 룩스는 구제국의 악정에 관여하지 않았다.

그리고 당시 룩스가 궁정에서 추방당한 것도, 자신의 조부가 백성들을 구하고자 황제에게 간언하려 했다가 일어난 결과였으나— 그런 사정을 그들은 전혀 알지 못했다.

그저 황제에게 버림받아 지위가 약해진 황족인 자신들에게, 지금까지 쌓아온 원한을 퍼부을 뿐이었다.

"으, 크…… 앗!"

머리가 이상해질 것 같은 구역질과 현기증이 동시에 룩스를 덮쳤다.

그러나 지금까지 시달려온 헤이부르그 병사들의 목소리는 그치지 않았다.

그리고 카렌시아도 『그녀를 죽여라』라고, 간절한 소원을 용성으로 보냈다.

코랄이 불안한 눈동자로 룩스를 지켜보는 가운데, 룩스가 무심하게 블레이드를 내리치려고 한 그 순간—

"그러면 안, 돼. 루우……."

따스한 손이, 장의를 두른 룩스의 다리에 살짝 닿았다.

그립고도 상냥한 목소리가 귓가를 스치자 룩스는 순식간에 제정신으로 돌아왔다.

죽이라고, 죽이라고, 로자에게 벌을 내리길 바라는 헤이부르그 병사들의 합창이 울려 퍼지는 그 지옥 같은 세계에서, 피르히만이 룩스를 말리기 위해 끌어안았다.

"피, 이……?"

로자의 기습으로 치명상을 입었을 터인 피르히가, 몸에 붕대를 감은 채 이 폭우를 뚫고 다시 룩스 곁으로 달려왔다.

"기다려, 피르히 아가씨! 그렇게 다친 몸으로 달리면—?!"

샤리스를 시작으로 트라이어드 멤버들이 저마다 장갑기룡을 두른 채 쫓아왔다.

지금까지의 이상한 분위기는 그것으로 무산되었고, 조용한 빗소리만이 고막을 두드렸다.

"내 몸이라면 괜찮으니까. 그러니까, 죽이면 안, 돼."

"……."

언제나 멍한, 마이페이스적인 피르히의 목소리.

그것을 듣기만 했을 뿐인데 룩스의 몸에서 힘이 빠져나갔다.

걷잡을 수 없이 끓어오르던 로자를 향한 살의와 분노가 사라지고, 그저 이 자리의 광경만이 눈에 들어왔다.

그리고 룩스는 어떤 한마디를 트라이어드에게 당부했다.

"……그녀를, 로자 경의 신병을 확보해주세요. 그리고 다른 사람들도—."

말하는 도중에 몸을 감싼 장갑이 해제되었고, 룩스의 몸에서 힘이 빠져나갔다.

한계는 한참 전에 넘어섰다.

앞으로 당분간은, 자기 힘으로 움직일 수 없으리라.

"룩스 군?!"

"루크찌?!"

"룩스 씨!"

트라이어드의 불안한 목소리를 들으며 룩스는 누군가의 품에 안겼다.

상냥하고 따뜻한, 어쩐지 그립고도 반가운 감촉.

소꿉친구인 피르히의 체온을 등으로 느끼면서 룩스는 의식을 잃었다.

†

"으, 으으……."

룩스는『한계돌파』의 반동으로 인한 극한의 피로 탓에 열이 올라 의식을 잃었다.

그로부터 하루가 지나 겨우 의식만은 되돌아온 참이었다.

"루우. 괜찮아?"

"응. 조금씩 나아지고 있으니까……. 내일이면 신왕국으로 돌아갈 수 있을 거야……."

강한 척 했지만 아직 몸이 무거워서 제대로 거동할 수 없었다.

룩스는 온몸이 점토 속에 깊게 파묻힌 것 같은 착각을 느끼고 있었다.

몸이 침대와 한 몸이 된 것처럼 딱 달라붙은 채 움직이지 않았다.

어제의 소동으로 지하시장은 폐쇄되었고, 신병을 구속당한 로자는 카렌시아와 레지스탕스의 주도하에 재판받을 예정인 듯했다.

헤이부르그 군의 주력은 여전히 신왕국의 트라이포트에서 제1 유적『탑』을 공략하고 있다.

군을 철수시키려면 이번 사건을 헤이부르그 군에 알려서 그들이 죄를 인정하게 해야 할 필요가 있다.

따라서 로자가 남들의 눈을 피해『용·비적』과 거래했다는 기록을 찾아 세계 연합에 보고하는 절차를 밟을 예정이었다.

다음날 낮, 룩스와 피르히, 그리고 트라이어드가 있는 숙소에 찾아온 카렌시아는 무척 말하기 어려운 것처럼 요청했다.

『죄송합니다, 룩스 씨. 헤이부르그의 여러 문제가 해결될 때까지 로자 문제는 조금만 기다려주셨으면 합니다.』

로자에게 죗값을 물기 전에 『세계 연합』에 이 사실을 알리면, 배신자 섬멸을 바라는 『창조주』들이 끼어들기 때문에 헤이부르그는 자정할 기회를 잃게 된다.

현재 수도에 남아 있는 군인들도 로자에게 협박받아온 사람들이 대부분이었기 때문에 반기를 들고 레지스탕스 측에 붙었다.

전투를 치르며 상처를 입은 그들과 조직을 수습하여 다시 일으키고, 남아 있는 로자의 부하인 『육형사』를 타도하기 위해서도 시간이 잠시 필요하다.

그때는 로자의 역습이 우려되어 죽일 수밖에 없다고 생각했지만, 지금은 완전히 구속되었으니 그런 불안함은 사라졌다는 게 카렌시아의 말이었다.

그리고— 카렌시아의 뜻을 헤아린 룩스는 일단 신왕국으로 돌아가기로 했다.

트라이어드에게서 듣기로는 헤이부르그 군의 『탑』 공략은 순조롭게 진행되어 바로 전날 10층까지 도달했다고 한다.

남은 층은 최상층을 포함하여 세 개.

상당히 빠른 페이스이긴 했으나 이것은 딱히 헤이부르그 군의 유적 조사력이 뛰어나다는 이야기는 아니었다.

아무래도 그들은 강력한 환신수가 나타난 순간 뿔피리로 그것을 조종해 주위의 전송장치로 유도해서 바깥으로 내보내고 있는 모양이었다.

따라서 환신수 섬멸은 실질적으로 그곳에 체재 중인 신왕국군, 리샤, 세리스, 크루루시퍼, 요루카 네 사람과 디스트 경휘하 부대가 거의 도맡아 하는 상황이었다.

조사에 동행할 수는 없으므로 그들이 뿔피리를 사용하고 있다는 증거는 없지만, 외부 출현율이 높은 것을 보면 거의 틀림없다고 리샤 일행은 의심하고 있었다.

도중에 맞닥뜨린 6층의 문은 요청을 받고 크루루시퍼가 열어준 듯했다.

신왕국에 피해가 발생할 가능성이 있는데 협력하는 건 내키지 않았지만, 애초에 유적을 해방하지 않으면 세계가 멸망하는 상황이었으니 거부할 수는 없었다.

그 이야기를 들은 다음 룩스는 트라이어드에게 사정을 알리기 위해 신왕국으로 돌아가 달라고 말했지만, 그녀들을 그 부탁을 거부했다.

룩스가 숙소에서 자는 동안에 그의 신변을 지속적으로 경계하고 호위하는 쪽을 선택해주었다.

"여기서 루크찌한테서 눈을 뗐다간, 피르히랑 그대로 골인할 거 아냐. 그러면 다른 사람들을 볼 낯이 없으니깐ㅡ."

"하하하. 뭐, 이렇게 쑥스러운 걸 감추고 있지만 나도 네가 걱정된다고. 신왕국이 큰일이긴 하지만, 크게 다친 피르히 아가씨 한 사람한테 빈사 상태인 너를 맡길 수야 없지."

"Yes. 상황에 맞춰서 최선의 행동을 실행해야만 한다고 판단합니다."

티르파, 샤리스, 녹트가 저마다 그렇게 말하며 이곳에 남아주었다.

피르히의 상처도 가볍지는 않았으나, 환신수의 힘 덕분에 회복력이 빠른 것인지 며칠 만에 완치되었다.

그 뒤로는 룩스의 간병에 전념했다.

"루우. 밥 다 됐어. 아앙— 해."

피르히가 여관에서 제공해주는 식사와는 별도로 만든 야채 수프를 룩스의 입가로 날라주었다.

평소 피르히는 달콤한 과자만 만들지만, 여관 주인에게 만드는 법을 배운 듯했다.

마찬가지로 수프에 적신 부드러운 빵을 먹으니 기분이 조금 나아졌다.

식사를 마치자 피르히는 따뜻한 물과 수건을 가져와서 룩스의 몸을 닦아주었다.

하지만 침대 위에서 상반신을 일으킨 룩스의 표정에서는 먹구름이 걷힐 생각을 하지 않았다.

"어째서……."

눈빛이 공허한 룩스의 입에서 문득 그런 말이 흘러나왔다.

그날 이후로 룩스가 계속 움직일 수 없었던 것은 육체적인 피로 탓만은 아니다.

로자를 몰아붙여 죽이기 직전까지 갔던 그 날 이후로 룩스의 마음은 죽어버린 것처럼 차가운 채였다.

"어째서 나는, 로자에게 마지막 일격을 가하지 못한 걸까······."

"······."

룩스의 그 질문에, 피르히는 대답하지 않았다.

아주 잠깐 손이 멈추었다가 다시 룩스의 몸을 닦기 시작했고, 느긋한 손놀림으로 붕대를 갈아주었다.

"그럴 수밖에 없는 상황이었어. 내가 그녀를 죽이면, 헤이부르그 사람들은 구원받았을 텐데. 그녀는 개심따위 하지 않을 거라는 걸, 알고 있었는데―."

그런데, 마지막 일격을 가하지 못했다.

주위의 기대에 응할 수 없었다.

『그녀는, 다른 나라에 상당히 나쁜 인물로 알려졌을 거라고 생각해요. 하지만······ 저는 믿을 수가 없어요.』

로자가 걱정된다던 스테파의 말.

그것도 피르히가 등을 베였을 때, 머리에서 날아가버렸다.

하지만 로자를 벼랑 끝까지 몰아붙인 순간에 룩스의 마음은 흔들리고 말았다.

살려달라고 빌던 그녀의 모습이 위기를 모면하기 위한 연기였다고 해도.

주위에서 쏟아지는 증오의 화살이 그녀의 자업자득이라고 해도.

그 순간, 로자의 모습이 어렸을 적의 자신과 겹쳐 보였다.

사고를 당해 죽어가는 어머니를 구해달라고 울면서 호소하던, 그때의 자신과······.

"죽이지 못했어……. 후길 형 말이 맞을지도 몰라. 나는 결국 대의를 위해, 악을 멸할 각오를 하지 못했어. 나는 아무 것도 할 수 없고, 어디에도 갈 수 없는 거야. 이상을 이루겠다는 생각은, 처음부터—."

『누구에게도 사랑받지 못했던 이는, 누구에게나 사랑받으려 한다.』

후길이 룩스를 그렇게 평가하였듯, 그저 다른 이에게 인정받고 싶기 때문에 싸우는 것일 뿐이지 진정한 각오 따위는 없을지도 모른다.

'그렇다면 이제— 이대로『칠용기성』을, 계속할 수는 없어.'

룩스가 자신의 심정을 토로하려고 했을 때—.

"앗……."

갑자기 은은하게 풍기는 달콤한 향기가 룩스를 감쌌다.

붕대를 감으려고 상반신을 일으킨 룩스를, 피르히가 뒤에서 안아주었다.

겨우 그것만으로 룩스는 말을 빼앗겼다.

멈춘 시간을, 시계 바늘이 움직이는 소리가 새겨나갔다.

"……아니야, 루우."

상냥한, 어린아이를 어르는 것처럼 부드러운 목소리로 피르히는 룩스의 귓가에 속삭였다.

방의 거울에 비친 그녀의 입가에는 평온한 미소가 떠올라 있었다.

"루우는, 틀리지 않았어. 그러니까 안심해."

"흑……?!"

그 한마디에 가슴에 스며들며 지금까지 억눌러 두었던 감정이 밀려나왔다.

눈물이 왈칵, 쥐어짜내는 것처럼 흘러나왔다.

"하지만, 나는―!"

모두의 소망을 이루어주지 못했다.

로자라는 헤이부르그의 어둠을 이 손으로 단죄하지 못했다.

자신의 손을 더럽혀서라도 정의를 관철할 각오를 하지 못했다.

구제국 사람들까지 구하려고 했다가, 실망한 후길에게 버림받아 실패한 5년 전처럼.

"있잖아, 루우는, 누구든 나쁜 사람을 해치우고 싶어 하는 게 아니라구?"

요동치는 가슴을 따라 몸을 떠는 룩스의 어깨를 힘껏 안아주며, 피르히는 자신의 마음을 전해주었다.

"루우는 있지, 그저 누가 되었든 곤란해 하는 사람이 눈앞에 있으면, 그냥 지나치지 못할 뿐. 그러니까― 이걸로 된 거야. 누군가를 위해, 구할 수 있는 다른 누군가를 버리지 않아도 괜찮아."

"……흑, 흐윽."

그 순간. 룩스의 몸에서 힘이 빠지며 눈물이 주르륵 흘러내렸다.

그때, 모든 이들이 죽이라고 했다.

복수를 두려워한 헤이부르그의 병사들도, 카렌시아도, 룩스가 그녀의 숨통을 끊기를 바랐다.

하지만 이미 결판이 난 상태였으며 로자는 싸울 수 없는 상황이었다.

"그러니, 무리하지 말아줘. 상처 입지 말아줘. 괜찮으니까, 내가 루우를, 지켜줄 테니까."

"……."

소녀의 온기가, 꺾이려 하던 룩스의 마음을 감싸주었다.

그리고 피르히는 룩스의 고동이 진정될 때까지 그대로 쭉 안아주었다.

—그리운 기분이 들었다.

도저히 버텨낼 수 없는 괴로움 앞에서 무너지고 말았던 그날.

어머니가 잠든 묘지에 우두커니 서 있던 룩스에게, 그렇게 해주었던 것처럼.

Episode 5　　　　제1 유적 —탑(바벨)—

　다음날 아침.

　"그럼 루디…… 아니, 룩스 씨는 이제 이 나라를 떠나시는 거군요."

　어떻게든 일어날 수 있게 된 룩스는 피르히에게 부축 받아 맹인 소녀 스테파 하즈마이스를 찾아갔다.

　피르히의 배려에 구원을 받았고, 이젠 신혼여행을 가장할 필요도 없어졌으니 로자와 싸운 뒤로는 머리카락을 물들이던 염료도 사용하지 않았다.

　지난번처럼 사람이 없는 한적한 찻집에 들어가 이번 일의 경위를 이야기했다.

　룩스의 정체가 헤이부르그를 조사하러 온 『칠용기성』이라는 것을 알리고, 이어서 지하시장에서 일어난 사건과 로자가 어떻게 되었는지를 전부 전달했다.

　원래는 카렌시아에게도 함께 스테파를 만나러 가자고 제안했지만, 그녀는 미안한 표정으로 웃으며 거절했다.

　『저는, 로자의 악행을 알면서도 아무 것도 할 수 없었습니다. 가족을 인질로 잡혀서, 제 몸을 지키는 것만으로도 벅찼고―. 로자를 죽이는 것 외에 다른 방법이 없다고 생각했어요. 그런 제게, 스테파를 만날 자격은 없습니다.』

카렌시아는 그 인질에 다름 아닌 스테파도 포함되어 있었다는 사실도 밝히면서 룩스에게 전언을 부탁했다.

그리고 지금은 신왕국에 체류 중인 주력 부하『육형사』에 대한 대책을 세우는 동시에, 로자를 격리해서 지금까지 저질러온 악행의 증거를 모으겠다고 했다.

아니, 그렇다기보다도 룩스의 귀국에 맞춰서 카렌시아도 신왕국으로 갈 예정이라, 그때『용비적』과의 거래내용을 기록해둔 문서도 가져가려는 모양이었다.

로자 본인은 부상이 심각해서 최소 3개월은 장갑기룡을 운용할 수 없다는 진단 결과가 나왔다.

완전히 일단락되었다고는 할 수 없었지만, 이것으로 한 건 해결되었으니 이번 사건은 차츰 수습되어 가리라.

덧붙여서 트라이어드의 티르파와 녹트는 한발 먼저 신왕국으로 귀환하여 리샤와 렐리, 디스트 경에게 이번 사건의 전말을 보고할거라고 했다.

『아참, 그러고 보니 뭐 원하는 게 있으면 학원장님께 대신 말씀드릴게. 하여튼 루크찌도 여간내기가 아니라니까.』

돌아갈 즈음에 티르파가 꺼낸 말은, 아마도 출발하기 전에 마기알카가 언급한 **보상**이야기일 것이다.

임무를 수행하느라 바쁠 룩스 대신, 동생의 생일선물을 적당히 골라주라는 렐리의 지시에 의한 것이리라.

피르히에게 줄 생일 선물도 머리 한쪽에서 의식하고 있었지만, 결국 헤이부르그의 파티나 지하시장에서도 이거다 싶은 것은 찾지 못했다.

그래서 룩스가 거물 세공사 집안인 티르파에게 조언을 구하며 원하는 것의 이미지를 말했더니—.

『흐응~ 누구한테 주려는 거야—? 나도 선물 받고 싶은데—.』

그렇게 히죽히죽 웃으면서 놀려댔지만 순순히 편지를 전해 줄 것 같았다.

그런 그녀들을 배웅하고서 며칠 후.

마침내 룩스가 신왕국으로 돌아갈 순간이 다가왔다.

"로자 이야기를, 저는 아직 믿을 수 없어요. 그러니까 허가가 나오는 대로 직접 만나러 가볼까 합니다."

"미안해요, 힘이 되어주지 못해서. 로자 경에 대한 것도 여러모로 물어볼 수 있었을 텐데."

『한계돌파』의 반동으로 쓰러지고만 룩스는 그 뒤로 로자를 만나지 못했다.

카렌시아에게서 지하 감옥에 감금했다는 이야기를 들었을 뿐이다.

"아뇨, 제가 직접 가야한다고 생각해요. 로자는 분명 그날 밤 저를 내치긴 했지만, 그래도 그녀의 모습은 남아 있었어요."

로자가 자신을 죽이지 않고 멀리 쫓아냈다는 게 그렇게 생각한 이유라고 했다.

"한 번 더, 카렌시아를 찾아가 만나게 해달라고 부탁해볼 거예요. 용기를 내서 그녀와 대화를 해보려고 합니다. 지금까지 도와주셔서 정말로 감사합니다."

지팡이를 짚은 맹인 소녀는 살짝 미소 지으며 룩스에게 고개를 숙였다.

룩스도 그녀의 정보와 안내에 도움을 받았다.

그것에 대해 감사 인사를 하고서 그녀와 헤어졌다.

한 발 먼저 밖으로 나갔더니 뜻밖의 인물이 주점 앞에서 기다리고 있었다.

"고생했어, 룩스 군. 나도 먼저 반하임 공국으로 돌아가 볼게. 그라이퍼 녀석도 걱정되고."

"고마워. 코랄이 와준 덕분에 살았어."

"아니야. 그보다 다행이다. 네가 그때 로자를 죽이지 않아서. 덕분에 내 생각에, 조금 자신이 생겼어."

"응……?"

"아, 아니. 이쪽 얘기야. 그보다— 있잖아."

코랄은 갑자기 룩스의 귓가에 입을 가져가 조심스럽게 속삭였다.

"조심해, 룩스 군. 이번에 일어난 일련의 사건을 내 나름대로 조사해봤는데, 이상한 점이 있었거든."

"이상한, 점……?"

미묘한 표정으로 룩스는 코랄에게 되물었다.

"응. 나는 이번에 반하임 공국의 특명을 받아 독자적으로 『악한 왕』에 대해 조사했어. 그리고 이번에 로자 경이 붙잡혔을 때 군 사령실 안을 조사해봤는데—. 모든 것이 로자 경이 저지른 일이라는 자료의 흔적이 있었어."

"……그게, 무슨 문제라도 있어?"

코랄의 진의를 알 수가 없어서 룩스는 고개를 갸웃했다.

로자가 지하시장과 군의 연줄을 통해 『용비적』과 거래를 해왔다는 것은 예상대로다.

그 사실을 뒷받침할 증거를 찾았다면 쌍수를 들고 기뻐해야 할 일 아닌가?

"그런데, 정작 그녀의 집무실이나 사령관의 방에서는 거래한 것을 정리해둔 보관고의 열쇠가 나오지 않았어. 이번에 그녀가 매입한 것으로 보이는 엘릭시르나 다른 유적의 보물이 있는 장소도 모르겠어. 암호로 보이는 것조차 찾아내지 못했지."

"그건, 그러니까……?"

룩스는 코랄이 말하고자 하는 바를 알아차리지 못했다.

"나도 확신할 수는 없어. 하지만 뭔가 묘하더라고. 증거는 남아 있는데 정작 유적의 보물은 거의 찾지 못했어. 내가 찾아낸 건 장갑기룡의 희소 부품 두 개와 뿔피리 하나가 다야. 수량이 전혀 안 맞는다고."

"……"

코랄의 이야기를 듣고 있으니 확실히 뭔가가 마음에 걸렸다.

그 보물은 이미 『육형사』들의 손에 넘어갔다는 걸까?

아니, 그것도 뭔가 위화감이 있다.

하지만 명확하게 말로 꺼내지 못한 채, 룩스는 그와 헤어지기로 했다.

"그럼 룩스 군, 나중에 보자. 죽으면 안 된다?"

"코랄이야말로, 조심해."

그 말을 끝으로 코랄은 발걸음을 돌려 《엑스 와이번》의 비행장치를 가동하여 하늘로 날아올랐다.

룩스는 손을 흔들어 친구의 뒷모습을 배웅하면서 생각했다.

거래했다는 증거는 남아 있는데 물건의 행방을 알 수 없다.

자신이 당했을 때를 대비해서 로자 본인이 보물을 어딘가에 숨겨둔 것일까?

어찌되었든 카렌시아의 보고를 기다릴 수밖에 없다.

"우리도 출발하자, 피이. 얼른 돌아가지 않으면, 신왕국에 위기가ㅡ."

"응."

피르히의 짧은 대답 후 두 사람은 인기척 없는 뒷골목으로 향했다.

그곳에서는 미리 약속해둔 트라이어드의 샤리스가 기다리고 있었다.

"리샤 공주 일행도 네가 돌아오기만을 기다리고 있겠지. 두 사람 다 장의로 갈아입어줘."

샤리스가 혼자만 이곳에 남은 이유는 《와이번》을 이용한 비행으로 룩스와 피르히를 안고 날아서, 국경을 넘는 것과 관련된 번거로운 절차를 피하기 위해서다.

룩스는 피로로 《와이번》를 사용할 수 없고, 피르히의 《티폰》으로 육로를 이동하는 것은 너무 눈에 띄기 때문이라는 것 같았다.

티르파와 녹트는 이미 헤이부르그를 출발했으며 금방 따라잡을 수 있을거라고 했다.

"너무 무리하지 않으셔도 돼요. 여기서 항구 도시인 트라이포트까지는 거리가 꽤 되니까."

이번에는 자신들을 도와주기 위해 와준 트라이어드에게 많은 신세를 졌다.

룩스는 샤리스를 배려해줄 요량으로 말했지만 그녀의 표정에는 여유가 없었다.

"아니, 아쉽지만 네 선의에 기댈 여유가 없어. 쓰러진 룩스 군에게 정신적인 피로를 주지 않으려고 그간 잠자코 있었는데, 현재 트라이포트에는 이미 위기가 닥쳤어."

"윽⋯⋯. 그 이야긴, 설마—."

짧게 고개를 끄덕이고서 샤리스는 진지한 눈빛으로 대답했다.

"그래, 며칠 전 헤이부르그 공화국의 원정군이 『탑』의 11층에 도착했다. 운 나쁘면 앞으로 며칠 내에 라그나뢰크가 해방될 거야."

"—."

룩스가 숨을 죽였고, 피르히도 눈을 살짝 크게 떴다.

13층이 최상층이라고 가정한다면 앞으로 남은 것은 딱 한 층뿐이다.

연일 계속된 환신수와의 전투 탓에 리샤 일행은 피로는 한계에 가까웠다.

만약 로자가 언급한 것처럼 헤이부르그 군의 계획이 진행 중이라면, 일부러 라그나뢰크를 트라이포트에 보낼 가능성이 높다.

"부탁드릴게요, 샤리스 씨. 최대한 빨리—."

"그럴 생각이야. 내게 맡겨라."

긴장된 목소리로 룩스가 부탁하자 트라이어드의 리더는 고개를 끄덕였다.

그 직후, 두 사람을 안은 《와이번》이 하늘 높이 날아올라 전속력으로 날아갔다.

†

머리 위에서 몇 종류의 비명과 간헐적인 파괴음이 울려퍼졌다.

"하아, 하아……. 하앗……!"

석벽으로 주위가 막힌 지하 감옥.

그 안에 한 소녀가 사슬에 매달려 있었다.

넝마 같은 옷으로 몸을 간신히 가린 채였으며 그 표정은 더 없이 초췌했다.

"어째서, 어째서……. 어째서."

공허한 시선을 감옥 구석에 고정한 채, 갈라진 목소리로 헛소리를 하는 것처럼 끊임없이 중얼거렸다.

룩스에게 패배한 시점에 팔, 다리가 하나씩 부러진 로자는 간단한 치료만을 받은 후에 이렇게 구속되었다.

악의 길을 관철했는데 패배하고 말았다.

로자의 신념은 부서졌고, 목숨을 구걸하여 가까스로 살아남았다.

이제 자신은 버림받게 되리라.

그렇게 되면 모든 것이 다 끝장이다.

자신이 희생해온 것도, 지금까지 지키려 해왔던 것도.

"어째서. 이렇게 될 바에야……. 내가 해온 일은─."

비통한 표정을 지으며 로자는 신음했다.

그러자 그 목소리에 호응한 듯한 타이밍에 지하 감옥의 문이 천천히 열렸다.

"─윽?! 아, 아아……."

나타난 여자의 얼굴을 보고서 로자는 덜덜 떨기 시작했다.

피투성이였다.

바로 조금 전에 머리 위에서 살육을 마쳤음을 깨닫게 하는, 희열로 일그러진 미소.

앞으로 자신의 몸에 일어날 비극을 깨닫고서 로자의 표정이 절망으로 물들었다.

"로자, 잘 지냈니? 네게 좋은 소식이 있어. 한 번 더 내게 협력해줬으면 해. 그럼 너는 다시 원래 자리로 돌아갈 수 있을 거야."

그렇게 말하고서 눈앞의 여자는 한 계책을 제시했다.

몇 분 후. 로자의 모습은 감옥에서 사라졌다.

†

"여기가, 항구 도시 트라이포트······?"

신왕국에 도착할 때까지 샤리스는 전속력으로 비행해주었고, 영토 내에 들어선 뒤로는 피르히의 《티폰》으로 육로를 주파했다.

참고로 샤리스는 도중에 기력이 다 떨어졌기 때문에 휴식을 취하기로 했고, 지금은 룩스와 피르히만이 한 발 먼저 항구 도시에 도착했다.

시각은 때마침 해질녘. 수평선으로 가라앉는 붉은 석양빛이 아름답게 항구 도시를 비추고 있었다.

신왕국의 서방령, 세리스의 아버지인 디스트가 다스리는 역사 있는 도시다.

비교적 가까운 위치에 『탑』이 있음에도 통솔된 디스트의 부대가 지켜주는 덕분에 활기가 있는 떠들썩한 항구도시이지만—.

"뭔가, 조용해. 그리고, 냄새도 이상해."

웬일로 피르히가 약간 의아하다는 얼굴로 고요한 거리를 바라보았다.

항구에는 상선도 정박되어 있지 않았으며 인기척도 거의 없었다.

마치 폐허가 되어버린 것처럼 쇠퇴한 분위기가 감돌고 있었다.

잠시 그 광경을 멍하니 바라보고 있는데, 피르히가 갑자기

저 멀리 있는 커다란 건물을 보고 말했다.

"언니의 상회가 여기에도 있으니까, 잠시 상황— 보고 와도, 돼?"

"응. 여기까지 왔으니 이제 괜찮을 테니까, 다녀와."

"……알았어."

단순히 피르히를 배려해주려는 의도만이 아니라 룩스 자신도 날이 저물기 전에 조사하고 싶은 게 있었다.

그래서 룩스는 항구가 잘 보이는 장소로 이동하려고 했는데—

"어라 자네는 신왕국에서 온 기룡사 기사님인가? 꽤 젊어 보이는구먼."

불현듯 뒤에서 목소리가 들려 돌아보자 비쩍 마른 대머리 노인이 서 있었다.

"아뇨, 저는 아직 사관후보생입니다. 그보다 무슨 일이 있었던 겁니까? 이 트라이포트에."

"딱히 특별할 건 없었어. 아직 헤이부르그의 본대가 이곳에 온지 두 주 정도밖에 안 됐는데, 놈들이 완전히 잠식하고 말았다네."

룩스의 질문에 한탄하면서 노인은 현재 상황을 이야기했다.

『탑』공략을 위해 이 항구 도시가 거점으로 결정되고 만 이후로 환신수가 끊임없이 쳐들어오게 되었다.

유적이 활성화된 최근이라 해도 환신수는 한 달에 대여섯 번 정도라는 빈도로 나타났으나, 지금은 하루에 십여 마리가 나타날 때도 있었다.

리샤를 비롯한 신왕국의 조력자가 활약해준 덕분에 큰일이 일어나진 않았지만, 겁을 먹고 가까운 마을로 피신하는 사람들이 끊이지 않았으며 헤이부르그의 병사들은 더욱 제멋대로 굴게 되었다.

"심지어 조만간 라그나뢰크라는 특대 환신수까지 나올 거라는 소문까지 흐르고 있거든. 이 트라이포트의 인구는 3분의 1 이하 수준까지 격감해버렸다네. 그나마도 낮에는 환신수가 무서워서 밖을 돌아다니는 것조차 여의치 않아. 밤에는 일과를 마치고 돌아온 헤이부르그 병사들을 접대해야지. 이러니 다들 싫어하는 것도 무리가 아니지 않겠는가?"

"……큭?! 신왕국의 호위들은 뭘 하고 있는 겁니까?"

룩스가 황급히 물어보았지만 노인은 한숨과 함께 고개를 저었다.

"안타깝게도 지난 2주 동안, 싸울 수 있는 사람이 꽤 줄고 말았네. 그 환신수의 대군을 상대하느라 대부분의 기룡사들이 다치고 말았으니까."

"그렇, 습니까……."

아무리 리샤 일행이 팔면육비(八面六臂)의 활약을 하고 있다 해도, 출몰한 환신수를 전부 막아내는 것은 불가능하며 가동 시간에도 한계가 있다.

그 사이에 디스트 경의 부대들도 힘이 다하고 만 것이리라.

그렇다면 한시라도 빨리 로자에 대한 소식을 전달할 필요가 있다.

　헤이부르그에서 그녀의 죄가 폭로되었기 때문에 『탑』 공략을 그만둘 수밖에 없다는 것을 말이다.

　"죄송하지만 하나만 더 여쭙겠습니다. 현재 이곳에 파견된 지휘관은 누구입니까?"

　"응……? 아니, 나는 일개 뱃사람일 뿐일세. 헤이부르그 군의 자세한 건 몰라. 지휘관은 『탑』 부근의 전선 기지에서 지휘 중인 모양이네만……. 그보다 그 목걸이, 자네 설마―."

　"아, 네. 룩스 아카디아입니다. 구제국의 전 황족인……."

　난처하게 웃으면서 룩스는 자신의 목걸이를 가리켰다.

　날품팔이 생활 시절, 트라이포트에서는 그리 오래 체류한 적이 없었기 때문에 얼굴이 많이 알려지진 않았다.

　그러나 황족의 특징인 은색 머리카락과 눈동자. 그리고 죄인의 목걸이가 그 상징이었지만, 지금까지 석양의 붉은빛 탓에 룩스의 정체를 알아보지 못했던 모양이다.

　"그, 그랬는가……. 자네가―. 그럼, 실례함세."

　"……?"

　동요를 보이며 대머리 노인은 그 자리에서 떠났다.

　무언가 위화감을 느끼면서도 룩스는 고개를 갸웃할 수밖에 없었다.

　"역시 다들 『탑』에 가까운 전선 요새에 있는 걸까?"

　하지만 트라이어드에게서 듣기로는 헤이부르그 군도 해가 진 뒤에는 공략을 그만둔다고 했다.

다시 말해 지금부터 내일까진 환신수도 나타나지 않는다.

일단 룩스는 여기서 피르히와 합류한 다음, 전선에서 돌아온 리샤 일행과 재회하는 게 현재로선 적절한 선택이라고 판단했다.

"조금 있으면 오늘도 끝나는구나—."

하늘을 보니 석양은 완전히 저물고 밤의 장막이 내려오고 있었다.

문득 피르히와의 약속을 의식했을 때 뒤에서 기묘한 기척이 느껴졌다.

"호오, 네가 그 유명한 『검은 영웅』이냐? 아직 귀여운 꼬마 잖아?"

검은 군복으로 몸을 감싼 묘령의 여성.

로자와 똑같은, 타인을 압도하는 적의를 몸에 두른 오만불손한 그 모습은 구제국의 왕후 귀족들을 떠올리게 했다.

"당신은—."

"뭐, 그저 확인 차 물어봤을 뿐이다. 사람을 잘못 봤다고 변명하는 게 귀찮아서 말이지."

그녀는 당당하게 웃으면서, 당황하는 룩스를 향해 뚜벅뚜벅 군화를 울리며 다가갔다.

"내 이름은 헤이부르그 공화국의 장군 구테페리카. **배신자 룩스 아카디아여.** 이 시간부로 귀공의 신병을 구속하여, 세계 연합에 넘기도록 하겠다."

"……뭐?!"

그 말이 선고된 순간 룩스의 표정에 당혹스러움이 떠올랐다.

"이런, 움직이지 마라. 뒤에는 이미 내 부하가 있다. 그 상처 입은 몸으로 브레스 건의 탄막을 피할 순 없겠지."

구테페리카가 이름을 밝힌 순간, 그녀 뒤쪽의 공간이 일그러지더니 아무 것도 없는 장소에서 기룡이 모습을 드러냈다.

나타난 것은 범용기룡《드레이크》를 장착한 헤이부르그 병사 두 명.

특장형 기룡의 기능인 광학 위장을 활용해서 숨어 있었던 것이다.

"무슨 속셈이지? 이런 거리 한복판에서 사람에게 무기를 들이대다니."

제아무리 룩스라 해도 의아해하는 표정을 지으며 손을 들수밖에 없었다.

그러나 구테페리카는 수상한 웃음을 지우지 않고 룩스에게 얼굴을 내밀었다.

"이런, 이런. 생각보다 이해력이 나쁜 어린애였잖아? 모르겠나? 힌트를 주지. 네가 조금 전에 마주친 노인은 이 항구 도시의 주민이다. 네가 있는 곳을 제보하면 상금을 주겠다고, 꽤 오래 전에 이 거리에 퍼뜨려두었다고."

"──."

사악한 구테페리카의 미소를 본 순간 등줄기를 타고 전율이 일어났다.

치명적으로 방심하였음을 그제야 깨달은 것이다.

헤이부르그에서 지내던 때 느끼던 긴장감에서 해방됐다는 생각과 피폐한 체력이 사고에 안개를 드리우고 있었다.

"호오. 표정을 보니 이해한 것 같군. 그렇다면 다시 한 번 네놈이 저지른 야비한 소행에 대해 알려주마. 헤이부르그 군의 『탑』 공략을 막기 위해, 네놈은 로자 경을 암살하고자 헤이부르그에 불법 침입을 했다. 세계 연합의 역적— 이 배신자 놈아!"

쿠테페리카는 히죽 웃으며 멸시가 가득한 조롱하는 시선을 보냈다.

그것을 깨달은 순간 룩스는 자신의 기공각검으로 손을 뻗으려고 했으나, 바로 그만두었다.

"똑똑한 녀석이군. 이 상황에서 날뛰어봐야 좋을 건 하나도 없다고. 얌전히만 있어준다면 귀여워해주마. 내 애완동물로 말이지……."

"어머, 아니어요. 그 판단은 오해랍니다."

"……?!"

갑자기 어디선가 들려온 소녀의 목소리.

그 자리의 모두가 당황한 순간 이변이 일어났다.

"크, 아아악!"

"뭐, 뭐야. 장갑기룡의 조작이—."

"뭐 하는 거냐, 네놈들?!"

《드레이크》를 조종하던 헤이부르그 병사가 갑자기 구테페리카를 향해 블레이드를 휘두른 것이다.

그래도 명색이 장군이라고 기습에 반응해서 가까스로 피했다.

동시에 재빨리 기공각검을 뽑은 순간 룩스의 몸이 하늘로 떠올랐다.

"쳇! 놓칠 것 같으냐! 거리를 포위해서 놈을 찾아라! 이 거리에서 놓치지 마!"

그러나 구테페리카가 두 기의 《드레이크》에게 방해받는 사이에 룩스는 무사히 그 자리에서 구조받았다.

룩스를 품에 안아 탈환한 것은, 역시나 광학 위장을 펼친 기룡의 짓이었다.

자신이 잘 알고 있는 신왕국 측의 인물이자 학원의 학생 중 하나.

"요루카?! 어째서 여기에—?!"

"이상한 질문을 하시는군요? 저는 언제나 주인님 곁에 있사와요."

룩스는 신장기룡 《야토노카미》를 착용한 요루카가 자신을 구해줬음을 깨달았다.

그녀 또한 신왕국의 요청을 받고 이 트라이포트를 지키러 온 것이었다.

"이게 대체 어떻게 된 상황이야? 피르히는 무사하고?!"

"걱정하실 필요 없사와요. 그녀도 학원장님께서 숨겨주셨으니까. 다만, 구체적 범죄 사실은 드러나지 않았사옵니다만, 지금 상황에서는 웬만하면 얼굴을 드러내지 않는 게 좋을 것이라고 생각하여요."

아무래도 피르히까지는 확실하게 죄인 취급을 받고 있지 않는 모양이었다.

그러나 지금 상황을 이해하려고 해도 도저히 이해할 수 없는 점이 몇 개나 있었다.

"─자, 이쯤이면 되겠지요."

불현듯 요루카가 《야토노카미》의 도약을 멈추고 룩스를 바닥에 내려놓았다.

아무래도 그곳은 트라이포트 내에서도 부유층이 사는 거주 구역인지 비교적 커다란 저택이 즐비했다.

항구에서 부지런히 장사하는 무역상 등이 많은 것이리라.

"조금 전의 장군이 아직 쫓아올 것 같으니 적당히 유인하다 따돌리고 오겠사와요. 이 길을 쭉 나아가면, 우리들의 은신처에 도착하실 거랍니다."

"고마워. 하지만 무리는 하지 마. 나는 아직 이 상황을 파악하지 못했으니까."

"분부를, 따르옵니다."

요염한 미소를 남기고 요루카는 다시 허공을 박차며 그곳에서 떠났다.

그녀를 배웅한 후, 룩스는 거주구역의 길을 따라 걸어갔다.

이미 날이 저문 탓인지 왕래도 많지 않은 석양 속에서 룩스는 기묘한 시선을 느꼈다.

요루카와 헤어진 뒤로는 자신을 쫓아오는 발소리마저 또렷하게 귀에 들어왔다.

'헤이부르그 군의 새 추적자인가? 아니면—.'

다시금 자신의 목에 상금이 걸려 있다는 것을 실감했다.

지금 이 자리에 한해서, 트라이포트는 시민마저도 룩스를 밀고하려 하고 있다.

어떻게든 뿌리쳐야만 하지만 현재 룩스의 몸으로는 도망치는 것조차 큰일이었다.

그렇게 생각했을 때 갑자기 조금 떨어진 위치에서 걸어온 소녀가 재빨리 룩스의 손을 붙잡고 달리기 시작했다.

"이쪽이야. 우리의 은신처는 조금 떨어져 있는 지하에 있어."

그 익숙한 목소리를 듣고서 룩스는 반가움을 느끼며 중얼거렸다.

"크루루시퍼 씨?! 어떻게—."

얼굴을 가리던 모자를 벗더니, 푸른색 장발을 쓸어 올리는 아름다운 소녀의 옆모습이 드러났다.

룩스의 급우이자 가까이 지내는 유학생 소녀가 그곳에 있었다.

"좀 늦게 눈치 챈 감이 있지만, 용서해줄게. 룩스 군도 여러 가지로 큰일이었던 모양이니."

여느 때처럼 쿨하게 웃으며 크루루시퍼가 그렇게 말했다.

룩스가 한시름 놓은 기분으로 가슴을 쓸어내리자 뒤쪽에서 장갑기룡의 구동음이 희미하게 들려왔다.

"잠깐! 뭘 멋대로 공로를 독점하려는 거냐! 나도 도와줬잖아?!"

거의 동시에 금발 사이드 테일이 옆에서 흔들렸다.

어느새 옆에는 《드레이크》를 장착한 리샤가 함께 달리고 있었다.

"무슨 말인지 모르겠네? 장갑기룡을 꺼내면 눈에 띄니까, 위장과 탐사장치 운용에 전념하겠다고 한 사람은 너잖아?"

"그건 그렇다만……. 지금은 괜찮다. 쫓아오는 기척도, 다른 장갑기룡의 반응도 없어."

"……하아, 어이없어라. 그럼, 이대로 곧장 아지트로 가자."

질렸다는 투로 한숨짓는 크루루시퍼에게 재촉당하며, 어떤 교회에 도착해 뒷문을 노크했다.

"—나야. 그를 데려왔어."

크루루시퍼가 짧게 말하자 교회 뒷문이 열렸다.

그리고 안에서 베일을 착용한 소녀 수녀가 천천히 손짓하는 것이 보였다.

아무래도 룩스에게 협력해주는 시민도 있는 듯했다.

"고맙습니다. 덕분에 살았습니다."

안도하며 표정에서 긴장을 풀고 감사 인사를 전하자, 소녀 수녀가 빙글 돌아서더니 도끼눈을 뜨고 룩스를 올려다보았다.

"천만에요. 저도 기다린 보람이 있었는걸요. 돌아오자마자 귀찮은 사고를 치는 오빠를 도와주는 건 힘드네요."

"어, 아이리?! 어째서 그런 차림을—?!"

"어울리나요? 오빠가 나쁜 짓을 해서 붙잡히면, 전 이렇게 몸을 숨길 수밖에 없다구요. 오빠를 끌어내기 위해서 여동생

인 제가 미끼가 되어버릴 테니까요."

"……."

노골적으로 가시 돋친 아이리의 미소를 보며 룩스는 아연한 표정으로 굳어버렸다.

"그 정도만 하는 게 어떨까. 이번 사태에 대해선, 그도 바라던 바가 아닐 거야."

크루루시퍼가 냉정하게 타이르자 아이리는 작은 방의 사다리를 내려가 지하 통로를 걷기 시작했다.

"이쪽이에요. 이미 다들 기다리는 중이에요."

"여기는, 대체—?"

어둑어둑한 긴 통로를 살펴보며 중얼거리자 아이리가 앞으로 걸어가며 즉시 대답했다.

"부자들을 위한 비밀 통로예요."

단적인 대답 후 크루루시퍼가 보충설명을 해주었다.

원래는 작업용 지하수로이지만 긴급 상황용 은신처 및 탈출로 용도로도 만들어졌으며, 교회나 그 외의 탈출로와도 연결되어 있는 모양이다.

유적 『탑』이 코앞에 있기 때문에 마련해둔 비밀 통로라는 것이었다.

지하에는 아무 것도 없지만 각 저택으로 내부에서 연결되어 있다고 한다.

신왕국군이라 해도 이 통로의 정보는 모른다.

한 손에 랜턴을 들고 어두컴컴한 통로를 잠시 걷다가 샛길로 이어지는 문의 자물쇠를 열었다.

그곳에서 사다리를 타고 똑바로 위로 올라가자 술 창고처럼 생긴 지하실로 나왔다.

"여긴 아인그람 재벌의 창고를 겸하는 별장 중 하나인가 봐. 공공연하게는 알려지지 않은 모양이니 마음 놓고 있을 수 있어."

크루루시퍼의 안내에 따라 룩스는 저택 안으로 들어갔다.

커튼을 쳐둔 호화로운 거실로 들어간 뒤에야 겨우 한시름 놓을 수 있었다.

"우여곡절 끝에, 룩스를 무사히 회수했군. 원래는 잠입 조사 성공을 축하하기 위한 와인이라도 딸까 생각했다만—."

리샤는 말끝을 흐렸다.

"대체 이 도시에서 무슨 일이 일어난 거야? 내가 배신자가된 데다 현상금까지 걸려 있다니—."

"도시가 아니라 나라예요, 오빠. 지금 오빠는 신왕국에서도 현상금이 걸린 죄인으로서 노려지는 처지예요. 원래대로라면 저도, 오빠를 꾀어낼 미끼로서 신왕국군에 잡혀갔을 거라구요."

이야기를 자세히 들어보니 아무래도 트라이어드가 로자의 뒷거래에 대해 전달하기 전에, 룩스가 로자를 암살하려고 습격한 배신자라는 보고가 전달된 모양이었다.

그리고 헤이부르그 병사를 거느리고 있던 여장군 구테페리카는 반일 전부터 신왕국 백성들을 대상으로 탄압을 가하기 시작했다.

우선 리샤 일행을 비롯한 기룡사들의 행동반경을 항구 주변만으로 제한하고 『탑』에 접근하는 것 자체를 금지했다.

게다가 시민과 신왕국군을 불문하고 아침부터 수색한다는 명목으로 집안까지 쳐들어왔다.

그런 폭력적인 간섭 때문에 주민들의 마음이 피폐해져서 따끔따끔한 살기를 드러내게 되었다는 이야기였다.

"그나저나, 대체 어째서 이렇게 된 거야……?"

듣고 보니 단순한 이야기였지만, 영문을 알 수 없는 부분이 몇 군데나 있었다.

시계열적으로는 룩스가 로자와 싸워서 이긴 그날 밤의 다음날. 이미 헤이부르그 공화국에서 룩스를 배신자라고 주장하는 사자를 이쪽으로 보냈다고 들었다.

"하지만 무슨 수로 저들이 내 잠입을 밝혀낸 거야? 증거 같은 건 아무것도—."

"그게, 있었다고. 나도 처음에 그걸 보고 깜짝 놀랐지만……."

리샤가 그렇게 한숨을 내쉬며 고개를 푹 숙였다.

그리고 룩스가 허리에 차고 있는 허리띠를 건드렸다.

원래는 두 개를 차고 있어야 하는 기공각검의, 빈 칼집 쪽을—.

《와이번》의 기공각검은, 룩스가 그 정신없는 전투 현장 속에서 분실하고 말았다.

대응하는 기공각검이 없으면 움직일 수 없는 까닭에, 지금도 그 《와이번》은 헤이부르그의 수도 하이드헬름에 있는 아인그람 재벌의 창고 안에서 얌전히 기다리고 있지만—.

"그럼, 설마……?!"

"그래, 헤이부르그 녀석들이 제출한 기공각검은 분명히 룩스, 네 이름이 새겨진 것이었다. 신왕국에서는 범용기룡에 소유자의 이름을 등록해두니까, 틀림없지."

리샤가 씁쓸한 표정으로 말했다.

애초에 룩스의 이름이 새겨져 있다는 것도 문제이지만, 기룡을 소환해보라고 시키기라도 하면 변명할 방법이 사라지게 된다.

"그러니까 오빠는 이대로, 오빠를 함정에 빠뜨린 적을 쓰러뜨릴 때까지 이곳에 숨겨두기로 했어요. 만약 발각되기라도 하면, 그대로 그들에게 구속돼서 신왕국의 처지가 위험해지게 될 테니까요."

현재 룩스에게 암살자라는 누명을 뒤집어 씌워 신왕국의 기룡사들을 『탑』에서 멀리 떨어뜨려 놓았다.

방어하기 위해 전선 기지에조차 들어갈 수 없었다. 이 트라이포트 근처에 있는 방벽에서 다가오는 환신수를 요격하는 방식으로 소극적으로 행동하는 중이었다.

"그런데, 세리스 선배는—?"

요루카는 조금 전에 보았고 트라이어드는 정보 전달 담당이라 이곳에 없는 모양이지만, 그녀의 모습이 아직 눈에 띄지 않는 게 마음에 걸렸다.

룩스의 중얼거림에 반응해서 크루루시퍼가 미소를 지으며 속삭였다.

"어라? 아직 세리스 선배를 신경 쓰다니 좋은 소식인걸. 그 신혼여행에서 소꿉친구인 그녀와 맺어진 건 아닌가 봐?"

"그, 그것 봐라. 역시 맞잖느냐. 나, 나는 룩스를 믿었다고……!"

"뭘 그렇게 진심으로 안심한 표정으로 말씀하시는 건가요……."

팔짱을 끼고 가슴을 펴는 리샤 옆에서, 교복으로 갈아입은 아이리가 핀잔을 주었다.

"잠깐만?! 놀리지 말라고. 나랑 피이는, 어디까지나 잠입 임무를 위해 부부로 변장했을 뿐이지 딱히 그런—."

그렇게 말하면서 문득 피르히와 함께 보낸 여행의 기억을 떠올렸다.

마차에서 함께 흔들렸던 기억, 부부 취급을 받아 쑥스러워하던 기억.

그리고 로자를 쓰러뜨리는 과정에서 심적으로 괴로워하던 룩스를 도와준 기억, 열심히 간병해준 기억.

옛날과 달라지지 않은 상냥한 마음씨로, 룩스를 지탱해준 기억.

그 기억들을 떠올리자 자연스럽게 가슴이 뜨거워졌다.

'아니, 내가 무슨 생각을 하는 거람……?! 피이한테는, 딱히—.'

그렇게 자신의 생각을 부정하면서도 그녀에게 끌리고 있었다.

아니, 어쩌면 구제국을 바꾸는 것에만 전념했다 뿐이지, 사실은 옛날부터 피르히를—.

"자자, 긴장을 푸는 건 그 정도로 끝내주세요. 마침 세리스 선배도 돌아오셨으니까."

아이리의 목소리를 듣고 룩스의 정신은 현실로 돌아왔다.

지금 막 지하실 사다리를 타고 올라와 거실에 선 세리스가 보였다.

"룩스—?! 무사했군요!"

인사를 하려는 순간 세리스가 갑자기 부둥켜안았다.

단련되어 탄탄하고 날씬한 몸에 여성 특유의 부드러운 감촉.

마침 전투를 치른 뒤인지 그녀의 땀 냄새가 룩스의 본능을 건드렸다.

"……큭, 무슨 짓이냐 세리스! 느닷없이 룩스를 끌어안다니—."

그 모습을 본 리샤가 얼굴을 새빨갛게 붉히며 따지자 세리스도 퍼뜩 놀라며 룩스에게서 떨어졌다.

"시, 실례했습니다! 그게, 룩스가 계속 걱정이 되었으니까요. 죄인이 되어 현상금이 걸렸다는 이야기도 들었고, 로자경과의 사투에 대해서도……."

"……아하하, 괜찮아요. 조금 피곤하긴 하지만, 보시다시피 쌩쌩하니까요."

가볍게 미소를 지으며 룩스는 대답했다.

반가운, 그리고 믿음직스러운 학원의 동료들.

헤이부르그에서 보낸 시간은 겨우 일주일 남짓이지만, 룩스는 자신도 쓸쓸했던 거라고 생각했다.

이제는 그녀들과 보내는 일상 속에 완전히 녹아들고 말았다.

"하지만, 반성합니다. 룩스의 기분도 생각하지 않고 감격에 겨워 끌어안아 버리다니, 『기사단』의 단장으로서 어울리지 않는 행동을 하고 말았습니다.”

뺨에 홍조를 드리우며 고개를 숙이는 세리스를 보며 룩스는 쓴웃음을 지었다.

그리고 천천히 그녀의 손을 잡았다.

“고맙습니다, 세리스 선배. 제가 없는 동안. 신왕국을 지켜주셔서…….”

“룩스…….”

올곧은 시선으로 감사의 마음을 전했더니 세리스의 뺨이 발갛게 달아올랐다.

세리스가 분투했다는 이야기는 트라이어드에게서 들었다.

이번 싸움에서는 누구보다도 오랫동안 이 트라이포트에 머물면서 계속 환신수를 쓰러뜨려왔다고 말이다.

평소부터 자신에게 늘 엄격하며, 철저하게 단련해 온 그녀의 체력과 실력.

그리고 그것을 이룩해내는 강인한 마음을 룩스는 존경했다.

룩스와 세리스의 사이에서 말로 표현하기 어려운 흐뭇한 기류가 흐르기 시작했을 때―.

“어머? 어지간히 그녀를 걱정했나 보네? 여기서 네가 돌아오기만을 기다리던 사람은 세리스 선배만 있는 게 아니거든?”

“아, 응. 고마워, 크루루시퍼 씨. 그리고, 리샤 님도요.”

“그렇다! 우리도 너를 기다리는 동안에 여러모로 노력해왔으니 말이다!”

"네— 네—. 그런 이야기는 나중에 하자구요. 정말 어이가 없네요. 이렇게 긴박한 상황에서, 사이좋게 오빠를 두고 아옹다옹 하시는 여러분들이 말이죠."

"아, 아하하……."

기막혀 하는 말투로 아이리가 핀잔을 주자 세 소녀는 꿀 먹은 벙어리가 되었다.

"그렇긴 해도 쉬지 않으면 몸이 버티지 못할 테니, 저녁 식사와 목욕부터 할까요. 혹시나 해서 말씀드리는 건데, 오늘 밤에는 혼자 들어가 주세요."

"뭐?! 꼭 내가 평소에도 다른 사람이랑 들어간다는 것처럼 들리잖아?!"

룩스가 황급히 반박하자 아이리는 도끼눈을 뜨며 대답했다.

"어차피 피르히 씨한테 도움 받았을 거 아녜요? 『한계돌파』의 반동 때문에 몸을 제대로 움직일 수 없었을 테니까."

'내 몸 상태까지 전부 꿰고 있다니……!'

그런 정보도 녹트가 빈틈없이 알려준 모양이었다.

"그, 그그그게 무슨 소리냐 룩스?! 설마 그 천연 아가씨랑 함께, 목욕한 건 아니렷다—!"

"오해라고요! 그냥 몸을 닦아줬을 뿐이에요."

"그, 그랬나요. 그렇다면 안심입니다."

어째서인지 세리스는 한시름 놓은 것처럼 가슴을 쓸어내렸지만, 크루루시퍼는 의혹 어린 눈초리로 미소 지었다.

"역시 룩스 군의 아내야. 약혼자 후보인 나보다 한 발 앞서 나가는구나."

"무엇 때문에 시선이 그렇게 싸늘한 거야?!"

"그런고로 목욕물이 준비되었으니, 도움이 필요하다면 말씀해주세요. 뭣하면 여동생인 제가 오빠를 도와드릴 테니까."

"아, 응. 부탁할게……."

룩스는 어색하게 웃으면서 저택 별실로 안내받은 후 목욕을 하게 되었다.

요루카 등이 난입하지 않을지 불안했지만, 다행히 아무 일 없이 무사히 목욕을 마칠 수 있었다.

그 뒤에 전원이 교대하며 순서대로 씻는 동안 피르히와 요루카를 데리고 트라이어드 삼인조도 지하에서 저택으로 들어왔다.

아무래도 이 도시를 지키고 있는 세리스의 아버지, 디스트 경이나 렐리 학원장과도 이야기를 마치고 왔는지 모두 거실에 모여서 저녁을 먹으며 회의를 진행하기로 했다.

"그럼, 지금부터 기존의 예정을 변경해서 작전 회의를 시작할까 합니다. 여러분, 식사는 계속 하셔도 괜찮으니 잘 들어주세요."

아이리의 말에 모두가 고개를 끄덕였고, 조용한 식사가 시작되었다.

램프로 밝게 비쳐진 테이블 위에는 어느새 준비된 갖가지 요리가 가득 차려져 있었다.

허브나 암염으로 구운 소, 돼지, 새, 양의 고기.

채소를 듬뿍 넣은 콩소메 수프.

그리고 빵이나 치즈, 피클 등이 충실히 준비되어 있었다.

그다지 떠들 만한 기분은 아니었기에 그녀들도 묵묵히 식사를 했다.

그 사이에 아이리가 지금까지 있었던 일들을 정리해서 이야기했다.

룩스의 《와이번》의 기공각검이 어느새 빼앗겨서 헤이부르그의 수중에 있으며, 그것이 룩스의 죄를 뒷받침하는 증거로 채택되었다는 것.

붙잡힌 로자가 무슨 수를 썼는지 헤이부르그의 감옥에서 탈출했다는 것.

그리고 머지않아 『탑』 공략 부대가 최상층에 도착하기에 라그나뢰크가 출현할 위험이 있다는 것.

"라그나뢰크와 싸우는 건 헤이부르그 병사들입니다만, 그들이 놓치면 가까운 곳에 있는 이 도시가 습격당하게 됩니다. 그들로서는 자신들이 순조롭게 쓰러뜨린다면 그것대로 좋고, 위험하다 싶으면 신왕국에 떠넘기고 도망칠 거예요."

"우리도 이 도시를 버리고, 멀리 떨어지면 안 되는 것인가요?"

이야기를 듣고 있던 요루카가 솔직한 발언을 했지만, 리샤가 즉각 고개를 들었다.

"그럴 수 있을 리가 없잖느냐, 음란녀! 여기서 우리가 떠나 버리면, 이 도시가 어떻게 되겠냐?"

"그러네. 게다가 유감스럽지만 도망친다 해도, 라그나뢰크는 신왕국령의 모든 곳을 공격하겠지. 일시적으로 후퇴한다 해도, 최종적으로는 싸워야만 해."

"네. 게다가 이 이상, 사대 귀족의 일원으로서 이 서방령을 맡으신 아버지의 이름을 더럽힐 수는 없습니다."

"음냐……. 나도, 힘 낼게."

크루루시퍼와 세리스가 각자의 결의를 말했으며, 피르히도 고개를 끄덕였다.

한편, 트라이어드 삼인조는 복잡한 표정으로 망설였다.

"솔직히, 나는 무서워. 내가 가진 힘 정도로는, 라그나뢰크를 상대할 수 없으니까 말이지."

티르파가 겸연쩍은 것처럼 쓴웃음을 지었다.

"그 심경 나도 이해해.. 여하간 위그드라실과 싸울 때 신장기룡 사용자들이 힘을 모아 공격했는데도 상대가 되지 않을 정도였으니까."

"Yes. 우리도 노력을 게을리 하지는 않았습니다만, 역시 라그나뢰크를 쓰러뜨리는 건 아무래도 짐이 무겁다고 판단합니다."

"……."

그 말을, 룩스 일행은 부정할 수 없었다.

실제로 『한계돌파』 상태의 《바하무트》조차 간발의 차이로 승리를 거둘 수 있었다.

이번에 『탑』에 잠들어 있는 라그나뢰크가 출현하면 범용기룡으로 제대로 싸우기란 어려우리라.

"어머나, 지금 당장 도망치셔도 된답니다? 어차피 그 라그나뢰크라는 건, 저희들이 상대할 테니까요."

"아니, 요루카. 말을 그렇게 하면—?!"

근심이 느껴지지 않는 미소로 말하는, 분위기를 잘 파악하지 못하는 그녀를 향해 룩스는 무심코 지적하고 말았다.

그러나 샤리스는 씨익 웃으면서 요루카 쪽으로 돌아섰다.

"그렇게 말해주는 건 고맙지만, 그럴 수야 없지. 특히 이번에는 룩스 군이나 피르히 아가씨도 지친 상태야. 우리 세 사람의 전력이 보잘것없더라도, 지원에만 전념한다면 어느 정도는 할 수 있다고."

"뭐, 어떻게든 힘내볼게."

"Yes. 요루카 씨의 배려는, 고맙게 받아두겠습니다."

티르파가 주먹을 불끈 쥐고, 녹트가 그렇게 마무리했다.

요루카가 실리적으로 판단하는 건 늘 있는 일이지만, 녹트가 『요루카의 배려』라고 말해준 것을 룩스는 내심 기쁘게 생각했다.

위험한 일은 자신에게 맡겨달라— 확실히 그런 식으로도 받아들일 수 있다.

형식뿐이라도 요루카와 친구가 되어주겠다고 한 아이리와 녹트가, 정말로 서로에게 다가가고 있다는 것을 룩스는 살짝 느끼고 있었다.

"그럼 내일부터 작전을 결행하자고! 룩스와 여동생은 당분간 이 은신처를 떠나지 말아줘."

그리고 모든 사람들이 자신의 의견을 말했을 때 회의가 종료되었다.

내일부터 따라야 할 행동 지침이 보였다.

우선 헤이부르그에서 룩스의 기공각검을 훔쳐서, 이곳에 가져왔을 것으로 여겨지는 『육형사』 혹은 로자의 모습을 찾는다.

그 첩보 담당은 적 진영에 얼굴이 잘 알려져 있지 않은 요루카와 트라이어드가 담당.

리샤를 위시한 신왕국의 주력은 평소대로 트라이포트 동쪽에 있는 훈련기지 바로 앞에서 대기…… 라는 흐름이다.

그리고 오늘 밤은 시간도 늦었기 때문에 전원이 이곳에서 묵게 되었는데—.

"저기, 나랑 아이리가 둘이서 한 방이야?"

2층으로 올라가, 딱 침대가 두 개가 준비되어 있는 침실로 안내받았다.

"어쩔 수 없잖아요? 오빠는 지금 만전의 상태가 아닌걸요. 아니면 다른 여자아이와 함께 자고 싶으셨나요?"

"아, 아니거든?! 그러려고 꺼낸 말이 아니라—."

"글쎄, 어떨지 모르겠네요. 피르히 씨와 신혼여행을 잔뜩 만끽하고 왔을 테니, 여동생인 저로는 부족하지 않겠어요?"

"있잖아. 난 일단 임무를 수행하러 간 거였거든……?"

"그렇다고 해드리겠어요. 그럼 안녕히 주무세요, 오빠."

룩스의 반론을 무시하고서 아이리가 등불을 껐다.

정적이 실내를 가득 채웠지만 룩스는 역시 잠들 수가 없었다.

그런 룩스의 분위기를 파악한 것처럼 아이리가 옆에서 말을 걸었다.

"또 뭔가 쓸데없는 생각이라도 하고 계시나요?"

푸르스름한 어둠으로 뒤덮인 침실 안에서, 룩스는 천천히 말을 자아내기 시작했다.

"나는, 역시 또, 실패해버린 걸까…… 옛날처럼, 구제국의 압정과 남존여비를 어떻게든 하려고 했을 때처럼, 말이야."

"……."

그때처럼 원흉을 쓰러뜨리지 않는 한 그 구조는 뒤집을 수 없다고, 헤이부르그를 조사하며 확신했다.

그리고 룩스는 로자와 일전을 벌이며 그녀를 몰아붙였다.

구제국의 기사들이나 중진, 게다가 황족들을 최대한 살리려 했지만 그것은 자신과 같은 실행자인 후길의 배신과 동시에 부정되었다.

"하지만 나란들 딱히 모든 사람들을 구하겠다는 꿈을 꿨던 건 아냐. 그리고 만약 감옥에 보냈다고 해도, 결과적으로 죽이게 되었을 거라고 생각해."

"……."

"각오는 되어 있다고 생각했어. 이 신왕국을 지키는 게, 그렇게 쉬운 길이 아니라는 것도 안다고 생각했지."

"하지만 로자 경의 목숨을 빼앗는 것을 할 수 없었던 거지요?"

"응……."

룩스는 아이리의 얼굴을 보지 않고, 캄캄한 천장을 올려다 보며 중얼거렸다.

"내가 주변에서 쏟아지는 소리에 휩쓸리려고 했을 때, 피이가, 나를 말려줬어."

"방해를 받은 게, 아니구요?"

의외로 날카롭게 파고들었지만 아이리의 목소리에 악의는 없었다.

순수한 의문으로써 룩스의 기분을 확인하려 하는 것 같았다.

"나는 로자를 죽이지 않으면 모두를 구할 수 없다고 생각했어. 하지만 그때 이미 움직일 수 없었던 그녀의 목을 치는 건, 내게는 불가능했어. 게다가 뭔가 위화감이 들었지. 그녀를 죽인다는 행위에서, 선악이나 죄의 영역에 들어가지 않는 저항감을 느꼈어."

"아직 무언가 비밀이 남아 있는 건가요? 그녀에게는—."

조용히 눈을 감고서 룩스는 힘없이 고개를 끄덕였다.

'잠깐만— 어째서 그녀는, 끝까지 만나러 가지 않았지?'

잘 생각해보면, 그 싸움에는 이해할 수 없는 부분이 몇 가지 있었다.

그리고 그 위화감은 로자에게만 신경을 집중하고 있었기 때문에 알아차리지 못했다.

"하지만 그런 상황에 처했는데도 오빠는 침착하군요. 하아, 분하지만 피르히 씨가 함께 따라간 건 정답이었을지도 모르겠어요."

"뭐?! 아이리까지 날 놀리지 말라고."

"어째서 저는 장갑기룡을 사용할 수 없는 걸까요……. 저도—."

아이리가 어떤 이야기를 하려고 한, 바로 그 순간—.

—콰아아아아아아앙!

갑자기 바깥에서 강렬한 폭격음이 울려 퍼졌다.

"……큭?!"

두 사람은 이부자리를 박차고 벌떡 일어났다.

이 은신처가 발각되었나 하는 생각에 긴장으로 몸이 굳은 그 순간, 밖에서 종소리와 사람들의 고함치는 소리가 들려왔다.

"환신수다! 『탑』에서 환신수가 나타났다!"

"모두 대피해, 우리들도 습격당할 거야!!"

"……?! 그런, 설마!"

룩스가 즉시 창가로 다가가 커튼에 손을 대려고 하자, 그를 따라 일어난 아이리가 긴박한 표정으로 룩스의 손을 잡고 살짝 고개를 가로저었다.

"트라이어드를 깨워서 상황을 확인해보라고 할게요. 오빠는 밖으로 얼굴을 내밀지 말아주세요. 무슨 일이 있어도 그것만은 안 돼요."

"……."

어째서— 라고 말하려는 찰나, 룩스는 아이리의 의도를 깨달았다.

어쨌거나 지금의 룩스로는 할 수 있는 게 없었다.

현재 룩스는 《바하무트》의 능력을 최대치로 발휘할 수 없는 상황이었으며, 무엇보다도 현상금이 걸려 있는 몸으로 밖에 나가면 헤이부르그 군에게 알려지고 말리라.

옛날부터 죄인의 입장으로 살아왔던 아이리는 이런 종류의 경계심이 강한 것이리라.

지금 생각해보니 헤이부르그 병사의 이름을 들먹이지 않고 호소하는 것도 부자연스러웠다.

어쩌면 커튼을 열게 하려는 게 전부가 아니라, 룩스가 뛰쳐나오기를 기대한 미끼가 아닐까?

"만약 이것이 함정이라면, 헤이부르그의 『악한 왕』은 말도 안 되는 상대네요."

아이리가 이마에서 땀을 주르륵 흘리며 중얼거렸다.

이쪽이 로자의 소재를 파악하기 전에 한 발 먼저 수를 썼다는 걸까?

황급히 1층 거실로 내려가자 낯익은 멤버들이 이미 장의로 갈아입고서 기다리고 있었다.

"아무래도 상대도 나름대로 여유가 없는 모양이네. 이렇게 빨리 손을 쓰다니."

크루루시퍼가 머리카락을 쓸어 올리며 중얼거렸다.

그 말에 반응해서 평소답지 않게 긴장한 표정을 보이며 리샤도 고개를 들었다.

"하지만 환신수의 습격이 설령 적이라 한들, 놈들의 거짓말이라는 것만 확인하면 군이 우리가 나서지 않아도—"

"아뇨, 아마도 그럴 수는 없을 겁니다. 그들의 손에 뽈피리가 있다면 선제공격을 빼앗겨서 늦고 말겁니다."

세리스가 턱 끝에 손을 댄 채 씁쓸한 표정으로 중얼거렸다.

아이리는 당혹스러운 모습으로 우왕좌왕하는 일동을 향해 짧게 숨을 들이쉬며 말했다.

"그들은 지금까지 실컷 『탑』의 환신수를 밖으로 내보냈고, 조사를 진행함과 동시에 이 도시를 위험에 노출시켜 왔어요. 이제 와서 그걸 망설일 생각은 없다는 걸까요?"

"뿔피리 소리가 들렸으니까, 그것도 틀림없다고, 생각해."

아이리의 지적에 피르히가 귀를 누르면서 중얼거리자 크루루시퍼도 고개를 끄덕였다.

"아무래도 그들도 필사적인 것 같네. 지금 이 도시에 와 있는 룩스 군을 찾는 데에 총력을 결집시킬 작정이야."

"이대로 숨어 있으면 뿔피리로 불러들인 환신수에 의해 도시가 파괴된다. 하지만 우리가 요격에 나서면 그만큼 룩스와 여동생을 찾기 쉬워진다, 그런 거냐?"

리샤가 자문하듯 중얼거리자 모두가 말없이 고개를 끄덕였다.

그리고 그 혼란스러운 틈을 타 라그나뢰크가 해방된다면 뿔뿔이 흩어진 사이에 공격당해 전멸을 피할 수 없을 것이다.

상황은 이미 압도적으로 불리했다.

"하지만 파고들 틈이 아예 없는 건 아니에요. 뿔피리를 불어 환신수를 조종하여 이곳을 습격하고 있는 사람들이 있다는 건—"

호소하는 듯한 아이리의 시선을 받고서 룩스는 고개를 끄덕였다.

"다들, 부탁할게요. 지금 뿔피리에 조종당해서 밀려오고 있는 환신수를, 힘을 합쳐서 신속하게 요격해주세요. 트라이포트 주민들과 디스트 경 휘하의 부대를 지켜내야 합니다. 그리고—"

"동시에 뿔피리를 써서 환신수를 조종하는 인간을 찾아달란 말이지? 현행범이라면 우리들에게도 그들을 붙잡을 이유가 생기지."

크루루시퍼가 이어서 말하자 세리스도 고개를 끄덕였다.

"이렇게까지 규모가 큰 작전이라면 반드시 지휘 계통이 존재할 터입니다. 그것만 밝혀낸다면……."

"할 수밖에 없겠구나. 적이 쳐들어오고 있는 지금이 기회다."

"그럼, 오빠— 작전을 부탁드릴게요."

아이리에게 재촉받고서 룩스는 신속하게 판단했다.

그리고 몇 분 후.

리샤 일행 전원이 역습을 위해 움직였다.

†

"후후후후! 이거 참 상쾌한걸! 과거에 그토록 헤이부르그를 괴롭히던 구제국. 그 잔당들을 이렇게 유린할 수 있다니— 인생은 어떻게 될지 모르는 법이라니까."

《엑스 와이번》을 장착한 여자는 활활 타오르는 거리를 내려다보며 비웃었다.

하얀 가면을 통해 보이는 전화(戰火)를 즐기면서 전망대 위에서 뿔피리를 불고 있었다.

그것은 유적에서 발굴한, 환신수를 조종하는 뿔피리의 음색이었다.

"자 어디, 조금만 더 화력을 낮춘 다음 괴롭혀보실까. 앞으로 진행해야 할 작전도 있으니, 적당히— 헉?!"

가면 여자가 뿔피리로 조종하던 환신수 몇 마리가 잇따라 푸른 섬광에 맞고 얼어붙었다.

가고일이나 키마이라 등의 환신수가 움직임이 멈춘 직후, 이어서 날아온 추가 사격이 그것들을 산산이 분쇄했다.

"동결탄과 저격…… 이 전법의 사용자는—."

피융! 그 순간 발사된 한 가닥 빛줄기가, 여자의 몸을 뒤덮은 장갑기룡에 명중했다.

손에 든 블레이드가 얼어붙는 것을 보고 깜짝 놀라 눈을 부릅뜬 순간, 눈앞에 소녀가 날아왔다.

"재미있어 보이는 이야기구나. 내게도 들려주지 않겠어?"

《파프니르》를 장착한 크루루시퍼가 《동식투사》를 들고 총구를 내밀었다.

"생각보다 빠르잖아? 유미르 교국에서 추방된, 유적의 열쇠 주제에—. 신왕국에 충성을 다해서 먹이라도 받아내겠다 이거야?"

"로자 경은 어디에 있어? 미안하지만 내겐 너 같은 말단이랑 놀아줄 여유가 없거든."

"—핫."

도발을 부드럽게 흘려 넘기는 크루루시퍼를 보며 여자는 가면 아래에서 흉악한 미소를 드러냈다.

"좋다고. 나는 『육형사』의 일원, 『천형(天刑)』의 젝타 베기오스. 모의전 같은 소꿉장난에 익숙해진 아가씨한테, 실전이 무엇인지 가르쳐 주겠어."

항구 도시가 한눈에 들어오는 등대 위에서, 크루루시퍼와의 싸움이 시작되었다.

†

"부, 부탁해. 환신수에게 습격당하고 있어! 도와— 크헉?!"

하늘을 누비는 환신수에게 쫓겨 달아나던 위병 하나가 후폭풍에 휘말려 무참하게 날아가 버린다.

"위병이 가장 먼저 줄행랑을 치다니, 어리석군. 아무리 장갑기룡을 가지지 못했다고는 하지만—"

트라이포트 서쪽에 존재하는 부두.

최근 며칠 동안은 찾아오는 배도 없어서 부쩍 조용해진 그곳에 《엑스 와이엄》을 장착한 검정 일색의 남자가 서 있었다.

육전형 기룡 《와이엄》은 제법 많은 양의 무기를 탑재할 수 있는 잠재력을 숨기고 있지만, 이 남자의 무장은 단 하나. 밧줄처럼 굵은 사슬과 그 끝에 달린 가시 돋친 철구다.

『쇄형(碎刑)』의 고르디아.

그것이 이 기골이 장대한 가면 사내의 이름이었다.

"하찮은 도시다. 그리고— 하찮은 나라다. 아무 힘도 지니지 못한 병사에, 어떤 의미가 있을까."

자문하는 것처럼 가면 밑에서 불분명한 목소리로 중얼거렸다.

이어서 간신히 살아 있던 병사를 향해, 다시 철구를 조준하여 집어던졌다.

철구는 눈에 비치지도 않을 만큼 고속으로 날아갔으나, 도중에 궤도가 틀어져서 부두 지면에 박혔다.

"크음……."

깨달았을 때는, 이미 고르디아 자신이 장착 중인 장갑기룡까지 무거웠다.

보라색 빛을 띤 중력장에 존재 자체가 붙들려 있었다.

"무기를 가지지 못한 사람을 향해, 잘도 그렇게까지 큰소리를 치는구나. 가장 하찮은 건 네 쪽이다! 지금 당장 투항한다면 반죽음으로 봐줄 수도 있다만?!"

신장기룡《티아마트》를 장착한 리샤가 상공에서 선고했다.

이미 특수 무장인 거포(巨砲), 《일곱 개의 용머리》의 조준은 고르디아에게 고정되어 있었다.
^{세븐스 헤즈}

강적이 출현하자 거한은 입꼬리를 비틀어 올렸다.

"신왕국의 공주 본인이 직접 나서다니 참으로 늠름하구나. 그 그릇, 시험해보도록 하겠다."

그 직후, 중력장에 짓눌려 전신이 봉쇄되었음에도 불구하고 거한이 질질 끄는 것처럼 움직이기 시작했다.

†

항구 도시 중앙의 청사 앞.

디스트 경을 포함한 부대의 사령관이 모여 있는 그 장소 앞에 세 번째 『육형사』가 나타났다.

『악한 왕』의 직속인 정예 기룡사 『육형사』는 맨 얼굴을 신왕국에 드러내지 않았다.

이어서 하얗게 칠한 가면을 뒤집어쓴 키가 큰 남자가 뿔피리를 불어서 환신수를 불러들였다.

"……네년이 『용비적』이 말하던 망국의 기룡사인가. 키리히메라고 했던가?"

"어머? 제 이름을 알고 계시는군요? 숨길 생각이었는데 말이에요."

그렇게 대답하며 요루카는 《야토노카미》의 광학 위장을 해제하고 남자 앞에 모습을 드러냈다.

한편, 『육형사』인 『염형(炎刑)』의 비지가 장착 중인 것도 동형기인 특장형 강화 범용기룡—《엑스 드레이크》였다.

동형기의 탐사장치라면 위장 기능을 사용 중인 상대라 해도 파악할 수 있다는 이야기였다.

"그 뿔피리를 그만 불고 로자 그랑하이드가 있는 곳을 알려주신다면, 최소한 살려드릴 수도 있답니다?"

요루카가 카타나 형태의 블레이드를 내밀고 선언했지만 비지는 꿈쩍도 하지 않았다.

"구제국 시절부터 신왕국에 이르기까지 주인을 바꿔가며 살아온 개 주제에, 거 참 잘도 짖어대는군."

더욱 조소를 담아 뿔피리를 불었지만— 다음 순간, 그 오른 팔의 장갑과 뿔피리가 한꺼번에 두 조각으로 나뉘었다.

"—헛?!"

분명 간격 밖에 있었을 텐데 순식간에 육박하여 절단한 그 기술에 비지는 소스라치게 놀랐다.

비지가 급히 네 다리를 움직여서 뒤로 도약하자 요루카는 눈매를 살짝 가늘게 만들었다.

"공교롭게도 제게는 감정이 없답니다. 그러니 그런 영양가 없는 이야기는 사양하겠사와요. 그래도— 혹시나 한 번 더 말할 여유가 있으시다면야, 계속해도 상관없답니다?"

"……큭!"

순식간에 위험을 감지한 비지는 희소 무장인 배낭에 든 기계를 작동시켰다.

그 직후 요루카가 그를 쫓아 도약했을 때, 주위의 건물이 불길에 휩싸였다.

†

"그럭저럭 봐줄만 하잖아? 곧장 우리들 쪽으로 달려오다니."

『탑』에서 가장 가까운 동쪽 전선 기지.

그 앞에 있는 흉벽 위에는 얼굴을 드러낸 여자가 서 있었다.

이곳에 체류 중인 헤이부르그 공화국의 지휘관인 여장군은 호적수가 등장하자 씨익 웃었다.

"귀찮은 건 이 도시에 떠넘기긴 했지만, 역시 유적 공략이라는 건 숨 막히는 일이거든. 인간 상대 쪽이 훨씬 싸우는 보람이 있다는 말이다. 그렇게 생각하지 않나? 세리스티아."

《린드부름》을 장착한 세리스는 흉벽 위에서 조용히 자신의 적을 노려보았다.

"유감스럽게도 당신의 의견에는 찬동할 수 없습니다. 저는 사람과 싸울 때 더욱 신경을 쓰거든요."

"호오? 그렇다면 항구 도시의 주민들을 환신수의 공격 앞에서 구해주는 게 어떤가? 이런 인기척 없는 곳에 있지 말고."

"……언제까지 신왕국에 원한을 퍼부을 생각입니까? 그렇게까지 구제국 시절에 받은 빚을 돌려주고 싶은 겁니까? 이런 계획을 실행하면서까지."

구테페리카는 시치미를 뗐지만 세리스는 받아들이지 않았다.

그 초연한, 다른 이를 압도하는 시선을 보내며 조용히 물어보았다.

그것은 이 상황이 『악한 왕』이 꾸민 신왕국을 멸망시키기 위한 계략이라는 것을—.

현상금이 걸린 룩스를 환신수의 습격을 가장해서 끌어내려고 했다는 것을 구테페리카도 인정하고 있음을 전제로 한 대화였다.

"이상하군. 귀공이라면 분명 내 기분을 이해할 수 있을 거라고 생각했는데?"

구테페리카는 어깨를 흔들며 큭큭 웃더니 불손한 표정으로 세리스를 노려보았다.

"귀공은 질리지도 않는가? 그저 환신수의 위협 앞에서 민중들을 지키기만 하는 나날이, 나는 끔찍하게 지루했다고. 그군사, 『창조주』인 헤이즈가 온 뒤로는 더욱 심해졌지."

어딘가 먼 곳을 바라보는 듯한 눈초리로 하늘을 올려다본 후, 천천히 기공각검의 자루에 손을 댄다.

"『거병』은 녀석의 관리 하에 놓였고, 우리는 환신수와 싸울 필요가 없어졌다. 구제국에 빚을 갚기 위해 몇 년을 들여 길러온 힘을 휘두를 기회도 사라졌지. 이런 잔혹한 이야기가 또어디 있을까?"

"그 욕망을 채울 수 있다면, 평화 같은 건 바라지 않는다는 ― 누구를 상처 입히든 상관없다는 겁니까?"

"헤이부르그에서도 네 소문은 자자하다고? 누구보다도 장갑기룡 훈련을 열심히 한다지? 지겹지 않은가? 그렇게 단련한 실력을 제대로 휘두를 수 없다니―!"

그렇게 말하며 기공각검을 신속하게 휘둘러서 무영창 고속소환으로 《엑스 와이번》을 장착했다.

그 손바닥에는 파직파직 튀는 빛을 띤, 기묘한 장검형 무장이 쥐여 있었다.

아마도 세리스가 가진 《뇌광천창》과 비슷한 희소 무장의
일종이리라.

"그렇습니까. 그렇다면 제 쪽에서 해드릴 말은 없군요. 싸우
는 것의 두려움을 모르고 힘에 취한 자 따위는— 저와 그의
적수가 아닙니다."

"시험해 보겠나? 이번에는 모의전처럼 중단되는 경우는 없
을 거라고!"

구테페리카가 눈을 부릅뜨는 동시에 《엑스 와이번》이 날아
올랐다.

폭발적인 기세로 달려드는 구테페리카를 요격하기 위해서
세리스는 재빨리 창을 당겼다.

†

무수한 폭격음이 일어나는 동시에 섬광이 불꽃처럼 밤하늘
을 밝혔다.

환신수의 습격으로 인해 불길이 곳곳에서 치솟는 가운데 룩
스는 아이리와 함께 은신처인 저택에서 숨을 죽이고 있었다.

그때마다 표정이 험악해지는 룩스의 손을 꽉 쥐고서 아이
리는 호소했다.

"안 돼요, 오빠."

"응, 알고 있어……."

뿔피리로 환신수를 조종하는 것으로 여겨지는 『육형사』의

위치는 요루카가 《야토노카미》의 광범위 탐색 기능으로 알아냈다.

하지만 그토록 대단한 그녀들이라 해도 전력이 부족했다.

이 트라이포트 쪽으로 보내진 환신수는 트라이어드와 피르히가 요격하기로 했지만, 역시 불안이 가시지 않았다.

"조금만 참으면 돼요. 지금 오빠의 체력으로는 《바하무트》를 겨우 몇 분밖에 다룰 수 없어요. 오빠의 몸을 지키기 위해서만 사용해주세요."

"……하지만 생각했던 것보다 수가 많아. 이대로라면, 이 도시에 엄청난 피해가 발생할 거야."

물론 헤이부르그 병사들의 눈에 띄어 붙잡힐 위험이 있지만 그건 감수할 수밖에 없다.

이 도시에 있는 렐리나 디스트 경까지 당해버릴지도 모르는 것이다.

룩스가 깊은 한숨을 내쉬며 기공각검의 자루를 쥐었을 때, 저택 밖에서 목소리가 들려왔다.

"아무나! 도와주세요! 룩스 씨……!"

"……헉?!"

자신의 이름이 아니라, 기억에 남아 있는 목소리에 룩스는 반응했다.

즉시 커튼을 열고 창문 아래를 보자 그곳에는 어깨에서 피를 흘리며 헐떡이는 카렌시아가 있었다.

─이이이이이이잇!

룩스가 헙 하고 숨을 삼킨 순간 뿔피리 소리가 다시 울려 퍼졌다. 날개를 가진 환신수─ 가고일이 카렌시아를 향해 달려들었다.

"위험해! 내가 아니면─!"

아이리의 제지마저 뿌리치고서 룩스가 《바하무트》의 기공각검을 뽑은 순간, 바로 옆에서 목소리가 들려왔다.

"Yes. 제게 맡겨주세요."

아이리의 친구인 트라이어드의 일원, 녹트의 말.

아마도 《드레이크》로 눈에 띄지 않게 행동할 수 있는 그녀는 이 주변에 숨어 있던 것이리라.

하지만 적이 가고일 한 마리뿐이라고는 하나 역시 환신수는 강력하다.

신장기룡을 보유한 다른 『기사단』 멤버라면 몰라도, 범용기룡 사용자인 녹트에게는 짐이 무거울 터.

그렇게 생각한 룩스는 그녀에게 가세하려고 1층으로 내려가, 문을 열었다.

그러자─.

"갸아아아아아악……!"

사지가 절단된 금속질 익인(翼人)이 지상에 떨어져 폭발하며 사방으로 흩어지는 광경이 눈에 들어왔다.

"어─?"

"이제 주위에 다른 환신수의 반응은 없습니다. 사람의 기척도 그녀뿐입니다. 어떻게 하시겠습니까? 룩스 씨."

"그러니까— 지금 그거, 녹트가 혼자 한 거야?"

"Yes. 이 상황에서는 룩스 씨의 호위에 인원을 넉넉히 할애할 수 없으므로, 환신수의 종류와 숫자에 따라서는 도주 지원만이 아니라 전투를 대비하고 있었습니다."

평소처럼 냉정한 표정으로 소녀는 담담하게 말했다.

놀랐다.

룩스가 보지 않는 곳에서 트라이어드 멤버들도 훈련을 하고 있다는 이야기는 들었지만, 가고일 한 마리를 어렵잖게 쓰러뜨릴 정도였다니……

"하지만 정작 룩스 씨는 저를 믿지 않으신 모양이군요. 맡겨만 달라고까지 했는데, 참으로 안타깝습니다. 하아……"

일부러 티가 나게 무미건조한 목소리로 말하는 녹트를 보며 룩스는 허둥댔다.

"미, 미안해. 하지만, 정말 대단하더라. 어떻게 쓰러뜨린 거야?"

"No. 기업 비밀입니다. 그보다—."

녹트가 시선을 옆으로 옮기자, 그곳에는 어깨를 다친 카렌시아가 있었다.

"카렌시아 씨. 그 상처는 대체 어쩌다가……?"

룩스가 묻자 안경을 쓴 소녀는 힘없이 무릎을 꿇으며 고개를 숙였다.

그리고 분한 듯 아랫입술을 깨문 다음 호소하는 듯한 눈빛으로 입을 열었다.

"보이는 대로예요. 로자 그랑하이드에게 역습당하고 말았습니다. 그녀를 가둬두었던 감옥에 탈출로가 숨겨져 있어서―. 아마도 부하의 도움을 받아 탈출한 후 신왕국으로 떠난 것 같습니다."

"……윽?! 그럼, 오늘 밤의 소동은―."

"Yes. 정말로 로자 경이 이곳에 와 있는 거라면,『육형사』들에게 지시를 내리고 있다고 생각합니다. 하지만 당신은 어쩌다 상처를……?"

아이리의 혼잣말에 녹트가 살을 붙여서 질문했다.

그러자 카렌시아는 자신의 두 어깨를 감싸고 덜덜 떨었다.

"로자에게 당했습니다. 그녀는 이 소동을 틈타 그것을 불러낼 생각이에요.『탑』에 존재하는 종언신수―『메타트론』을."

"설마?! 아직 12층까지는 도착 못 했다고―."

그 이야기를 듣고서 룩스는 즉시 경계하는 표정을 지었다.

하지만 그건 순진한 생각이라고 고쳐 생각했다.

로자가 뒤에서 조종하고 있는 헤이부르그 군이 처음부터 신왕국에 큰 타격을 주기 위해『탑』을 공략한 거라면 태연하게 거짓말을 할 것이다.

메타트론은『탑』내부의 상자에서 획득한 고문서에 기록된 천사형 라그나뢰크인 듯했다. 그 이상의 정보는 얻지 못했지만 총력을 동원해서 맞서지 않으면 위험하다.

현재는 뿔피리를 가진 『육형사』를 막기 위해 이쪽의 전력을 분산시켜 두었다.

그 틈을 노려 라그나뢰크를 해방시킬 생각인 것이다.

"헤이부르그 군의 일부가 라그나뢰크가 있는 것으로 예상되는 방까지 진군했습니다. 부탁드려요, 룩스 씨……. 로자가 전선 기지를 떠나 라그나뢰크를 부르기 전에, 제발—."

카렌시아가 숨을 거칠게 헐떡이며 애원했다.

그녀가 손가락으로 가리킨 방향— 화톳불에 밝혀진 전선 기지 주변에 군복을 입은 붉은 머리카락의 소녀가 몸을 질질 끄는 것처럼 걸어가는 모습이 보였다.

더 이상 거절할 이유는 없었다.

이대로라면 이 트라이포트를 시작으로 신왕국 전체가 위기에 맞닥뜨리게 될 것이다.

"녹트, 너는 도시 중앙으로 가. 모두에게 이 사실을 알려줘!"

"Yes. 하지만 현재 룩스 씨의 상태로는—."

"그래요! 오빠도 같이 가요. 그 몸으로는, 제대로 싸울 수가—."

"괜찮아. 내가 꽤 지친 건 사실이지만, 로자의 상처도 쉽게 나을 수준은 아니었어. 이런 내게도, 그녀를 막을 힘 정도는 남아 있어."

"……."

강한 의지를 담은 룩스의 눈동자를 보고서 아이리는 한숨을 쉬었다.

"모쪼록 조심, 또 조심하세요. 바로 트라이어드 여러분께 도움을 요청할 테니까. 그리고—."

"응, 알고 있어. 이 이상 무리한 짓은 하지 않을게."

"Yes. 탐사장치를 확인해보니 전선 기지까지 가는 길에 환신수나 장갑기룡의 반응은 없습니다. 조심하시길."

《드레이크》의 기술인 스텝을 사용해서 녹트가 도시 중앙을 향해 도약했다.

한편, 룩스는 카렌시아에게 로자 곁으로 안내해달라고 부탁했다.

"이쪽이에요. 제 기공각검은 빼앗기는 바람에 옮겨드릴 수는 없지만……."

그리고 카렌시아는 면목 없다는 것처럼 룩스의 허리춤을 보았다.

현재 룩스도 《와이번》의 기공각검을 빼앗겼기 때문에 사용할 수 없었다.

《바하무트》를 사용하면 한달음에 도착할 수 있을 테지만 곧 벌어질 전투를 생각하면 쉽게 사용할 수 없다.

아이리의 판단으로는 지금 룩스의 몸으론 『한계돌파』를 사용하지 않는다 해도 가동 시간은 3분이 채 되지 않았다.

그래서 카렌시아와 함께 두 다리로 직접 걸어갔다.

그때, 문득 룩스의 입에서 말이 흘러나왔다.

"……카렌시아 씨. 그 뒤로 스테파와는 만나보셨나요? 그녀는 계속, 로자와 당신을 만나고 싶어 했는데."

"……아뇨. 그녀를, 볼 낯이 없어서요. 저는 지금까지 계속 로자에게 거역하지 못하고, 그녀가 시키는 대로 해왔으니까요."

"……."

"하지만 이번에야말로 반드시 막아야만 합니다. 그녀가 라그나뢰크를 해방시키고, 신왕국을 멸망시키기 전에—."

"그런가요."

카렌시아의 대답을 듣고, 룩스는 차분하게—.

그러나 무언가를 꾹 참는 듯한 표정으로 중얼거렸다.

"그럼, 역시 너였구나. 이 싸움을 계획한 건."

"—네?"

당황한 표정을 보이며 카렌시아가 멈춰섰다.

"무슨 말씀이시죠? 저는 이제 더 이상 로자의 명령은 받고 있지 않아요! 지금까지는 그녀가 인질을 잡고 있어서 따를 수밖에 없었지만—."

"아니야, 카렌시아. 명령을 내리던 사람은 그 반대지. 그때 로자를 죽이지 않은 덕분에, 피르히가 막아준 덕분에, 나는 겨우 진실을 깨달았어."

"오빠, 그게 무슨 소리…… 인가요?"

룩스는 당황하는 아이리를 자신의 등 뒤로 보내며 기공각검을 뽑아 그 끝을 카렌시아에게 내밀었다.

추적추적 내리기 시작하던 가랑비가 서서히 기세를 더해갔다.

그 비는 밤의 항구 도시에 한층 더 짙은 그림자를 드리웠으며, 눈앞에 있는 소녀의 안색조차 지워버렸다.

"생각해보면 모든 게 다 이상했어. 사촌 동생인 스테파 하
즈마이스가 살아남은 게. 그녀의 눈이 멀어버린 게. 그리고
네가 스테파와 만나는 걸 거부하는 게. 나는 계속 로자가 너
와 관련된 인질을 잡고 있다고 생각했어. 하지만 그 반대였던
거야. 네가 진짜 카렌시아를 죽이고 바꿔친 거지. 아직 사관
후보생일 때, 사람들이 확실하게 알아차리기 전에—."

"——."

"내 《와이번》의 기공각검을 훔쳐간 것도 너야. 내가 의식을
잃은 순간 그 자리에 있었다면 쉽게 처리할 수 있지. 그리고
그 직후에 부하에게 명령을 내려서 내게 죄를 뒤집어씌우는
것도 가능했을 거고. 내 말이 틀린가?"

"아하하하하."

희번득, 하고.

어둠속에 녹아든 소녀의 전신 중에서, 그 두 눈동자만이 빛
을 발했다.

"이상한 소리 하지 마세요, 룩스 씨. 제가 계속, 그녀에게
시달리던 모습을 보셨잖아요? 게다가 다들 로자를 두려워하
지 않았던가요? 헤이부르그 국민들도, 병사들도, 전부—."

"맞아, 네가 로자에게 명령한 거지. 악을 실천하지 않으면
살아갈 수 없다고. 로자의 가족도 친구인 스테파도 네 손으로
전부 죽이라고, 그렇게 협박하고 계속 명령한 거라고. 너야말
로 로자를 세뇌해서 악의 길로 빠뜨린, 그녀를 대역으로 내세
워 헤이부르그를 지배한 『악한 왕』. 그게 네 정체야."

"......"

"그럼, 로자 경을 붙잡았는데 오빠에게 현상금이 걸린 것도, 감옥 안에 있는 로자 경을 구출한 것도, 이 사람이—?!"

그렇게 생각하면 모든 아귀가 맞아떨어진다.

지하시장에서 로자 그랑하이드가 만전의 태세로 룩스를 해치우러 온 것.

『용비적』과의 뒷거래를 통해 얻은 물건이 창고에서 사라진 것.

카렌시아가 룩스에게 접근해서 자신을 로자에게서 구해달라고 요청한 것은 이쪽의 반응을 살펴보기 위해서였던 것이다.

그리고 아마도 쓰러질 거라고는 생각하지 않았던 로자가 패한 순간, 룩스에게 그녀를 죽이게 해서 증거인멸을 꾀하고 동시에 암살자라는 누명까지 씌울 생각이었다.

"흐음. 어쩔 수 없네—. 악당 퇴치에 푹 빠진 『영웅님』 같은 건, 간단하게 속여 넘길 수 있을 거라고 생각했는데—."

안경을 스윽 벗고서 카렌시아는 그 본성을 드러냈다.

잔인한, 그리고 냉혹한 적의로 점철된 독한 눈동자.

악의 연기를 강요받아온 로자 그랑하이드와 조금도 다르지 않은 이질적인 인상이었다.

"있잖아, 룩스 군. 진정한 악당이란 말이지, 보이는 곳에서는 싸우지 않는 법이야. 자기 손을 더럽힐 일은, 위험한 길은, 다른 누군가에게 맡기면 되지. 하지만 그건— 결코 나쁜 짓이 아니라구? 어른이라면 다들 하는 짓이야. 하지 않는 쪽이 멍청한 거지. 당하는 쪽이 얼빠진 거지. 그러니까 나는 나쁘지 않아. 왜냐하면 나는 나쁘지 않으니까. 헤이부르그에서는 그 누구도 나를 나쁘다고 생각하지 않으니까. 악행을 저질러온 로자에게 고통 받는, 가여운 죄 없는 소녀야. 그렇지? 룩스 군. 너만 입 다물어주면 내 순수함은 지켜진다구. 미래에도 영원히— 말이지."

처절하게 웃은 카렌시아가 본성을 숨긴 목소리로 말했다.

"……."

그녀가 어떤 이유에서 이런 악행을 저질러온 것인지 룩스는 상상할 수 없었다.

연합의 정점에 올라서서 『대성역』에 도달하겠다는 출세욕.

물론 그것도 한 이유일 테지만 그 이상으로 무시무시한 것을 깨달았다.

그녀는 원하는 것을 얻고, 싫어하는 것을 버린다. 사람들을 괴롭히고 학대하는 욕망에 황홀해하며, 동시에 주변으로부터 제대로 된— 아니, 그 이상으로 천성이 선한 사람으로 대우받고 싶다는 일그러진 쾌락을 바라고 있다.

자신만은 위로를 받고, 칭찬을 받는 자리에 계속 남아서, 자신을 손을 더럽히지 않고 남들을 괴롭히며 상처 입힌다.

그것은 백성들의 반감을 알면서도 폭정을 휘두르던 구제국의 왕후 귀족들보다도 어두운 『흑(黑)』이었다.

룩스는 말없이 기공각검 끝을 카렌시아에게 겨누었다.

"자 그럼, 시작해볼까? 룩스 군. 너는 로자를 죽인 죄를 무마하기 위해 동료들과 함께 헤이부르그를 무너뜨리려고 했어.

세계 연합을 적으로 돌린 그 죄를, 신왕국과 함께 책임져줘야 겠어."

바닥이 존재하지 않는 늪과 같은 악의 결정체.

일그러진 미소를 지은 카렌시아가, 가방 안에 몰래 숨겨두었던 짧은 칼을 뽑았다.

룩스는 그것을 알아차린 순간 그녀의 오른팔을 베었다.

애초에 이런 상황이라면 본체를 직접 제압하는 쪽이 빠르다.

하지만 카렌시아는 두 팔에서 피를 흘리면서도 동요하지 않고, 그 일곱 색으로 빛나는 칼날을 자신의 가슴에 꽂았다.

"엘릭시르?! 『용비적』과의 거래로 얻은 건가?!"

알아차렸을 땐 이미 늦었다.

일곱 색의 빛이 카렌시아의 신체에 녹아들고, 검은 문양이 퍼져나가며 물들였다.

인간의 육신을 초월한 존재, 마인으로 변모하는 동시에 그 존재는 달려들었다.

"우샤아아악!"

"─오빠?!"

아이리의 겁에 질린 목소리가 들려오는 가운데, 룩스는 간신히 적의 첫 일격을 막아냈다.

약을 다 주입하고 역할을 마친 엘릭시르의 칼날이 《바하무트》의 기공각검과 부딪치며 산산이 부서졌다.

"큭─?!"

칼날 파편에 오른쪽 눈 밑을 찢겨서 그 통증에 눈살을 찌푸렸다.

카렌시아는 기공각검을 뽑아 위축된 룩스의 가슴을 찌르려는 자세를 취했다.

"잘 있어, 악당."

진홍으로 물든 두 눈을 크게 뜨고서 비웃은 그 순간, 카렌시아의 몸이 옆으로 날아가버렸다.

"……윽?!"

그 자리에 있던 모두가 숨을 죽인 순간, 사슬 한 가닥이 룩스의 눈앞을 가로질렀다.

"피이?!"

룩스가 소리를 지르며 돌아보자 그곳에 대답이 있었다.

신장기룡 《티폰》을 장착한 피르히가 《파일 앵커》를 날려 카렌시아의 흉행을 막아낸 것이었다.

"루우는 로자한테 가. 다른 사람들도 곧, 쫓아갈 테니까—."

"하지만……?!"

룩스가 뭐라고 대답하기도 전에 앵커 끝부분이 카렌시아의 몸통을 물고 엄청난 속도로 끌어당겼다.

피르히의 특기인 격투술을 활용하여 《티폰》으로 끌어당기기 철권을 날리려는 찰나, 구속이 풀렸다.

"──?!"

"아하아—."

카렌시아는 앵커 끝에 걸린 자신의 옷을 기공각검으로 잘라서 벗어나는 동시에 공중에서 자세를 가다듬었다.

동요한 피르히가 눈을 깜박거리는 틈에 카렌시아는 기공각검의 자루를 눌렀다.

"오려무나, 《알크라》!"

그 직후 엄청난 빛의 입자가 소용돌이치며 빨갛게 녹슨 듯한 광택의 장갑이 현현했다.

사용자의 몸이 장갑에 묻힐 정도로 우락부락한 거체에, 이중 관절구조의 거대한 장갑 팔.

마치 그 자체가 하나의 요새 같은 신장기룡을, 카렌시아는 장착했다.

몸통과 양 어깨에서 뻗어 나온 네 개의 팔 중 하나에는 리샤의 《세븐스 헤즈》와 거의 비슷한 크기의 거포가 부착되어 있었다.

"이건— 이 형태는, 설마……!"

"신장기룡 《알크라》— 운이 좋은걸? 죽기 전에 추억도 다 남기고."

학원제가 끝날 무렵에 싸웠던 『육형사』의 일원, 『엽형(獵形)』의 젤다프 베일을 파괴한 장갑기룡의 형태와 일치했다.

요컨대 로자의 《고리니시체》의 신장을 이용한 변형체도, 카렌시아의 정체를 파악하지 못하게 하기 위한 가면에 불과했다는 것이다.

"이 장갑기룡은 무척 강하지만 연비가 나쁜 게 단점이란 말이지. 하지만 괜찮아— 난 지금 『세례』에 의해, 엘릭시르의 가호를 받고 있어……《흑익복(黑翼覆)》!"

"······큭?!"

일단 룩스도 참전하기 위해 《바하무트》를 소환하려는 찰나
이변이 일어났다.

주위에서 일제히 빛이 사라지고, 모든 것이 어둠속에 갇혔다.

"이건?! 대체 무슨 일이—?"

거리에 남아 있던 불빛이 전부 사라져버린 것이 아니다.

옆에 있는 아이리의 모습도, 쥐고 있는 기공각검의 감촉도
— 비의 차가움도 느껴지지 않는다.

룩스의 오감 자체가 남김없이 지워졌다.

'그렇다면, 이게 《알크라》의 신장인가?!'

자신을 중심으로 반경 수십 메르의 결계를 만들어, 그 안
에 존재하는 생물의 오감을 봉인한다.

세계와 인식을 단절시키는 진정함 어둠.

룩스는 그것이 너무나도 무서운 능력임을 깨달았다.

아무리 대응책을 준비한다 해도, 인식하지 못한다면 움직
일 수 없다.

이 능력에 선공을 허용한 시점에서 장갑기룡을 착용하지
않았다면 궁지에 몰리고 만다.

이제는 다 틀렸다는 절망감이 룩스의 뇌리를 스쳐지나간
찰나, 피르히의 목소리와 함께 어둠이 걷혔다.

"—《무정한 과실》."

허무의 파동과 함께 어둠이 흩어지고 밤의 모습이 되돌아
왔다.

낙뢰의 섬광이 주위를 밝힌 직후, 《티폰》의 각 부위에서 발사된 앵커가 《알크라》를 휘감아 움직임을 봉쇄했다.

"헤에, 반응 좋은데? 하긴, 그것밖에 막을 방법이 없으니까."

《티폰》의 신장도 이미 조사해두었는지 카렌시아는 별로 동요하지 않았다.

반대로 피르히는, 드물게도 진지한 표정을 보이며 눈앞의 적과 대치했다.

"루우는 먼저 가. 여기는 내가, 어떻게든 할 테니까."

"하지만—."

금색으로 반짝이는 환신수의 눈동자를 드러낸 피르히를 보며 룩스는 불안감을 느꼈다.

신체를 환신수화 하지 않으면, 피르히는 《티폰》의 신장을 발동할 수 없다.

아이리가 뿔피리를 불어 내성을 기르는 훈련을 하고 있긴 하지만, 무리해서 싸우면 그대로 신체적인 부담으로 돌아와 환신수에게 마음을 빼앗기게 될지도 모른다.

"맡길 수밖에, 없어요."

아이리가 고뇌에 찬 표정으로 룩스의 소매를 가볍게 당겼다.

"《알크라》의 신장이 상대의 오감을 없애는 능력이라면, 신장을 무효화할 수 있는 피르히 씨 외에는 대항할 수 없어요. 이곳은 피르히 씨에게 맡기고 우린 로자 경을 쫓아가야 해요."

로자는 아마도 카렌시아의 명령을 완수하기 위해 『탑』의 문을 열려고 할 것이다.

그녀를 막지 못한다면 『탑』의 라그나뢰크 메타트론이 출현해서 룩스 일행은 협공을 받아 전멸할 수밖에 없다.

그렇게 되면 당연히 신왕국도 멸망의 위기에 놓이게 된다.

적어도 지금 『탑』으로 향하고 있는 로자에게는 더 이상 제대로 싸울 여력은 없을 터이다.

그렇다면―.

"피이! 최대한 빨리 그녀를 막고 도와주러 올 테니까! 그러니까……!"

"응……. 나중에 봐. 루우."

칠흑빛 두 눈동자에 금색 빛을 머금고서, 그럼에도 평소와 같은 모습으로 피르히는 미소 지었다.

그리고 눈앞을 막아 서는 카렌시아와 《알크라》를 향해 《티폰》의 주먹을 휘둘렀다.

"하아, 하아……!"

헤이부르그의 『악한 왕』― 카렌시아의 마지막 지령을 따라, 로자 그랑하이드는 몸을 질질 끌며 『탑』으로 향하고 있었다.

라그나뢰크가 존재하는 위치는 이미 파악해두었기 때문에 그 외벽에 미리 균열을 만들어두었다.

장거리 사격으로 그것을 저격해서 파괴하면, 라그나뢰크가 눈을 뜨고 밖으로 튀어나온다.

그리고 로자는 이 자리에서 떠나기만 하면 된다.

그것으로 자신의 임무는 전부 끝난다.

남자 군인에게 고문당하던 자신을 구해준 카렌시아라면, 이번에도 또 구해줄 것이다.

이미 이대로 쓰러지고 싶을 정도로 몸이 아팠지만 멈출 수는 없었다.

"로자! 기다려줘!"

"흑······?!"

뒤에서 들려온 룩스의 목소리에 붉은 머리카락의 소녀는 황급히 다리에 힘을 담았다.

자신은 그에게 지독한 짓을 했다.

그러니까, 붙잡히면 이번에야말로 자신을 죽일 것이다.

도망쳐야 해―.

도망쳐서 『악한 왕』에게 복종해야 해, 내 손으로 악을 행하고, 타인을 복종시켜야 해.

무언가에 떠밀려 움직이는 것처럼 마지막 남은 힘을 쥐어짜 냈을 때, 기룡사 한 명이 눈앞을 가로막았다.

"아―."

고개를 들어 위를 보니, 《와이엄》을 장착 중인 낯익은 남자가 있었다.

『육형사』, 『단형』의 브랜디쉬. 그 남자가 블레이드를 들어올리고 자신을 향해 내리치려고 자세를 잡고 있었다.

"어째서, 여기······."

"모르겠냐? 그럴지도 모르겠구만. 지금 네 힘으로, 저『탑』의 외벽을 일부라도 부술 수 있을 거라고 생각했냐?"

강마른 남자가 어딘가 공허한 눈으로 로자를 내려다보며 조용히 말했다.

"네가 이 이상 살아있으면 곤란하다고. 제대로 싸울 수도 없는 네 최후의 역할은— 여기서 미끼가 되어 줴지는 거다. 그게 우리의 주인께서 내리신 명령이다."

"거짓, 말……이지? 그치만, 난 아직—?!"

로자는 이미 깨닫고 있었다. 『악한 왕』이 자신을 버렸다는 것도, 이 결말이 불가피하다는 것도.

모든 것에 절망한 로자는 눈을 감았지만.

그 순간, 누군가가 눈앞에 끼어들었다.

"—갸아아악!"

탁한 비명이 내지르며 강마른 남자는 바닥에 쓰러졌다.

정신을 차린 로자 앞에는 세 갈래로 딴 머리카락이 눈에 띄는 중성적인 용모의 소년— 《엑스 와이번》을 장착한 코랄이 서 있었다.

"당신, 은……?"

"어떻게든 제때 도착해서 다행이네. 조금 전에 룩스 군에게 가봤더니 너를 구해달라고 부탁받았거든."

"어째서, 그 사람들이……."

로자는 룩스 일행을 함정에 빠뜨리고 다치게 한 자신을, 어째서 그들이 구하려고 하는 것인지 영문을 모르겠다는 표정으로 중얼거렸다.

"글쎄, 나도 잘 모르겠어. 악과 정의 중에 어느 쪽이 우월한

지 말이야. 하지만—."

코랄은 그렇게 잠시 사이를 두고 로자의 손을 잡더니 소박한 미소를 지으며 이어서 말했다.

"룩스 군이 그 나름대로의 정의를 관철하려 하는 것도 분명 편하기만 한 길은 아닐 거야. 원치 않는 악행을 저질러야만 했던 너라면, 그의 마음을 이해할 수 있지 않을까?"

"저, 는—."

그 한마디에, 로자의 가면이 조각조각 부서지며 벗겨지기 시작했다.

자신과 친구를 지키기 위해 모든 것을 속여야만 했던, 나약한 소녀의 진짜 얼굴이 드러났다.

†

"하아, 하아……! 말단 주제에 사람 힘들게 하는군, 이 덩어리 자식."

트라이포트 서쪽 부두에서 교전 중이던 리샤는 눈앞에서 정신을 잃은 남자를 내려다보았다.

『육형사』의 일원, 《엑스 와이엄》을 다루는 고르디아는 강적이었다.

원래는 원거리 공격에 특화된 《티아마트》가 압도적으로 유리하지만, 뿔피리를 불 틈을 주지 않기 위해서는 리샤가 항상 공격해야만 하는 상황이었기 때문이다.

그리고 지금은 주민들이 거의 다 떠났다고는 해도, 가옥이나 선박을 파괴에 말려들게 할 수는 없다고 배려한 것이 고전하게 된 원인이다.

특히 거대 철구를 가볍게 다루는 적의 기술이 대단해서 몇 번이나 열세에 몰렸다.

그러나 결국 리샤는 지금까지 쌓아온 힘.

기룡 개발이라는 독자적인 재능을 활용하여 끌어낸 신기술이 결정타가 되어 훌륭하게 승리를 얻어냈다.

"그나저나 역시 이건 지치는군. 지금까지 개발에 전념했지만, 앞으로는 체력도 좀 길러야……."

리샤는 홀로 투덜거리며 장갑을 해제하고 이번에 사용한 기공각검 두 자루를 칼집에 넣었다.

그녀는 허리띠에 검을 세 자루, 게다가 등에도 한 자루를 차고 있었다. 일반적으로는 말도 안 되는 모습이었다.

"흐응, 그게 네 새로운 비장의 수단인가 보네? 꽤 하는걸?"

"……윽?! 아니, 뭐 하러 왔냐, 크루루시퍼! 어서 다른 적을 찾아!"

부두 상공에 나타난 《파프니르》을 보며 리샤는 무심결에 소리를 질렀다.

"말하는 것 좀 봐. 나의 전력―『완전결합^{풀 커넥트}』을 사용하지 않으면 위험한 상대였으니까, 네가 걱정돼서 도와주러 온 거라구."

장난스러운 크루루시퍼의 말에 리샤는 강한 척 하며 팔짱을 꼈다.

"필요 없어. 실력이 올라간 게 너 혼자만이라고 생각하지 말라고."

"어머, 그렇다면 휴식 없이 여기서 떠날 수 있지? 환신수는 그녀들이 거의 다 쓰러뜨린 것 같지만, 룩스 군도 걱정되고."

"뭐?"

리샤가 다시 《티아마트》를 장착하고 크루루시퍼와 함께 동쪽으로 향하자, 그곳에는 이미 두 명의 『육형사』를 쓰러뜨리고 도시 중앙으로 모여든 나머지 환신수를 사냥 중인 세리스와 요루카가 있었다.

"저 두 사람, 무슨 괴물이냐……?"

리샤가 질려버린 말투로 중얼거렸지만 크루루시퍼는 조용히 고개를 저었다.

"그렇지만은 않아. 그녀들의 기본적인 능력이 남다르다는 건 틀림없어. 그치만— 적도 꽤나 흉악했을 거야."

"엇……?!"

눈에 힘을 주고 잘 살펴보자, 멀리에서도 두 사람의 모습에서 그 치열한 전투의 흔적을 찾아볼 수 있었다.

브레이크 퍼지로 장갑 일부를 해제해서, 다양한 기능을 포기하는 대신에 일점돌파 태세에 들어가는 양날의 검.

세리스가 그 기술을 사용했다는 건, 그만큼 벅찬 상황이었다는 증거였으며—

"응? 뭐야, 요루카 쪽도 뭔가 이상한데. 《야토노카미》의 전체적인 프레임이, 어째 좀 찌그러진 것 같은—."

"용케도 이렇게 먼 거리에서 그런 것까지 알아보는구나…… 너의 그 마니아적인 모습은 볼 때마다 놀랍다니까."

"그런 거 아니라고! 그 뭐냐, 여기엔 제대로 된 이유가 있단 말이다. 나는 최근에, 저 음란녀의 장갑기룡도 정비해줬거든."

"그랬어?"

크루루시퍼는 드물게도 멍한 표정으로 물어보았다.

"그래. 헤이즈 밑에서 떠난 이후로 제대로 된 정비사에게 맡기질 못했으니까. 그 녀석의 신장기룡은 특제라서, 정비 난이도가—."

"정말이지, 너도 참 아까운 게 많다니까. 여러가지로—."

"쓸데없는 참견이닷?!"

눈을 반쯤 감고 이마를 짚는 크루루시퍼를 보면서 리샤는 저도 모르게 버럭 소리 질렀다.

하지만 환신수에게 쫓기고 있는 시민을 보고 즉시 서로 호흡을 맞췄다.

"지금이다! 내게 맞춰라, 크루루시퍼!!"

상인으로 보이는 남자를 뒤쫓는 키마이라 두 마리를 《공정 요새》레기온로 견제하고, 그 틈에 《파프니르》의 동결탄으로 움직임을 봉쇄했다.

하지만 여기서 리샤가 추격타를 날리는 것보다 빠르게 기룡의 그림자가 옆에서 달려왔다.

"늦었잖아요, 리즈샤르테."

"자아, 이것으로— 마지막이어요."

세리스의 《린드부름》이 랜스로 한 마리의 핵을 꿰뚫고, 요루카가 휘두른 블레이드가 나머지 한 마리를 양단했다.

그 멋진 움직임에 눈길을 빼앗겼던 리샤가 입술을 삐죽 내밀었다.

"멋대로 가로채가지 마! 그리고 네 기룡은 내가 손질 해줬다고!"

"네. 그 점에 관해선 감사히 여기고 있사와요. 그래서 도와드린 것이지요."

태연하게 웃는 요루카를 보자 리샤는 마땅히 할 말이 떠오르지 않았다.

"그보다 얼른 가자. 룩스 군이 걱정돼."

"그렇군요. 피르히가 호위로 돌아와 주었지만, 아직 라그나뢰크 문제도 있습니다."

세리스는 그렇게 말하고 『탑』 방향을 노려본 찰나 눈을 부릅떴다.

"저건—?!"

계속해서 리샤가 멀리 떨어져 있는 거주구역을 보고 말을 잇지 못했다.

원래 조명이 적은 거리이긴 하지만, 그 일대가 검은 반구형의 장막에 뒤덮여 있던 것이다.

라그나뢰크인지, 아니면 적의 신장기룡의 능력인지는 알 수 없지만, 어찌 됐든 룩스가 위험하다—

그렇게 생각하며 저마다 힘을 담았을 때, 문득 배후에서 목소리가 들렸다.

"큭큭큭, 아주 놀라워. 설마 진짜로 우리를 상회하는 실력자였다니."

『육형사』의 일원으로 판명된 구테페리카.

타오르는 불꽃처럼 꼬인 곱슬머리를 드리우며 군복 차림의 여장군이 오만하게 웃었다.

그러나 이미 보기만 해도 신체는 한계였다.

몸을 감싸고 있는 《엑스 와이번》은 장갑과 무장이 파괴되었으며, 입에서 핏덩이를 토하는 모습은 어딜 보나 전투할 수 있는 상태가 아니었다.

"훌륭해, 정말 대단하다고. 기이하게도, 내 소원은 이루어졌다. 너희 신왕국을 쳐부수기 위해 얻은 힘은, 역시 역부족이었다고. 그리고— 군인으로서의 체면도 지켰다."

공허한 표정으로 계속 중얼거리는 구테페리카의 말을 듣고 리샤가 눈살을 찌푸렸다.

"……뭐라고?"

"너희는 우리 주인님의 책략에 걸려들었다는 말이다……! 라그나뢰크는 여타 환신수와 마찬가지로, 다른 생물을 보았을 때부터— 활발하게 움직이지. 우리 주인님의 신장기룡인 《알크라》의 장막을 해제해서 모습만 보여준다면, 언제든 싸울 수 있게 준비해두었단 말이다……! 자, 오너라! 『탑』에 둥지를 튼 왕좌의 수호자여!"

그 순간, 저 멀리 도시 너머에 존재하는 『탑』 상층부의 벽이 굉음과 함께 무너져 내렸다.

그와 동시에 구테페리카가 스스로 수직으로 상승하였고, 그 몸은 한 줄기 섬광에 휩쓸려 분쇄되었다.

"―큭, 『탑』의 최상층 근처를 파괴해서 외부로 드러낸 건가?!"

직감적으로 상황을 파악한 리샤가 부서진 《엑스 와이번》의 잔해를 보고 저도 모르게 소리쳤다.

"그리고 라그나뢰크의 눈이 닿는 높이까지 날아올라서, 자기 발로 먹잇감이 되었다…… 그런 걸까?"

"그녀의 주인이라는 작자는 도대체 무엇을 생각하고 있는 겁니까."

크루루시퍼의 이마에 식은땀이 맺히고, 세리스의 안색이 새파랗게 질렸다.

"잡담 하고 있을 여유는 없사와요. ―이제 올 거라고요?"

그러나 평소와 다르지 않은 요루카의 목소리를 듣고서 전원은 평정을 되찾았다.

그 순간, 리샤는 숨을 힘차게 내뱉으며 고무하는 것처럼 기공각검을 들어 올렸다.

"제군들, 룩스와 천연 아가씨 쪽에 적이 접근하게 하지 마라! 저 뭉개진 천사 괴물은, 우리 네 명이서 처리하자고!"

리샤의 지시를 듣고 나머지 세 사람이 고개를 끄덕이는 동시에, 서른 개 이상의 날개가 돋아난 거대한 구체가 트라이포트를 향해 육박했다.

그 표면에 빼곡하게 붙은 부릅뜬 빨간 눈이 전선 기지 옥상에 포진한 네 사람을 포착했다.

지금까지 느껴본 적 없는 긴장감을 온몸으로 느끼면서, 메타트론과의 전투가 시작되었다.

†

"늦었나?! 저 날개 달린 환신수가, 메타트론—?!"

『탑』으로 향하는 도중에 로자를 발견한 룩스는 코랄에게 그녀의 보호를 부탁했지만, 다른 복병이 더 있었는지 라그나뢰크는 허무하게 해방되고 말았다.

그러나 즉시 그 뒤를 쫓아가려는 순간, 돌아온 트라이어드 삼인조가 그를 불렀다.

"기다려, 룩스 군. 네 몸은 이미 한계야. 정말 위험한 순간이 되기 전까지는 《바하무트》를 쓰지 말라는, 디스트 경의 전언이다."

"Yes. 나머지 『육형사』들은 이미 리샤 님 일행이 쓰러뜨렸습니다. 그녀들 네 명이 라그나뢰크를 맡고—."

"피르히 쪽에는 우리가 가세할거야!"

그렇게 말하며 티르파가 다가왔지만, 순간적으로 멈칫하며 《와이엄》의 발걸음을 멈춰 세웠다.

"뭐야, 무슨 일이 일어나고 있는 건데, 이거—?!"

표정이 굳으며 이마에서 땀이 흘러내렸다.

카렌시아는 엘릭시르의 효과로 마인으로 변화하여 끝없이 샘솟는 생명력으로 《알크라》를 조종하고 있다.

네 개의 거대한 팔이 잇따라 피르히를 공격하고, 그 뒤에 있는 돌바닥, 돌벽, 가옥을 일격으로 파쇄한다.

그러나 그 흉악하다는 말이 어울릴 정도의 맹공을 받으면서도, 피르히는 적에게 휘감은 《파일 앵커》의 구속을 풀지 않았다.

대형 육전형 기룡인 《알크라》가 상대여서야, 구속한다 해도 오히려 끌려가기 때문에 불리할 테지만—.

"《알크라》의 신장은 주위 수십 메르에 존재하는 생물의 오감을 빼앗지. 그것이 사용된 직후에 대응하려면, 저렇게 상대의 몸에 계속 접촉하고 있지 않으면 위험하지."

"그럼, 피르히가 더욱 위험하잖아! 하지만—."

접근할 수 없다.

단순히 트라이어드의 실력이 부족해서 그런 게 아니라, 서로 초접근한 상태로 공격을 주고받는 상황이라 손을 댈 수 없는 것이었다.

어중간하게 다가가면 방해가 되거나 휘말리고 만다.

그것을 판단했기 때문에 트라이어드는 다가가지 못하고 있었다.

"Yes. 우리도 다소 힘을 기르긴 했습니다만, 역시 그녀들은 격이 다릅니다. 그렇다면— 어쭙잖은 허세를 부릴 것이 아니라, 지금 우리가 할 수 있는 최선을 다해야 한다고 판단합니다."

"……그러네. 아직 새로운 기술을 보여줄 타이밍인 것도 아니고."

어쩐지 아쉬워하는 것처럼 고개를 끄덕인 티르파의 《와이엄》에, 녹트의 《드레이크》에서 뻗어 나온 코드가 접속되었다.

"룩스 군은 내 뒤에 숨어 있어."

"……."

하지만 룩스 자신은 가만히 있을 수 없었다.

100메르 정도 떨어진 지점에서 카렌시아와 피르히가 엄청난 사투를 벌이고 있는 것이다.

"꽤 분발하는걸. 하지만— 이런 건 어떨까? 《일식^{솔 투스}》!"

"……윽?!"

네 개의 팔이 펼치는 연속 타격을 지근거리에서 맞으면서도 피르히가 버텨내자, 카렌시아는 《알크라》의 등에 탑재되어 있는 백팩에서 무수한 포탄을 위쪽으로 사출했다.

"저건 섬광탄?! 아니면, 상공에 무언가—?!"

티르파가 의아한 표정으로 하늘을 올려다 본 직후, 《알크라》의 장갑이 기이하게 반짝거렸다.

다른 사람에게서 인식을 빼앗는 신장— 그것을 무슨 이유에서인지 피르히가 아니라 흐린 하늘을 향해 해방했다.

"잘못된 방향에…… 뭘 하려는 거지?!"

샤리수가 곤혹스러운 목소리를 중얼거린 직후, 룩스는 카렌시아가 무엇을 노리는지 깨달았다.

"피이, 조심해! 조금 전의 포탄이 떨어질 거야!"

경고가 끝난 직후에 검은 신장의 결계에 가려진 장막 안에서 온갖 궤도를 그리는 미사일이 피르히를 노리고 떨어졌다.

"──."

순식간에 《티폰》의 장벽을 전개해서 방어 자세를 취했지만, 전부 다 막아내진 못했다.

빗발치는 포탄으로 상대방의 자세를 무너뜨린 직후, 《알크라》가 거대한 팔을 휘둘렀다.

"으, 크……."

나가떨어진 피르히가 한쪽 눈을 감고서 전신을 관통하는 충격을 견뎠다.

하지만 그럼에도 위축되지 않고 활주하여 달려들었지만, 이번에는 《알크라》가 옆에서 휘두른 주먹에 정통으로 얻어맞고 나동그라지고 말았다.

"어떻게 된 거야?! 왜 아까하고 다르게 적의 공격만 명중하게 된 거냐구?!"

당황한 티르파가 자신의 무장인 해머를 한 손에 들고 돌격 자세를 취했다.

그때 아이리가 문득 자신의 고찰을 이야기했다.

"어디까지나 추측이지만, 신장기룡 《알크라》가 내뿜는 어둠의 장막에 들어간 것은 다른 사람들에게 인식되지 않게 된다고 봐요. 배후나 좌우에 그 장막을 전개하고, 자신의 공격 수단을 가려버리면……."

"명중하기 직전까지 어디를 노리는지 알 수 없다─ 이건가."

"이러고 있을 순 없어. 나도 가세할게, 피르히!"

때마침 카렌시아와의 거리가 벌어진 순간을 노려서 티르파는 카렌시아를 향해 《와이엄》을 활주시켰다.

하지만—.

"체면이 안 서겠는걸, 이 괴물도. 기껏 약한 너희들을 감싸면서, 자기 자신을 공격하도록 유도하고 있는데."

"윽……?!"

《알크라》의 신장인 《흑익복》에 걸려든 순간 제어를 잃고 넘어지고 말았다.

그리고는 그대로 가까운 외벽에 정면으로 격돌했다.

"이럴, 수가……?!"

"역시 무리인가."

룩스는 긴장으로 땀을 흘리면서도 상황을 냉정하게 받아들였다.

장갑기룡은 환창기핵의 동력과 각부 프레임의 연동으로 폭발적인 운동 성능을 실현하지만, 《알크라》의 《흑익복》에 들어간 순간 그 조작을 실행하는 인식마저 빼앗기고 만다.

자신이나 상대의 모습이 보이지 않을 뿐만 아니라 육체 조작으로 움직이는 조종간의 감촉마저 지워버리기 때문에, 자신이 무엇을 하고 있는지조차 알 수 없게 되며 싸울 수 없게 되는 것이다.

요컨대 신장을 무효화하는 신장을 지닌 피르히의 《티폰》 말고는 원거리 포격을 제외한 방법으로는 제대로 상대할 수 없었다.

하지만 믿음직스러운 《무정한 과실》도, 신체적인 부담 때문에 남용은 할 수 없다.

공격 예비 동작을 없애버리는 《알크라》의 포탄과 타격을 피하지 못하고, 《티폰》의 장갑이 차츰 부서지고 떨어져나가기 시작했다.

고작 1분이 채 지나지도 않았는데, 전황은 눈 깜짝할 사이에 열세로 뒤바뀌었다.

"하아, 하아……!"

피르히의 숨결이 자연스럽게 거칠어지고, 흐르는 땀에 앞머리가 달라붙는다.

교내 대항전에서 선보였을 때처럼 한계의 조짐을 보이기 시작했다.

"피이, 달아나! 지금부터는 내가, 《바하무트》로 싸울 테니까!"

룩스가 저도 모르게 외쳤을 때, 피르히는 그런 그를 《티폰》의 손으로 제지했다.

"괜찮아. 나, 아직 할 수 있으니까."

그렇게 숨이 곧 끊어질듯이 말하면서도 피르히는 《알크라》의 주먹을 계속 견뎌냈다.

"시시해. 그리고 가련한 생물이야—. 승산도 없는데 그렇게 저항하다니. 신왕국의 희생양이 되려는 거야?"

"윽……."

카렌시아의 비웃음을 들은 룩스는 주먹을 세게 쥐었다.

하지만 그럼에도 피르히는 동요하지 않았다.

"아니면, 자기가 그런 꼴을 겪어봤기 때문에 영웅주의에 취한 거야? 적어도 누군가에게 도움이 되었다면 절망하지 않아도 된다는— 하지만, 그건 나약한 생각이야."

"……."

"선이라는 건 자신의 존재를 인정하게 하는 것에 실패한, 자신의 자리를 차지하는 것에 실패한 생물이 도망치는 최후의 보루. 그저 누군가의 꼭두각시가 돼서 선행을 쌓는 것만으로 은혜를 얻으려 하는 가축 이하의 생물. 그래서는 나를— 진정한 강자인 『악』의 화신인 나를 이길 수 없다고! 거기 있는 『검은 영웅』도 말이지!"

《알크라》의 공격이 더욱 거세졌지만 피르히는 약간의 몸놀림만으로 직격을 피하면서 서서히 거리를 좁혔다.

"그건— 아니야. 적어도 루우는 아니야."

눈동자가 검은색으로 덧칠되어, 환신수의 편린을 느끼게 하는 모습으로 변해가면서—.

그럼에도 여느 때의 표정과 말투로, 피르히는 담담하게 반론했다.

"당신은 불리한 것으로부터 눈을 돌리고 있을 뿐. 누군가를 상처 입히지 않고 구하는 건, 그저 다른 누군가를 상처 입히고 구하는 것보다 훨씬 괴롭다는 걸, 난 알고 있으니까—."

그 말을 들은 룩스의 가슴에 따스한 감정이 가득 차올랐다.

고민하고, 괴로워하고, 헤매고 있는 룩스 자신보다도, 이 한

없이 상냥한 소꿉친구는 더욱 정확하게 그를 바라보고 있었다.

피르히를 처음 만났을 때, 룩스가 그녀를 감싸고 죄를 대신 뒤집어썼다는 것을 알아주었던 그때처럼.

"로자 대신에, 헤이부르그의 시민들 대신에, 루우는 상처를 입으면서도 구하려고 했어. 나는, 그런 상냥한 루우가 좋아. 그러니까 앞으로는, 이 이상 다치게 놔두지 않을 거야. 내가 루우를— 지킬 거야."

"헛소리를 하는구나! 이 성자인 척 하는 괴물 자식아아아!"

끝까지 흔들리지 않으며, 꺾이지 않는 피르히의 의지.

그녀의 말에 격앙한 카렌시아가, 마침내 네 개의 팔 중 하나—《월토(月吐)》루나 투스라는 이름의 거대한 대포를 내찌르는 것처럼 겨냥했다.

겔다프와 그의 《엑스 드레이크》를 한꺼번에 증발시킨 일격 필살의 무장으로 결판을 낼 생각이다.

아무리 《티폰》의 장갑이 견고하다 해도, 저 주포는 견뎌낼 수 없다.

룩스가 반사적으로 기공각검에 손을 뻗은 순간, 주위 일대가 검은 장막에 뒤덮였다.

"크······!"

다시 발동된 《알크라》의 신장 《흑익복》에 의해 모든 인식이 사라진다.

하지만 이번에는 피르히의 《무정한 과실》에 해제되기 전에 검은 안개가 걷혔지만— 자신과 아이리, 트라이어드를 전부 감싸고 있는 그물의 감각에 룩스는 당황했다.

"이건— 철망인가?!"

"하지만 어째서 피르히 씨가 아니라, 우리 쪽에—."

"위험해, 이 상태로는 전원이 당장은 탈출할 수 없어!"

아이리가 당황하는 사이에 《와이번》을 장착한 샤리스가 말했다.

그 직후, 조금 전과는 위치가 달라진 카렌시아와 《알크라》가 거포를 들고 피르히를 조준했다.

아니, 피르히가 앞에 서고, 그물 속에 갇힌 나머지 룩스 일행이 그 뒤에 있는 상황을 만들고서 《루나 투스》의 에너지를 충전하기 시작했다.

"네 뒤에 있는 동료를 버리고 도망칠 수 있다면, 어디 한 번 도망쳐봐. 괴물인 네가 뒤집어쓴 사람 거죽을, 이 자리에서 벗겨주겠어."

"⋯⋯윽?!

카렌시아는 악마 같은 냉소를 지으며 피르히를 도발했다.

하지만 이것은 명백히 함정이었다.

저 《루나 투스》의 포격을, 현재 반파된 《티폰》으로 막아내는 것은 불가능하다.

피르히와 룩스를 직선상으로 배치해서 일격에 전원을 처리해버릴 속셈이다.

반면에 피르히는 움직이지 않고, 룩스 일행의 수십 메르 앞 지점에서 장벽을 전개했다.

끝까지 룩스 일행을 감싸고 정면으로 받아낼 생각이다.

"피이, 도망쳐! 포격이 날아오기 전에, 카렌시아를—."

룩스가 아이리의 어깨를 감싸면서 반사적으로 소리쳤다.

하지만 피르히는 뒤를 돌아보지 않고 오직 앞만을 노려본 채, 단 한마디를— 선언했다.

"괜찮아. 이젠 누구도 상처 입게 놔두지 않을…… 거야."

평소의 그녀와 똑같은, 멍한 말투.

하지만 강한 의지가 담긴 그녀의 대답을 듣고서 룩스는 숨을 죽였다.

"그래, 그렇다면 사이좋게 천국으로 보내줄게— 잘 가라고."

악귀처럼 흉악한 웃음을 드러낸 카렌시아가 《루나 투스》의 에너지를 해방한다.

주변 풍경을 덧칠해버리는 극광.

막대한 고열과 충격의 격류가 과격한 기세로 방출되었다.

†

인기척 없는 거주구의 상공에서 네 기의 신장기룡이 춤추고 있다.

무수한 안구와 함께 날개를 가진 구형 라그나뢰크.

과거에 교전한 불사신 포세이돈이나 재생하는 특성을 갖고 성장하는 위그드라실을 생각하면, 이 메타트론도 모종의 특수 능력을 숨기고 있을 거라는 걸 쉽게 상상할 수 있다.

그 반면에 이쪽 네 사람도 힘을 길렀다고는 하지만 지금은 저마다 체력을 소모한 상태다.

따라서 여기서 쓰러뜨려야 한다면 고를 수 있는 선택지는 그다지 많지 않았다.

이 전투에서 지휘를 맡은 리샤가 우선 다른 세 사람에게 용성으로 지시를 내렸다.

『네 방향에서 포위해서 공격하자고. 적이 광장으로 나아간 순간, 내가 지면에 처박아주겠어!』

『—라저.』

『알겠습니다.』

『알겠사와요.』

크루루시퍼, 세리스, 거기다 요루카까지 그 목소리에 대답했다.

지쳐 있는 룩스를 지키기 위해서도 이 자리에서 무조건 라그나뢰크를 토벌해야한다.

그리고 굳이 자세한 설명을 듣지 않아도 이곳에 있는 모두가 최선의 행동을 이해하고 있었다.

우선 저마다 무장을 들고 네 방향에서 에워싼 채 견제했다.

하지만 메타트론은 아무 반응도 보이지 않고 리샤 쪽으로 전진했다.

"간다, 괴물 눈알! 신의 이름 아래 부복하라! 《천성(스프레서)》!"

메타트론의 거체가 광장 바로 위에 도착한 순간, 리샤가 《티아마트》의 신장— 중력 제어를 발동했다.

라그나뢰크의 전신에 중력 부하를 걸어서 그 몸뚱이를 추락시켜 대지에 처박으려는 계획이었지, 만—.

"……아니?!"

"—이이이이이이이이이이이이."

조용한 소리로 운다 싶었더니, 메타트론을 뒤덮은 중력장이 사라졌다. 그 직후— 네 방향에 위치한 리샤 일행이 빛에 뒤덮이며, 순식간에 지면에 처박혔다.

"이건—?! 설마?!"

"《티아마트》의 신장?! 그렇다면—!"

중력에 의한 부하가 걸린 상태로 세리스가 랜스 끝에서 전격을 방출했다.

뇌섬을 사용하여 번개를 머금은 창날은 역시 메타트론에게 닿기 전에 사라지더니 네 사람에게로 되돌아왔다.

"으, 아아아악……?!"

온몸에 전해지는 전격의 위력 앞에서 네 사람은 비명을 질렀다.

"역시 그랬구나. 이 라그나뢰크는 우리의 공격을 흡수해서 그대로 되돌려주고 있어……!"

크루루시퍼가 이를 악물고 머리 위의 메타트론을 노려보았다.

하지만 세리스는 살짝 고개를 저어 그 말을 부정했다.

"단순한 반사가 아닙니다. 적어도 위력이 몇 배 수준으로 증폭되어 있어요! 조심하지 않으면, 우리가 전멸할 겁니다!"

"그럼— 저도 시험해볼 필요가 있겠군요."

중력장과 전격의 방출이 끊긴 순간, 요루카가 《야토노카미》를 조작해서 하늘을 달렸다.

네 다리의 아랫부분에서 바람과 열을 방출하여 허공을 박차는 특수 무장 《공답》으로 도약, 특장형이면서도 상공에 떠 있는 메타트론에게 접근했다.

하지만— 그 표면을 빼곡하게 뒤덮고 있는 안구가 뜨이더니 고열의 섬광을 내뿜었다.

"—요루카?!"

리샤가 방어 장벽을 펼치며 소리쳤다.

하지만 요루카는 적의 공격이 적중하기 전에 카타나형 블레이드를 이용한 동작을 마쳤다.

신속제어를 이용한, 한 동작으로 끝나는 초고속 참격.

그것이 메타트론의 표피를 달리며 한 줄기 선을 몸뚱이에 새겼다.

"—저 아이, 어떻게 저런 무모한 생각을 하는 거야? 일부러 적이 움직이기를 기다리다니……!"

카운터 공격을 노리기 위해서 굳이 자기 살을 내준 목숨을 건 일격.

그러나 그 참격의 흔적조차 사라지더니 주위에 연속 충격파가 방출되었다.

"물리 공격마저, 되돌리는 겁니까……?!"

요루카가 시도한 일격을 몇 배 수준으로 확산시켜서 가옥이나 돌바닥에 무수한 균열을 만들었다.

적의 열선과 반사 공격을 최소한의 대미지만 입으며 회피했지만, 그 요루카마저 장갑에 손상이 생기고 말았다.

"벅찬 상대로군요. 이 라그나뢰크라고 하는 것은—."

"크……?!"

요루카는 아직 여유로운 미소만은 무너뜨리지 않았지만, 옆에 있는 리샤는 이를 부득 갈았다.

신장기룡 사용자 네 명이 모였는데, 벌써부터 궁지에 몰리고 말았다.

물리 공격도, 충격파도, 전격도— 온갖 공격을 전부 증폭해서 반사해버리니 도저히 방법이 없었다.

심지어 메타트론 본체는 열기구처럼 천천히 움직이는 탓에 상대의 힘을 역이용하는 것도 불가능했다.

"《동식투사(프리징 캐논)》는 안 쓰는 게 낫겠네. 얼어붙은 상태에서 부서지면 전멸하고 마니까."

《파프니르》의 미래 예지를 사용해도 그런 농담밖에 나오지 않는다는 상황은 그만큼 절망을 느끼게 했다.

다시 말해 현재 자신들의 전력으로는 아무리 발버둥을 쳐도 공격을 성공하는 미래를 상정할 수 없다는 거니까.

"—이이이이, 이이이이이이이이이이이이이이이."

메타트론이 기괴한 목소리로 울더니 룩스 일행이 있는 거주 구역으로 진격을 시작했다.

그 순간, 상처 입은 요루카가 다시 허공을 박차고 뛰어들었다.

"—앗?!"

리샤, 크루루시퍼, 세리스 세 사람이 그 모습을 보고 숨을 죽였다.

이번에는 연속 참격을 시도해보았지만, 역시나 똑같이 되돌아왔다.

"음란녀, 지금 뭐 하는 거냐! 저 녀석을 공격해봐야 헛수고야! 당할 뿐이라고!"

"어머? 시험해보지 않으면 모르는 법이어요."

절대적인 전력 차이.

《야토노카미》의 신장인 《금주부호》는 장갑기룡이 아닌 메타트론에게는 통하지 않는다.

그럼에도 전혀 두려워하거나 주저하지 않고 다양한 공격을 시도했다.

『너는— 설마.』

『아아, 여러분은 떨어져 계셔도 상관없답니다. 제가 멋대로 하고 있을 뿐인걸요.』

리샤가 용성으로 보낸 질문에 요루카는 태연하게 대답했다.

『이 적의 약점도 알아내지 못한 채, 주인님이 계신 곳으로 보낼 수는 없사와요. 설령 이 몸이 가루가 된다 하더라도, 무엇이 되었든 공격에 성공하게 해줄 실마리라도 알아내지 않으면, 도구인 제가 존재하는 의미가 없는걸요.』

『······윽?!』

당연하다는 것처럼 돌아온 그 대답을 듣고 리샤는 저도 모르게 숨을 죽였다.

그리고 이 요루카라는 소녀의 신념을 헤아리고 표정을 바꾸었다.

『지휘관으로서 말리더라도 소용없사와요. 저는─.』

"멋대로 굴지 말라고, 이 멍청아!"

"네─?!"

요루카가 고개를 갸웃한 순간 열두 개의 《레기온》이 메타트론의 안구를 찔렀다.

그러나 역시나 증폭, 반사되어 접근한 리샤가 나가떨어졌다.

"무얼 하는 것인가요? 이 실험이라면 저 혼자서도 할 수 있사와요."

"시끄러워, 닥쳐! 네가 뭘 하든 상관없지만! 룩스가 미래를 개척해나갈 때, 네 힘이 필요 없을 거라고 생각하는 거냐?!"

"……."

리샤의 호통 같은 큰소리를 듣고서 요루카는 어안이 벙벙한 표정으로 눈을 동그랗게 떴다.

그 뒤를 따르는 것처럼 크루루시퍼가 통상탄으로 저격을, 세리스가 《지배자의 신역》을 발동해서 두 위치에 동시공격을 시도했다가 역시나 반사 대미지를 입었다.

"역시 간단한 적은 아니네. 하지만─ 공격을 시도한 만큼 우리에게 주의가 쏠려 있어. 도망치지 않는 한 계속 우릴 노리겠지."

"그래요, 우리도 당신의 도전에 동참하겠습니다. 적의 약점은 모두가 힘을 합쳐 다양한 수단으로 찾는 것이 빠르겠죠."

© 2013 Ayumu Kasuga

"――."

너무나도 뜻밖의 반응이었는지 요루카는 잠시 멍하니 그들의 대답을 들었지만, 이어지는 리샤의 한마디를 듣고서 웃음을 되찾았다.

"그런 거다. 이 녀석에게 대항할 수단을 찾아내지 못한 채 룩스가 있는 곳으로 보낼 수는 없어. 그러니까, 너도 힘을 합쳐 싸워라. 너 혼자 짊어지려 하지 말고!"

한계의 문턱 앞에서 숨을 헐떡이는, 그러면서도 강한 척 하는 리샤를 보면서 요루카는 미소 지었다.

"―알겠사옵니다, 리즈샤르테 씨."

그것이 조금 전까지 버릇처럼 짓던 미소와 다르다는 것에 당황하면서, 다시 라그나뢰크를 향해 뛰어들었다.

소녀들의 결속을 무기로 삼은 저항이 재개되었다.

†

"윽……!"

숨조차 쉴 수 없는 찰나의 폭풍이 지나간 다음 눈을 뜨자, 그곳에는―.

"어, 어떻게 된 거야?! 무슨 수로 이 《루나 투스》의 포격을 버텨낸 거냐?! 아니―."

전신에서 검은 연기를 뿜어내며 서 있는 《티폰》을 보고 마인이 경악했다.

단순히 피르히가 자신의 힘만으로 버텨낸 것이 아니었다.

반파 상태의 《티폰》이 그 무지막지한 포격을 견뎌낼 수 있었던 이유가 형태로써 눈앞에 확실하게 존재했다.

"저건, 설마—?!"

"사니아가 사용했던, 그거야……?!"

"Yes. 이런 게, 가능한 겁니까?"

샤리스, 티르파, 녹트 세 사람이 그 모습을 보고 크게 놀랐다.

피르히의 등에서 자라난 환신수의 뿌리가 《티폰》의 장갑에 휘감기며 그 모습을 변모시켰다.

맥동하는 검붉은 뿌리가 달라붙은 《티폰》의 새로운 형태.

사니아를 상대해본 적 있는 룩스의 기억에도 남아 있는 광경이다.

무기물과도 융합해서 침식하는 위그드라실의 일부 특성을 사용해서, 인간의 몸만이 아니라 몸을 뒤덮은 기룡마저도 강화한 모습이었다.

"《B-blood 티폰》…… 이라는 건가? 하지만, 그 형태는—."

원래 외부로 드러내려면 부담이 걸리는 위그드라실의 힘을 발휘하면서 제정신을 유지하는 것은 극도로 어려운 일일 것이다.

한시라도 빨리 가세해야 한다는 생각에 룩스가 그물에서 빠져나간 그 순간, 피르히가 움직였다.

"뭐, 뭐야 네년은?! 그 모습은—!"

"나는, 아직 천국 같은 곳은 가지 않을 거야"

위그드라실의 힘을 해방한 피르히가, 그럼에도 평소처럼 온화한 말투로 입을 열었다.

동시에 사출된 무수한 《파일 앵커》가 《알크라》에 휘감겨 잡아끌기 시작했다.

상대보다 두 배는 클 터인 거대한 장갑이 질질 끌려가더니, 급기야 공중에 떠서 순식간에 견인되었다.

위그드라실의 강화 능력 덕분에 앵커의 힘조차 증가했는지 눈에 보이지도 않을 지경까지 견인속도가 빨라졌다.

"어째서냐! 어째서 그런 모습이 되었는데도, 인간의 악의를 그 몸으로 받아냈으면서도 너는—?!"

"루우가, 이런 나라도 곁에 있어주길 바란다고, 했으니까."

절규를 내지르며 눈앞으로 육박한 《알크라》를 《B-blood 티폰》이 하늘을 향해 수직으로 걷어찼다.

수평 고속이동 중에 단번에 걷어차여 공중으로 떠오르면서, 산산조각 난 장갑의 파편이 하늘을 수놓았다.

"……그런, 말도 안 되는 소리르으으으으으으을!"

입에서 피를 토하며, 진홍빛 두 눈동자를 한계까지 부릅뜨고 소리친다.

악의 길에 매료되어 관철해온— 자신의 운명에 저항하는 것처럼.

하늘 높이 걷어차였음에도 아직 앵커의 구속은 풀리지 않았다.

《티폰》의 두 팔이 그 와이어를 직접 붙잡고 마치 검을 수직으로 내려 베는 것처럼 휘둘러서, 포획한 《알크라》를 아무 것도 없는 대지에 처박았다.

그 요새 같은 장갑이 원심력이 더해진 던지기를 버티지 못하고 부서지며 사방으로 흩어졌다.

엘릭시르의 효과로 마인이 되었기 때문에 즉사는 면했지만, 곳곳의 뼈가 부러진 카렌시아의 움직임은 완전히 멈추었다.

"피이?!"

철 그물에서 빠져나온 룩스가 달려가는 동시에 아이리가 몰래 갖고 있던 뿔피리를 불었다.

환신수에게 내리는 명령은, 침묵.

그 명령을 내린 직후에 위그드라실의 뿌리가 사라지기 시작했고, 《티폰》도 해제되었다.

"한 번, 피르히 씨의 부탁으로 시험해본 적이 있어요. 뿔피리로 서포트를 해주어도, 몸에 걸리는 부담이 너무 심하지만—."

"응, 다행이야……."

두 눈동자에 깃들었던 어둠이 사라지며, 평소의 피르히의 얼굴로 돌아온다.

그러나 이제는 서 있을 기력마저 다 써버렸는지 그대로 쓰러지려는 찰나, 룩스가 그녀를 단단히 붙잡았다.

"어째서, 이런 무모한 짓을……! 만약 무슨 일이 생기기라도 하면—."

"괜찮, 아."

약한 목소리로 대답하며, 그럼에도 피르히는 미소 지어 보였다.

"나, 아직 루우 곁에 있고 싶으니까. 사라지고 그러지, 않을 거니까—."

"……"

그렇게 말하는 피르히의 마음을 이해한 룩스는 북받치는 감정을 이기지 못하고 그녀를 꽉 끌어안았다.

그때 근처에 쓰러져 있던 마인이 큭큭 소리를 내며 비웃었다.

육체 재생은 시작되지 않았다.

엘릭시르에 이성이 녹아버린 마음은 자신의 생명력의 한계를 넘어 붕괴하고 만다.

『용비적』에게 속은 것인지 아니면 본인의 과실인지는 알 수 없지만, 몸뚱이가 마치 다 타버린 재처럼 발밑부터 무너져고 있었다.

"하, 하하하하, 크크크크크……!"

그럼에도 불구하고 『악한 왕』은 두 사람의 모습을 보며 끊임없이 비웃었다.

"쓸데없는 발악을 한단 말이야, 어리석은 자들은……. 나를 쓰러뜨린다 해도, 너희들의 희망은 이루어지지 않을 거다. 네 놈들이 목숨을 걸고 실천하는 선에 숨어서 악은 증대하지. 어떤 보답을 기대하고, 어떤 칭찬을 기대해도, 그걸 얻을 수 있는 것은 고작 한순간 뿐—."

이미 그 눈은 공허하게 퇴색되었지만, 신을 우러르는 것처럼 하늘을 올려다보며 『악한 왕』은 계속해서 말했다.

"계속해서 지배하는 쪽에 서 있지 않으면…… 언젠가 빼앗길 운명인거야. 나는 틀리지 않았어, 마지막까지 누군가의 먹잇감 따위가, 되지 않았다고…… 더는."

"——."

마지막으로 그렇게 중얼거린 후, 그 전신은 완전히 재가 되어 흩어져버렸다.

옆에 서 있는 아이리가 슬픈 눈으로 유해를 바라보았다.

"이 사람도 옛날에, 누군가에게 이용당했던 걸지도 모르겠네요."

"응……."

구제국의 아무 힘없는 황족으로서, 그리고 궁정에서 쫓겨난 몸으로서, 『악한 왕』의 마음을 모르는 것도 아니었다.

먹느냐, 먹히느냐. 배신과 모략의 세계에서 상처 입어온 사람일수록 결코 이용만은 당하지 않겠다며 강자 밑에 서려고 한다.

이제는 그녀의 과거에 어떤 일이 있었는지 알 도리도 없지만, 약간의 동정심은 들었다.

그리고 그 말에 진실도 있다고 생각했다.

그 말대로 일지도 모른다.

『누구에게도 사랑받지 못했던 이는, 누구에게나 사랑받으려 한다.』

카렌시아의 유언이 계기가 되어 후길의 말이 다시 뇌리에 떠올랐다.

한때는 그럴지도 모르겠다고 룩스도 생각했다.

그리고 그것은— 『악한 왕』에 의해 지금 막 부정되었다.

자신이 만약 국민들에게 인정받기 위해서만 싸운다면, 언젠가 그것이 약점이 되어 폄훼 당하게 될지도 모른다고…….
그러나—

"오빠! 저것을—?!"

아이리가 긴박한 목소리로 소리치며 하늘을 가리켰다.

"헉……?!"

그곳에 있는 것은 직경 십여 메르나 되는 황금색 구체—

거대한 안구가 표면을 가득 뒤덮었으며, 순백색 날개가 몇 장이나 돋아난 천사형 괴물.

제1 유적 『탑』의 종언신수— 메타트론이 아래를 내려다보고 있었다.

"—현현하라, 신들의 혈육을 삼키는 폭룡. 흑운으로 뒤덮인 하늘을 가르거라, 《바하무트》!"

룩스는 즉시 자신의 기공각검을 들어 올리며 칠흑의 장갑기룡으로 몸을 감쌌다.

동시에 기다렸다는 것처럼 녹트가 《드레이크》에서 뻗어 나온 코드를 《바하무트》와 연결했다.

"십여 초만 기다리세요. 샤리스와 티르파의 기룡에서 모은 내장 에너지를 룩스 씨의 《바하무트》로 보내겠습니다. 원래는 3분도 사용할 수 없을 테지만, 보급이 끝나면 약 5분 까지는 활동할 수 있을 거예요."

아까 전부터 트라이어드는 방어 일색이었는데, 《바하무트》의 가동시간을 조금이라도 늘리기 위해 노력해준 모양이었다.

맞서 싸울 생각을 하며 어두운 하늘을 노려본 직후 리샤에게서 용성이 들어왔다.

『—조심해라 룩스! 그 녀석에겐 모든 공격이 통하지 않아! 물리든 다른 에너지든 모조리 흡수하고 그대로 돌려준다!』

필사적인 외침과 함께 리샤를 비롯한 『기사단』 네 사람이 나란히 나타났다.

리샤, 크루루시퍼, 세리스, 요루카.

어떻게든 신장기룡을 유지하고 있긴 하지만 전원이 거의 만신창이 상태였다.

제대로 싸울 여력이 없다는 걸 알 수 있었다.

"저 네 사람이 상대했는데도 이기지 못하다니, 그런 걸—"

티르파가 절망적인 표정으로 하늘을 올려다보았고, 샤리스와 녹트도 숨을 죽였다.

하지만 룩스는 냉정하게 천재지변 급 악마를 노려보았다.

그리고 먼저 트라이어드에게 다가가 최선의 지시를 내렸다.

"피르히와 아이리를 데리고 대피하세요. 여기는 제가 맡겠습니다."

룩스는 트라이어드에게 그녀들을 맡기고 하늘을 향해 《바하무트》로 날아올랐다.

트라이포트가 한눈에 들어오는 고도로 올라가자, 메타트론의 무수한 눈이 룩스를 포착했다.

"조심하세요, 룩스! 그 적은 눈에서 섬광을 발사합니다!"

세리스의 말이 끝나기가 무섭게 메타트론의 눈이 반짝이더니 고열의 에너지를 방출했다.

룩스는 자신의 대검을 방패삼아 그것을 막고, 공격이 끝날 즈음에 힘을 해방했다.

"—기룡포효!"
_{하울링 로어}

적의 공격이 끝나는 순간을 노린 완벽한 타이밍— 그러나 메타트론의 전신이 연하게 빛나더니 충격파의 회오리가 사라지고, 그 직후 룩스에게 되돌아왔다.

"……큭?!"

자신이 시도한 공격의 위력을 견뎌내면서, 룩스는 조용히 적의 모습을 살펴보았다.

그 거체에 붙어 있는 무수한 눈 가운데 딱 하나만 짜부러져 있는 것을 발견했다.

"저건, 대체—?! 어째서 딱 하나만 상처가……!"

"모르겠어. 전원이 무작정 공격을 퍼붓고 있을 때 내 저격으로 꿰뚫었어. —뭔가 비밀이 있을 거야!"

크루루시퍼의 말을 듣고 룩스는 직감적으로 어떤 가설에 도달했다.

『무패의 최약』이라는 이명으로 불리며, 모의전에서 수천 번의 전투경험을 쌓아왔기에 떠오른 상상.

그 상상은 어쩌면 틀렸을지도 모른다.

실패해서 상처 입고 패배할지도 모른다.

하지만 그래도— 그녀들이 룩스에게 희망을 남겨주기 위해 녹초가 되면서까지 찾아준 공략의 힌트라는 건 분명하다.

그리고 카렌시아에게 부정당한 룩스의 신념은 피르히가 되찾아 주었다.

나는, 누군가에게 사랑 받기 위해서 싸워온 게 아니었다.

"—내가 싸우는 건, 동경했기 때문이야."

아무런 힘도 없었던 피르히가 어머니를 잃은 지옥에서 자신을 꺼내주었다.

자신은 황족의 막내아들이니까 나라를 위해서 아무 것도 할 수 없다고 생각했지만, 피르히는 달랐다.

상냥함만으로, 그저 마음 하나만으로 자신을 구해준 그녀의 고결함과 아름다움을 동경했다.

그러니까 더 이상— 무슨 말을 듣는다 한들 망설이는 일은 없으리라.

룩스의 기룡사로서의 본질.

극한까지 갈고 닦은 집중력이, 룩스를 최선의 행동으로 이끌어준다.

논리적인 사고가 아니라, 육체가 자연스럽게 이끌리는 것처럼 그 공격을 전개했다.

'공격이 통하는 타이밍이 존재한다는 내 가설이 옳다면, 그 순간을 노릴 방법은— 이것밖에, 없어!'

"기룡포효⋯⋯!"
하울링 로어

머리 부분의 장갑에 에너지를 집중시켜서 다시금 충격파의 소용돌이를 해방했다.

"안 돼, 룩스! 그러면 또 반사된다!"

"아니어요, 리즈샤르테 씨. 주인님께서 노리시는 건, 아마도—."

리샤가 외친 직후, 요루카가 요염하게 미소 지으며 부정했다.

전투에 천부적인 자질을 지닌 요루카는 그것을 깨달은 듯했다.

적의 모든 공격을 모조리 흡수하고, 그대로 상대에게 반사하는 절대무적의 라그나뢰크.

만약 공격이 통하는 조건이 있다면, 그것은—.

"—하아아아아아아아아아앗!"

숨을 크게 들이쉰 후, 온 힘을 담아 《바하무트》의 신장을 기동시킨다.

실패가 허용되지 않는 찰나의 타이밍은, 처음에 사용한 하울링 로어로 확인했다.

광범위 고출력으로 설정한 신장의 발동.

세리스와의 인연이 가져다준 룩스의 새로운 기술, 《폭식》의 리로드 온 파이어
결계를 발동한다.

그것이 전방에 떠 있는 메타트론의 한쪽 면을 덮자, 룩스의

하울링 로어를 흡수해서 반사로 전환하려고 한 메타트론의 속도가 줄어들면서 움직임이 멈추었다.

요컨대 공격이 통하는 타이밍은 이 1초도 되지 않는 찰나뿐. 《바하무트》의 《폭식》으로 반사 속도를 격감시킨 그 순간, 내찌른 대검이 메타트론을 관통했다.

"—기이이이이이이이이이이이이이이이익!"

라그나뢰크가 비명 같은 절규를 내지르는 와중에, 룩스는 등 날개의 추진 장치를 풀 파워로 가동하여 메타트론의 몸속을 일직선으로 꿰뚫고 나아갔다.

장벽과 장의로 몸을 지켰음에도 전신이 불에 타는 것 같은 열기가 느껴졌지만 멈추지 않았다.

피르히를, 그리고 학원의 동료들을 생각하는 것만으로도 최후의 힘이 용솟음쳤다.

'고마워— 모두들.'

그리고 질기게 저항하는 막을 꿰뚫는 감촉이 느껴진 직후에 룩스는 구체 밖으로 빠져나왔다.

핵을 관통한 확실한 느낌.

룩스가 뒤로 돌아서며 《바하무트》의 자세를 바로잡는 것과 거의 동시에— 그 거대한 몸체가 폭발하여 흩어졌고, 불에 탄 파편이 하늘을 수놓았다.

마치 무수한 별똥별처럼 절망의 밤하늘을 비추며, 그것은 조용히 불타 사라져갔다.

——.

흩어져가는 라그나뢰크 속에서 떨어져 내린 크리스털―『그랑 포스』를 리샤가 붙잡았다.

『기사단』 전원이 지상으로 내려와 장갑을 해제하고 모인 뒤에도 잠시 전투의 여운에 젖어 있었다.

"―끝났구나, 룩스."

"네. 여러분이 도와주신 덕분이에요."

리샤가 안도의 미소를 지으며 크리스털을 내밀자, 몸을 지키기 위해 숨어 있던 아이리와 트라이어드 일행이 급하게 룩스에게 달려왔다.

"오빠, 괜찮으세요?!"

달려오며 뛰어든 아이리를 받아내면서 룩스의 입가에는 자연스럽게 미소가 떠올랐다.

"응. 트라이어드 여러분이 에너지를 나눠준 덕분에 정신을 잃지 않을 수 있었어."

"그런가, 그건 기쁜걸. 그럼 룩스 군에게 빚 하나 달아둔 셈 쳐야겠군."

"아니, 이런 상황에서 그런 말이 나오세요?!"

샤리스가 장난스럽게 농담하자 룩스는 저도 모르게 버럭 소리치고 말았다.

생각했던 것보다 여력이 남아 있다는 사실에 안심했는지, 이어서 티르파도 어깨에 팔을 감았다.

"그러게 말이야―. 우리도 신병기를 멋지게 선보이고 싶었는데―. 루크찌에게 멋진 장면을 양보해줬으니까!!"

"No. 단순히 사용할 곳을 오해했을 뿐이라고 판단합니다. 게다가 아직, 우리는 한 가지 과제를 더 수행한 다음에―."

"잠깐?! 녹트도 참, 무슨 소릴 하는 거야, 그건 아직 비밀인―."

의기양양하게 큰소리치는 티르파에게 녹트가 핀잔을 주자 와자한 웃음소리가 퍼졌다.

"그녀들은 여전하군요―. 하지만 이것으로 제 잘못에 종지부를 찍게 되었습니다."

약 반 달 전의 학원제.

로자와의 인연에서 시작된 이 사건도 드디어 막을 내렸다.

카렌시아의 지배에서 벗어난 로자 그랑하이드의 신병은 코랄이 보호하고 있다.

룩스는 헤이부르그에 잠입한 암살자라고 연합에 밀고 당했지만, 그녀들이 결백을 증명해주리라.

"그건 그렇고 조금 아쉽게 됐네. 우리도 나름대로 새로운 힘을 얻었다고 생각했는데― 결국 룩스 군에게 의지하고 말았으니."

크루루시퍼가 시원하게 머리카락을 쓸어 올리며 농담조로 그렇게 중얼거렸다.

그러자 룩스는 고개를 저으며 지금 자신의 마음을 솔직하게 밝혔다.

"아니, 아니야 크루루시퍼 씨. 이번에 내가 라그나뢰크를 쓰러트릴 수 있었던 건, 내게 힘을 빌려준 모두의 덕분이고, 그리고 피르히가……."

헤이부르그의 『악한 왕』의 간계에 빠져, 길에서 벗어날 뻔했던 자신을 막아준 것.

구제국을 멸망시킨 5년 전, 그리고 이번에 발생한 룩스의 망설임에, 그녀가 대답해주었다.

훗날 후길을 상대하게 된다 해도, 더 이상 고민할 필요는 없다.

누구보다도 친한 그녀들이 가르쳐준 신념을 내걸고서 싸울 뿐이다.

"피이라고, 불러야지?"

피르히가 비틀비틀 룩스에게 다가오면서 약간 불만스러운 무표정으로 반론했다.

"이, 이럴 때 정도는 괜찮잖아?! 그, 격식을 차려야 하는 분위기였고—."

뺨을 빨갛게 물들이며 룩스가 저항하자, 그게 마음에 안 들었는지 피르히가 고개를 획 돌렸다.

"루우가, 차가워. 신혼여행 중에, 여러 가지로 돌봐줬는데."

태연히 그런 걸 중얼거린 순간 주위에 있던 사람들이 술렁, 끓어오르기 시작했다.

"뭐뭐뭐뭐라고?! 형식상 흉내만 내는 거라고 들었는데, 설마 너는—?!"

"아무래도 자세한 이야기를 들을 필요가 있겠는걸. 약혼자인 나를 버리고, 그런 짓을 하다니……."

"오해입니다, 리샤 님! 아니 그보다, 크루루시퍼 씨는 태연하게 무슨 소리야?! 어째서 정식으로 약혼한 걸로 돼 있는데?!"

"룩스?! 서, 설마 그녀와 맺어진 겁니까?! 아, 아뇨, 따, 딱히 룩스가 자신의 의지로 그것을 바랐다면, 제가 할 말은 없습니다만— 으으."

그렇게 말하는 세리스는 묘하게 어두운 오오라를 풍기며 힘없이 고개를 숙였다.

누군가 도와줄 만한 사람을 찾아 무심결에 요루카를 보았더니 환하게 미소 지으며 룩스를 바라보았다.

"주인님을 쫓아 호위에 참여하고 싶은 마음을 참은 보람이 있군요. 무사히 후계자를 생산하신다면 좋겠사옵니다만—."

"어째서 마지막의 마지막에 불에 기름을 붓는 거야?!"

요루카의 한마디에 불이 붙은 모두가 다 같이 룩스에게 질문공세를 퍼부었다.

"하아, 정말로 여러분. 평소랑 전혀 다른 게 없으시네요."

이제 곧 겨울의 추위도 더욱 강해질 것이다.

더더욱 쌀쌀해지는 밤하늘을 올려다보며, 아이리는 하얀 한숨을 내쉬었다.

†

한편, 같은 시각.

신왕국 왕도, 로드갈리아의 왕성 부지 내에 유선형의 기묘한 배가 정박 중이었다.

안뜰에 설치된 그건 『천궁』이라 불리는 선사 유산이다.

하늘에 떠올라 허공을 가르는 비공정이라고 불리며, 『창조주』들의 주거 겸 이동 가능한 탑승물로 세계 연합에 인정받았다.

『창조주』들은 남은 유적의 공략에 관여할 필요가 있는 까닭에 각국의 유적으로 날아가기 위해서 그것을 준비해두었다.

그 내부, 매끄러운 금속으로 제작된 선내의 공간에 네 인영이 서 있었다.

한 명은 신성 아카디아 황국, 제1 황녀 리스테르카.

그리고 그녀의 근위기사 후길.

시녀인 미스시스 V 엑스퍼.

그리고— 제2 황녀 에이릴 뷔 아카디아까지 그곳에 있었다.

옛 시대의 지배자인 『창조주』 진영의 정점들이 모여, 현 상황의 **이변**에 대해 이야기하고 있었다.

"드릴 말씀이 없습니다, 나의 공주시여. 녀석들의 움직임이 이렇게 빠를 줄은 예상치 못했습니다. 어떤 벌이든 달게 받겠나이다."

호화로운 붉은 외투를 두른 후길이, 우선 그렇게 말하며 주인에게 용서를 구했다.

그러자 리스테르카는 살짝 고개를 젓고 그 아름다운 백은 발을 쓸어 올렸다.

"아니요, 이번 일은 제 실수입니다. 그들이 메타트론과 교전하는 건 예정보다 며칠 빨랐고, 근처에 나타난 『용비적』에 대응도 했으니까요. 덕분에 조금, 일이 귀찮게 되긴 했습니다만."

그리고 소녀는 무척 곤란한 것처럼 탄식을 흘렸다.

원래대로라면『유적』해방은『대성역』에 도달하기 위한 중요한 포석이다.

그 중 하나가 달성되었음에도 불구하고, 그들의 예정과는 다른 방향으로 유도되고 있었다.

"그 덕분에『유적』의 구조를 눈치 챘을지도 몰라요. 우리『창조주』일족이 아니면『그랑 포스』를 최심부에 결합하는 것은 불가능합니다. 하지만 그 싱글렌은 어떻게 그걸 알고 있었을까요? 그걸 아는 인간은 이 시대에 더 이상 남아 있을 리가 없을 텐데."

고개를 갸웃하는 리스테르카 곁에서, 에이릴이라는 제2 황녀는 후길의 모습을 엿보았다.

어떠한 반응을 확인하려고 했지만 수상쩍은 행동은 전혀 보이지 않았다.

'내 생각이 지나친 걸까? 하지만…… 어쩐지 불길한 예감이 들어.'

갈등하는 에이릴의 눈앞에서, 갑자기 언니의 얼굴이 방향을 바꾸었다.

"에이릴 쪽도 때를 놓쳤다니 아쉽네요. 결국『악한 왕』에게서『용비적』의 실마리는 얻지 못한 거지요?"

"—네. 하지만 묘한 것을 알아냈어요. 싱글렌 경은 그 메타트론을 공략할 수 있는 장소에서 있었으면서도 굳이 룩스 아카디아에게 꽃을 쥐여주었습니다. 우리의 사정을 꿰고 있을 가능성이 높다고 여겨지네요."

"그런가요, 어찌 됐든 곤란하네요. 저는 최대한 은밀하게 행동하고 싶지만, 만약 그가 두 개 이상의 『그랑 포스』를 가져가게 된다면, **없애야만 합니다.**"

평소의 온화한 분위기가 리스테르카에게서 사라지고, 끝을 알 수 없는 어두운 표정이 떠올랐다.

"그들의 동향을 더욱 주의해서 지켜보지요. 눈에 띄고 싶지는 않습니다만, 다음 라그나뢰크 토벌에는 우리도 참가하여 상황을 관리해야 할 것 같습니다."

미스시스라는 시녀의 말에 리스테르카가 고개를 끄덕였다.

그 곁에서 제2 황녀 에이릴은 이해할 수 없는 생각에 사로잡혔다.

'어째서 싱글렌은 그에게 공로를 넘겨줬지……? 룩스 아카디아의 회유에는 실패했을 텐데, 설마—?!'

불온한 상상이 소녀의 가슴속에서 생겨났다.

사람을 조종하는 방법이란 꼭 강권만이 있는 것은 아니다.

자신의 적을 도와주는 방법으로도 움직임을 유도할 수 있는 법이다.

무언가가 수면 아래에서 움직이고 있다.

그런 불안함을 느끼며, 소녀는 조용히 고개를 숙였다.

앞으로 5개월 후에 도래가 예언된『성식』에 의한 세계 붕괴.

그 전에 신왕국에 닥친 일련의 위기는 간신히 종식되었다.

붙잡힌『육형사』들은 뿔피리를 사용해 트라이포트를 강습했다는 사실을 자백했다.

그리고『악한 왕』에 대한 로자 그랑하이드의 증언을 토대로 세계 연합은 이번 사건을 헤이부르그의 내부 항쟁에서 파생된 사건으로 판단했다.

그리하여 연합에서 선출된 관리를 조사인원으로 투입해서 정상화를 계획하겠다는 결론을 내렸다.

각국 대표가 참가한 국제회의에서는 각국 간 연계를 취해야만 하는 이 상황에서 일이 복잡해지는 건 위험하다고 판단. 로자는 행동을 감시, 제한한 상태에서『칠용기성』자리로 돌아갈 예정이라는 모양이다.

애초에 그녀는 카렌시아에게 협박당해 거짓된 악을 연기하던 몸이다.

『용비적』과 뒷거래를 한 것은 사실인 모양이지만, 이미 그들과의 인연은 끊겨졌는지 제대로 된 실마리는 얻을 수 없었다.

그리고—.

"이번에 꽤 고생이 많았나 보더군, 나의 연인이여. 내 애제자와의 여행은 즐거웠느뇨? 응?"

젊은 소녀의 외모와 노회한 분위기를 겸비한 여성.

이번 잠입 작전을 명령한 마기알카가 입가를 요염하게 비틀며 속삭였다.

학원의 도서관 지하에 있는 숨겨진 방.

무수한 서가가 미로처럼 늘어서 있고, 화로나 작업대, 실험기구로 에워싸인 돌로 만든 실내에서 그녀는 룩스의 보고를 들었다.

"『탑』의 라그나뢰크가 나왔을 때는 찾아가지 못해서 미안하게 되었네. 헤이부르그 놈들이 최심층 도착 예정일을 속이지만 않았어도 응원하러 가줬을 텐데—. 대상회의 주인쯤 되면 여러모로 해야 할 일이 많아서 말이야."

"그건 딱히 신경 쓰지 않습니다만—."

"그래? 아니아니, 사양하지 말게나. 지친 몸을 이 몸이 위로해줌세. 자, 지금 여기에서라면 보는 사람은 아무도 없잖은가?"

동안, 혹은 예쁘장한 얼굴이 취향인 마기알카는 수상쩍은 눈빛으로 룩스를 보면서 입맛을 다셨다.

"……문 밖에서 피이가 기다리고 있습니다만?"

설명하기 힘든 표정을 지으며 룩스가 그녀의 제안을 피하려고 하자—.

"어이쿠, 그렇다면 더욱 흥분되는구먼! ……그런 표정 짓지 말게. 사소한 농담가지고 뭘 그러나, 쳇!"

대놓고 혀를 차면서 마기알카는 시선을 돌렸다.

룩스가 기가 막힌 나머지 한숨을 푹 내쉬자, 마기알카는 머릿속을 정리하고 자세를 바르게 가다듬었다.

어쨌거나 헤이부르그를 배신자라고 고발할 이유는 없어졌다.

『창조주』들에게 이번 건이 새어나가지 않은 이상, 이쪽에서 은밀히 처리하는 쪽이 문제가 되지 않으리라.

"그나저나 그대가 『탑』에 『그랑 포스』를 결합했다고 들었네만, 뭔가 기묘한 일은 일어나지 않았는고?"

"……아뇨, 제가 봤을 때, 딱히 이상한 일은……."

"그런가."

지금까지 보여주던 장난스런 태도를 싹 치워버리고, 마기알카는 진지한 표정으로 룩스를 바라보았다.

하지만 이때 룩스는 거짓말을 했다.

모든 일이 끝난 후, 『그랑 포스』를 손에 쥔 룩스가 본 것은—.

외벽이 붕괴한 『탑』의 최상층으로 룩스가 향한 이유는, 어떤 인영을 보았기 때문이었다.

맏형 후길처럼 바닥을 알 수 없는 수완가의 분위기를 풍기는 사내.

블래큰드 왕국의 대표이자 『칠용기성』의 부대장, 싱글렌 셸불릿.

바닥없는 늪처럼 어둡고 짙은 검은색으로 물든 눈동자와

오만불손한 행동은『푸른 폭군』이라는 이명과 잘 어울렸다.

하지만 이번에『탑』을 중심으로 일어난 일련의 사건에는 전혀 관여하지 않았을 터다.

"무슨 속셈이지? 어째서 당신이 여기에 있어?"

"허어, 그 냉정한 반응은 뭔가, 동포여. 나는 너랑 같은『칠용기성』의 부대장이다. 신왕국의 위기를 알고 기껏 달려왔더니."

"그따위 핑계는 집어치워! 진짜 목적은 뭐냐 말이다!"

싱글엔의 몸을 감싸고 있는 것은, 거대한 해룡을 연상케 하는 형태의 신장기룡―《리바이어선》.

하지만 룩스도 지금 경계하며《바하무트》를 장착 중이었다.

제대로 교전할 여력은 없지만 순순히 패배할 수도 없었다.

"훗……."

반항하는 룩스를 보고 코웃음 치더니 싱글렌은 어쩐지 도발적인 시선으로 룩스를 응시했다.

그것이 무엇을 의미하는지 짐작 가는 바가 있었다.

로자가 받은『악한 왕』의 명령. 이곳보다 한 층 아래― 메타트론이 존재하는 방의 격벽을 파괴해서 라그나뢰크를 해방하라는 지령.

그걸 막았음에도 불구하고 어째서 라그나뢰크가 해방되었는가?

"그건, 당신 짓인가? 헤이부르그의 계략을 이용해서, 신왕국을―"

"오오, 무섭군, 무서워. 엉뚱한 의심 하지 말라고, 영웅 나리. 개인적인 목적이 몇 개 있었을 뿐이니까."

후드 아래의 얼굴을 불쾌하게 일그러뜨리며, 작게 목을 울리면서 웃었다.

"그나저나 얕보고 있었다고. 원래는 궁지에 몰린 너를 구해 줘서 빚을 만들어두려고 했는데 웬걸, 너희들끼리 쓰러뜨릴 줄이야. 그렇다고 해도, 당분간 너희들은 제대로 움직일 수 없겠지만 말이지."

"——."

간파당했다.

지난 2주일 간 매일 환신수와 전투해야만 했던 리샤 일행의 누적 피로는 그렇게 간단하게 회복될 것이 아니다.

피르히의 《티폰》을 비롯한 신장기룡의 손상도 어느 때보다 심각했다.

"어이쿠, 그런 눈으로 노려보지 마라. 나는 널 도와준 거라고? 이 『탑』을 예정보다 빨리 공략하게 해준 것도, 여기로 너를 이끈 것도——."

그렇게 말하며 싱글렌은 뒤로 휙 돌아서더니 안쪽 방으로 걸어갔다.

『탑』의 정점이라고는 하지만 그런대로 넓은 공간이라 여기에서는 그 전체가 보이지 않았다.

유적의 등불로 밝혀진 그 안에는, 뜻밖의 존재가 굴러다니고 있었다.

"—쿡?! 이건!"

그것은 사지와 목이 잘려서 뿔뿔히 흩어진 소녀의 시체.

룩스는 반사적으로 싱글렌을 노려봤지만 당사자는 아무 것도 아니라는 것처럼 턱을 치켜 올렸다.

"시체 따위에 겁을 먹는 남자로군. 잘 봐라, 저건 사람이 아니다."

"이건—『탑』의 자동인형?!"

유적을 관리하는『통괄자』.

『열쇠 관리자』인 혈족의 명령, 그리고『창조주』에게 복종을 맹세한 자율 기계.

그 증거라는 것처럼 완전히 정지한 그 존재의 머리에는 개미의 더듬이 같은 것이 돋아나 있었다.

'하지만 왜?! 무엇 때문에 그녀를 이렇게까지 파괴한 거지?'

반쯤 넋이 나간 모습으로 서 있는 룩스에 비해 싱글렌은 계속 걸어갔다.

"뭔가 뭔지 모르겠다는 얼굴이로군? 친절함을 발휘해서 충고해주마. 앞으로 그 녀석들을 발견하면 전부 파괴해라. 그 녀석들은 어느 정도 시간이 지나면 되살아나지만, 당분간 이쪽을 인식할 수 없게 되지……. 이 녀석들은『창조주』들이 준비해둔 보험이다. 선수를 쳐서 파괴하지 않으면 언젠가 돌이킬 수 없는 일이 될 거야."

"무슨 말이지? 싱글렌 경, 당신은 대체 뭘 꾸미고 있는 거야?!"

당황한 룩스가 외쳤지만 싱글렌은 그 질문에 대답하는 대신 오만한 웃음을 돌려주었다.

"그런 것보다 빨리 『그랑 포스』를 결합해라. 그것으로 이 『탑』의 공략은 완료된다. 『대성역』으로 향하는 스위치가 하나 켜지는 거니까."

"……"

룩스가 경계하며 망설이자 싱글렌이 장갑을 해제했다.

속이는 게 아니라는 의사 표시를 확인하고서 룩스는 가장 안쪽 방에 있는 홈에 크리스털을 결합했다.

"아아, 그렇지— 크리스털에 손을 댄 채 『잠금』이라고 명령해라. 그러면 이제 이 『탑』은 다른 간섭을 받지 않게 된다. 이 도시가 환신수의 위협에 노출되는 일도 없어지게 되지."

"——."

한순간 뭔가 속고 있는 건가 싶은 생각이 들어서 의심했지만, 고민 끝에 머릿속으로 『잠금』이라는 생각을 떠올렸다.

……쿠웅! 진동과 함께 『탑』이 연하게 빛나고 환신수의 기척이 사라져 간다.

이것으로 『방주』와 『거병』에 이어 세 번째 유적의 공략이 완료되었다.

이제 남은 것은 행방불명인 『달』을 포함해서 네 개, 네 마리의 라그나뢰크를 쓰러뜨려야만 한다.

큰일을 하나 마치고 한시름 놓은 룩스에게, 싱글렌은 아무렇지도 않게 말했다.

"자, 너는 어렴풋이 눈치챘을지도 모르지만— 라그나뢰크는 앞으로 세 마리밖에 안 남았다."

"무슨 의미, 냐?"

"이봐, 모르는 척 할 필요 없다고. 여기에는 우리 둘 밖에 없다. 다만 이 사실이 어디선가 새어나간다면, 신왕국은 궁지에 몰리겠지만."

"……."

"그럼 잘 있어라, 날품팔이 왕자. 조만간 너는 어떤 일에 협력해줘야 할 거다. 뭐, 싫어도 내 말을 들을 수밖에 없을 거라고. 네가 이 나라에서 영웅 따위를 목표로 하는 한은, 말이지."

끝없이 어두운 눈동자로 웃어 날린 후, 싱글렌은 다른 기공각검을 뽑아 《와이번》을 몸에 두르고 떠났다.

예전에 사니아가 학원에서 찾아다니던『그랑 포스』.

그러고 보니, 그건 무슨 수로 신왕국이 손에 넣은 걸까?

만약 싱글렌이 그 내력을 알고 있다면ㅡ.

"듣고 있는가, 룩스."

"……어, 아, 네!"

생각에 잠겨 있던 룩스는 마기알카의 목소리를 듣고 제정신을 차렸다.

"여하튼 이번에는 수고 많았네. 자, 약속한 물건일세."

어느새 눈앞에는 붉은 천에 감싸인 물건이 내밀어져 있었다.

헤이부르그에서 체류하는 중에 트라이어드를 통해 이야기한 보수였다.

마기알카가 취급하는 상품 중에서 무엇이든 원하는 것을

주겠다고 했기 때문에 룩스가 요청한 물건이었다.

"요청한 대로, 학원 것과 같은 디자인으로, 최상의 품질로 만들었다네. ……허나 그대도 실로 욕심이 없는 남자로구먼. 정말 그걸로 만족하는 겐가?"

"네. 고맙습니다."

받은 물건을 확인한 룩스는 만족스럽게 미소 지었다.

천 안에 든 물건은, 로자와의 싸움에서 기공각검의 잠금 장치를 파괴할 때 동시에 부서진 검대의 대용품이다.

매끄러운 가죽으로 만든 새 검대를 자신의 허리에 감고, 나머지 하나는 천으로 감쌌다.

"훗. 아직도 싸울 생각인가? 세계의 정세가 이렇지만, 가끔씩 쉬지 않으면 몸이 버티지 못한다네. 그러니, 어떤가? 당분간 내 별장에서, 단 둘이 휴가라도—."

마기알카가 요염하게 웃으면서 손끝으로 룩스의 등을 살짝 훑었다.

"저기요?! 뭘 하시는 겁니까?!"

룩스가 얼굴을 새빨갛게 물들이며 뒤로 펄쩍 뛴 순간, 뒤쪽의 문이 열리며 피르히가 얼굴을 보였다.

"루우, 곤란해 하잖아. 스승님, 그만 해."

"……어?! 피이?!"

일단은 회복해서 문 앞에 서 있던 피르히가 조용히 자세를 잡았다.

"……호호오, 감히 스승에게 칼을 겨눌 생각인고? 약해진 상태라 해도 봐주지 않을 게야."

"그럼, 도망칠래. 바이바이, 스승님."

마기알카가 거만하게 대답한 순간, 피르히는 옆에 있는 룩스를 가방처럼 옆구리에 끼고서 재빨리 밖으로 달려 나갔다.

"뭐, 이번에는 귀여운 제자에게 양보해 줄까."

룩스와 피르히를 배웅하면서 마기알카는 미소 지었다.

불만 가득한 그녀의 시선을 등으로 느끼며, 룩스와 피르히는 지하실에서 탈출했다.

†

학원 안뜰까지 돌아왔을 때, 룩스가 당황한 목소리로 부탁했다.

"잠깐, 내려줘 피이! 이제 괜찮으니까!"

피르히는 룩스를 내려준 후, 따스한 햇살이 내려오는 하늘을 올려다보았다.

휴일의 이른 아침이라 학원에는 아직 사람이 많지 않았다.

고요한 아침의 맑은 공기를 마시면서 룩스는 피르히를 똑바로 보고 섰다.

"이번엔 정말 고마웠어. ―그리고 수고했어. 피이가 함께 와준 덕분에, 정말 많이 도움 됐어."

5년 전, 구제국의 혁명에 실패한 순간부터 룩스가 품고 살아온 가슴의 통증.

헤이부르그의 『악한 왕』이 모략을 펼쳤을 때, 그녀 덕분에 살아남을 수 있었다.

그리고 한계를 넘어선 힘까지 사용하여 룩스를 지켜주었다.

그 신혼여행도 처음에는 뭐 이런 게 다 있나 싶었지만—.

"무척 즐거웠어. 어쩐지, 둘이서 함께 놀던 어린 시절로 다시 돌아간 것만 같아서."

진지하지 못한 소감일지도 모르지만, 그것이야말로 솔직한 마음이었다.

괴로운 일도 있었지만, 누구보다도 속마음을 잘 알아주는 소녀와 단둘이 여행을 하면서 룩스는 거듭 생각했다.

피르히의 행위를 동경해서 『누군가를 구하려고 한다』라는 길을 선택한 것은 거짓말이 아니다.

하지만 한편으로는 다시 한 번 이런 나날을 보내기를 강하게 바라고 있었다는 것을.

"나도, 즐거웠어."

변함없는 무표정 속에서, 피르히가 살짝 기쁨을 드러내며 미소 지었다.

말수는 적지만 멍한 그녀가 들려주는 행복한 듯한 목소리에 룩스의 가슴이 크게 두근거렸다.

이 시간이 이제 끝나버린다는 아쉬움을 곱씹으면서, 룩스는 그녀를 똑바로 바라보았다.

"잠시 쉰 후에는 또 『칠용기성』 임무로 바빠질 것 같아서, 학원에 얼마나 오래 있을진 모르겠지만—."

그녀는 『기사단』이라고는 하지만 어디까지나 왕립 사관 학원의 학생일 뿐이다.

앞으로도 맡게 될 유적과 관련된 위험한 임무에 동행하게 될 일은 거의 없을지도 모른다.

룩스는 그 쪽이 안심되었지만, 동시에 아쉽기도 했다.

"이 싸움이 끝나면, 또 피이랑 같이 있을 수 있으니까. 그러니까, 그때까지는—."

그래서 또다시 그녀와 평화로운 시간을 보낼 수 있기를 바라며 그렇게 말했다.

하지만 피르히는 졸린 듯한 눈으로 룩스의 얼굴을 빤히 바라보다가 고개를 저었다.

"나, 언니 일, 잠시 쉬기로 했어."

"어……?"

"이번에 루우와의 여행에서 돌아오면, 또 견습 비서 일을 할 예정이었지만—. 당분간 루우의 보디가드를 하고 싶다고, 말하고 왔어."

졸업 후 피르히가 선택할 미래.

학원장이자 재벌 상가의 수장인 렐리의 비서 겸 호위로서, 그 훈련을 하겠다는 이야기일 테지만—.

"하지만 루우가, 걱정되니까. 앞으로 일어날 싸움에서도, 내가 곁에서 지켜주고 싶다고, 그렇게 생각했으니까."

그리고 올곧은 시선으로 룩스를 바라보며 피르히는 그의 손을 꼭 붙잡았다.

언뜻 보기엔 주체성이 없는 것 같은 이 소꿉친구는, 사실은 많은 것을 생각하고 있으며—.

그리고 한 번 결정한 일은 물러서지 않고 관철하는 강한 의지도 지니고 있다.

"약속해줘. 또 싸움이 시작된다 해도, 나랑 함께 있어주겠다고. 나, 앞으로 계속, 루우 곁에 있고 싶으니까."

그래서 룩스는 이길 수 없는 것이었다.

이 한없이 상냥하고 강한 소꿉친구의 제안을, 거절하는 건 불가능하다.

그리고—.

"저기, 있잖아. 생일— 축하해."

룩스는 조금 쑥스러워하며 숨기고 있던 것을 내밀었다.

그것을 본 피르히는, 잠시 두 눈을 동그랗게 뜨고 깜빡거렸다.

"이거, 검대?"

일단 그녀의 분위기를 생각해서 꽃 자수를 작게 넣긴 했지만, 이것은 분명 기공각검을 차기 위한 검대다.

룩스의 검대처럼 파손된 《티폰》을 수납하기 위한—.

그 외에도 주고 싶은 선물은 얼마든지 있었다.

그녀가 무척 좋아하는 과자.

아니면 고가의 액세서리.

하지만 이 선물은, 지금 자신의 마음 그 자체였다.

"사실은, 난 이 여행에 반대했어. 피이는 위험한 싸움을 하지 않았으면 했어. 그저 무사히 주기를 바랐어. 하지만—."

그것이 틀렸다는 것을 알았다.

강해진 지금이라면 혼자서 무엇이든 다 짊어질 수 있다고, 그렇게 자만했다.

"나 혼자만의 힘으로 내 소원을 이루는 건 불가능해. 또 언젠가 잘못된 선택을 할지도 몰라. 그러니까, 그러니까……."

잠시 망설이던 룩스는, 자신의 본심을 있는 그대로 털어놓았다.

"나랑 함께 싸워줘. 앞으로도 계속, 피이의 힘을 빌리고 싶어."

그 부탁을 담아 준비한, 피르히의 새로운 검대.

자신의 곁에서 싸워주길 바란다는 룩스의 요청에, 소꿉친구 소녀는 아주 잠시 멈칫했다.

그 후에, 따뜻한 감촉이 룩스의 몸을 부드럽게 감싸주었다.

피르히의 두 팔이 룩스를 단단하게 끌어안았다.

"잠깐?! 피, 피이, 뭐 하는 거야?! 선물은 내가 아니라— 이 검대라니까?!"

그 부드러운 온몸의 감촉과 가슴의 고동을 느끼고 룩스는 저도 모르게 동요하여 몸을 비틀었다.

하지만 피르히는 결코 놓치지 않겠다는 분위기로 아주 살짝, 입가에 미소를 머금었다.

"응…… 알아. 그치만, 기쁘니까."

"응?"

"루우가, 내 부탁 들어줘서, 기쁘니까."

"……으."

룩스를 지켜주고 싶다.

룩스를 응원하기 위해, 곁에서 싸우고 싶다.

룩스 자신이 바란 싸움을 뒤에서 받쳐준 그녀의 마음을 느끼고 가슴이 뜨거워졌다.

앞으로 남은 5개월 동안 무슨 일이 일어나도 자신은 헤매지 않고 싸울 수 있을 거라고—.

"약속할게. 나는 앞으로도 쭈욱, 피이의 힘을 빌릴 거니까."

고개를 끄덕인 피르히가 새끼손가락을 앞으로 내밀자 룩스도 쑥스러운 기분을 숨기고 따라서 새끼손가락을 내밀었다.

어렸을 적과 아무것도 달라지지 않은 대화.

하지만 똑같은 것 같으면서도 뭔가가 달랐다.

서로를 생각하며, 함께 있고 싶다는 마음에 젖어들면서, 룩스는 그녀에게 미소를 지었다.

"고마워, 피이."

햇살이 내려오는 안뜰에서 두 사람은 포근한 분위기에 젖어들었다.

세계가 붕괴할 날이 가까워지는 와중에, 룩스는 확실한 것을 손에 넣었다.

†

룩스와 피르히가 안뜰에서 약속을 나누고 있을 때, 검은 옷을 입은 소녀가 조용히 돌바닥을 따라 걸었다.

"예의 기능을 시험해본 결과, 문제는 없었사와요."

학원 부지 안의 제4 기룡 격납고.

아직 학원 정비사들도 나오지 않은 시간에 몰래 들어가 자신의 장갑기룡인 《야토노카미》를 바라보았다.

룩스가 개발한 기룡 조작 3대 오의에다가 각격이라는 절기까지 습득한 소녀는— 그것만으로는 만족하지 못하고 『육형사』를 상대로 새로운 힘을 시험해보았다.

그 위력은 그야말로 최상. 드디어, 라고나 할까. 이길 가능성이 생겼다.

"역시 주인님을 위해서도, 그 남자는 살려두면 안 되겠지요."

오늘 날씨라도 이야기하는 듯한 자연스러운 말투로 요루카는 자문자답했다.

『탑』의 최상층에서 룩스와 싱글렌이 나눈 대화를 듣고서 요루카는 확신했다.

싱글렌의 생각 자체는 알 수 없다.

하지만 룩스를 어떤 형태로든 이용해서 쓰고 버리려 한다는 낌새를 느꼈다.

사람의 기척을 과민하다 싶을 정도로 느낄 수 있는 요루카는 몇 번의 접촉을 통해 그것을 확신했다.

자신의 동생이 중신들에게 배신당해 목숨을 잃은, 그때처럼.

"생각해 보면, 제게는 어울리지 않는 것들뿐이지요……. 이 학원은."

인간의 감정을 갖지 못한 채 태어났지만, 그 대신 싸움에

대한 뛰어난 재능을 보유한 『제국의 흉인』.

룩스는 그런 자신에게 친절하게 대해줬으며, 예전 자신의 동생처럼 사람으로 대우해주었다.

아이리나 녹트도 친구가 되어주었고, 리샤도 계속해서 말을 걸어 주었다.

하지만— 그렇기 때문에…….

이 학원에서 지내면 지낼수록, 자신은 이곳에 있을 존재가 아니라는 것을 알게 되었다.

이곳에 있어서는 안 되는 존재라는 것을 알게 되었다.

일찍이 고도국에서 자신의 동생이 보내준, 사람에 대한 신뢰와 애정.

그녀들의 마음에 보답해줄 것이, 자신에게는 처음부터 존재하지 않는다는 것을 어쩔 수 없이 인식하게 되었다.

"역시 제게는, 이쪽이 성격에 맞사와요."

이번에 파손된 《야토노카미》의 수리가 끝날 때가, 아마도 자신이 나설 마지막 차례가 될 것이다.

그 싱글렌이라는 남자는 평범한 인간이 아니다.

요루카가 전력을 다해도 암살은 거의 불가능한 탓에 손을 대지 않았지만, 지금이라면 할 수 있다.

요루카 자신의 목숨을 생각하지 않는다면 3할의 확률로 처치할 수 있다.

"충분한 기대치랍니다. 그렇게 해서, 주인님의 앞길을 막는 최대의 장애물을, 그 정도로 해치울 수 있다면—"

다음에 그 남자가 틈을 보이고 룩스를 함정에 빠뜨리려고 했을 때, 자신은 싱글렌 암살을 시도할 것이다.

그 결의를 가슴에 숨기고, 소녀는 그림자처럼 소리도 내지 않고 그 자리를 뒤로 했다.

■작가 후기

안녕하세요.

처음으로 페이지 사정상 반 페이지 후기를 체험하게 된 아카츠키 센리입니다. 줄이 부족하므로 이번에는 꽉꽉 채워서 보내드릴까 합니다(인사&사죄).

애니메이션도 끝나 일단락된 오늘 이 무렵, 개인적으로는 적막감에 가라앉고 싶은 기분입니다만, 현실은 요만큼도 편해지지 않아 저는 여전히 죽을 것 같은 스케줄을 소화하고 있습니다.

애니메이션을 통해 늘어난 독자 여러분들의 반응이나, 드라마 CD의 즐거운 보이스, 애니메이션 종영 후의 이벤트 등을 사소한 즐거움으로 삼아 더욱 노력해나가겠습니다.

그런 제 새 시리즈가 내달 간행됩니다. 제목은―.

『S급 상속자들의 이세계 계약 지배자 생활(롤러즈 라이프)』(가칭)입니다.

제목에서 알 수 있다시피 이세계물입니다만, 바하무트와 함께 읽어주시면 감사하겠습니다.

2016년 6월 모일 아카츠키 센리

최약무패의 신장기룡 10

초판 1쇄 발행 2017년 6월 10일

지은이_ Senri Akatsuki
일러스트_ Ayumu Kasuga
옮긴이_ 원성민

발행인_ 신현호
편집부장_ 김은주
편집진행_ 최은진 · 김기준 · 김승신 · 원현선 · 김솔함
편집디자인_ 양우연
국제업무_ 정아라 · 고금비
관리 · 영업_ 김민원 · 이주형 · 조인희

펴낸곳_ (주)디앤씨미디어
등록_ 2002년 4월 25일 제20-260호
주소_ 서울시 구로구 디지털로 26길 111 JnK디지털타워 503호
전화_ 02-333-2513(대표)
팩시밀리_ 02-333-2514
이메일_ lnovelpiya@naver.com
ㄴ노벨 공식 카페_ http://cafe.naver.com/lnovel11

SAIJAKU MUHAI NO BAHAMUT vol.10
Copyright © 2016 Senri Akatsuki
Illustrations copyright © 2016 Ayumu Kasuga
All rights reserved.
Original Japanese edition published in 2016 by SB Creative Corp.

This Korean edition is published by arrangement with SB Creative Corp., Tokyo
in care of Tuttle-Mori Agency, Inc., Tokyo.

ISBN 979-11-278-4119-5 04830
ISBN 978-89-267-9873-7 (세트)

값 6,800원

*잘못된 책은 구매처에 문의하십시오.

변변찮은 마술강사와 추상일지 1권

히츠지 타로 지음 | 미시마 쿠로네 일러스트 | 최승원 옮김

알자노 제국 마술학원에는 학생들도 기가 막혀 하는
한 변변찮은 마술강사가 있었다.
그의 이름은 글렌 레이더스.
수업에 뱀을 가져와서 여학생들이 무서워하는 모습을 감상하려다가
오히려 그 뱀에게 머리를 물리질 않나⋯⋯.
도서관에서 실종된 여학생을 구하러 갔다가, 오히려 본인이 겁에 질려서
파괴 주문으로 도서관을 날려버리려고 하질 않나⋯⋯.
수업 참관 일에는 웬일로 성실하게 수업을 하나 싶더니 곧 본색을 드러내고⋯⋯
그런 마술학원에서 벌어지는 변변찮은 일상.
그리고― "⋯⋯꺼져라, 꼬마. 죽고 싶지 않으면."
글렌의 스승이자 길러준 부모인 세리카 아르포네아와의
충격적인 만남이 수록된 『변변찮은』 시리즈 첫 단편집!

본편 TV애니메이션 방영중!!

라이트노벨의 새로운 빛! L노벨의 신간은 매월 10일에 발매됩니다. http://cafe.naver.com/lnovel11

도쿄침역:클로즈드 에덴 Enemy of Mankind (상)

이와이 쿄헤이 지음 | 시라비 일러스트 | 김장준 옮김

《도쿄》가 변모한 지 2년— 고등학생인 아키즈키 렌지와
인기 아이돌 유미에 카나타에게는 둘만의 비밀이 있었다.
두 사람은 《임계 구역·도쿄》에 침입하는 《침입자》였던 것이다.
에어리어 내에서만 발동하는 특수 능력 《주입》을 사용해
탐색을 이어 나가는 렌지와 카나타.
적대하는 정부 기관 《구무청》과, 에어리어 최악의 괴물 《EOM》과의 삼파전 상황에서
렌지와 카나타는 맹세한 《약속》을 이룰 수 있을 것인가?!

인류 vs. 인류의 적— 희망과 절망의 보이 미츠 걸 시동!!

금색의 문자술사 1~5권

토모토 스이 지음 | 스마키 슌고 일러스트 | 김장준 옮김

식사와 독서를 사랑하는 『아웃사이더』 고등학생 오카무라 히이로는
같은 반의 리얼충 네 명과 함께 이세계로 소환됐다.
《용사》가 되어 인간국 빅토리어스를 구해달라는 왕녀의 부탁에 들뜨는 리얼충들.
그런 와중 밝혀진 히이로의 칭호는— 《말려든 자》?!
원래 세계로 돌아갈 방법은 없다. 용사들과 장단을 맞출 생각도 없다.
하지만 기왕 하게 된 이세계 라이프.
적은 문자의 이미지를 발현하는 히이로만의 능력 《문자마법》을 사용해
미지의 요리와 책을 찾아 홀로 모험에 나선다!
이세계에서도 고고한 『아웃사이더』 노선을 관철하는 히이로는 아직 모른다.
이윽고 히어로라고 불리게 될 자신의 미래를…….

소설가가 되자 사이트에서
조회수 2억 6천만을 돌파한 초인기 대작

곰 곰 곰 베어 1~3권

쿠마나노 지음 | 029 일러스트 | 김보라 옮김

게임이 현실보다 재밌습니까?—YES
현실 세계에 소중한 사람이 있습니까?—NO

……온라인 게임 설문 조사에 대답했을 뿐인데
말도 안 되는 이세계(아마도)로 내던져진 나, 유나.
은톨이 경력 3년의 폐인 게이머.
맨 처음 장착하게 된 장비템이 『곰 세트』라니…….
이게 무어야—!?
하지만 세고 편하니까 뭐, 괜찮으려나?
울프를 쓰러뜨리고, 고블린을 쓰러뜨리고
극강 곰 모험가로서 일단 해볼까요.

은둔형 외톨이 소녀, 이세계에서 무적의 곰 모험가가 되다!

데이트 어 라이브 1~15권, 앙코르 1~6권, 머테리얼

타치바나 코우시 지음 | 츠나코 일러스트 | 이승원 옮김

4월 10일. 새 학기 첫 등교일.
이츠카 시도는 평소와 다름없는 일상을 보내고 있었다.
갑작스러운 충격파로 파괴된 마을 한가운데에서 소녀와 만나기 전까지는—

세계를 부수는 재앙, 정령을 막을 방법은 단 두가지.
섬멸, 혹은 대화

정령과 만나게 된 시도는,
세계의 멸망을 막기 위해 데이트로 정령을 꼬셔야하는 운명에 처하게 되는데!?

세계의 멸망을 막기 위한 데이트가 시작된다—!!

ANIPLUS TV 애니메이션 방영 화제작!!

© Hiro Ainana, shri 2016 / KADOKAWA CORPORATION

데스마치에서 시작되는 이세계 광상곡 1~8권

아이나나 히로 지음 | shri 일러스트 | 박경용 옮김

한창 데스마치를 치르던 프로그래머 스즈키 이치로(29).
『사토』란 닉네임을 쓰는 그가 잠시 잠들었다 깨어나 보니
듣도 보도 못한 이세계에 방치되어 있었다!
혼란에 빠질 틈도 없이 눈앞에는 처음 보는 괴물의 대군이 다가오고,
하늘에서는 유성우가 쏟아진다.
정신을 차리고 보니, 최강 레벨의 힘과 막대한 부를 손에 넣었는데……?!
이렇게 사토의 「유유자적, 가끔 시리어스, 그리고 하렘」인
이세계 모험담이 시작된다!!

최강 레벨과 막대한 재보를 가지고
시작되는 유유자적 이세계 관광!!

라이트노벨의 새로운 빛! ㄴ노벨의 신간은 매월 10일에 발매됩니다. http://cafe.naver.com/lnovel11